历朝通俗演义(插图版)——明史演义 II

弘治中兴

蔡东藩 著

北方联合出版传媒(集团)股份有限公司

万卷出版公司

图书在版编目（CIP）数据

明史演义 . 2, 弘治中兴 / 蔡东藩著 . — 沈阳 : 万
卷出版公司, 2015.1（2021.7 重印）
　（历朝通俗演义）
　ISBN 978-7-5470-3113-1

Ⅰ . ①明… Ⅱ . ①蔡… Ⅲ . ①章回小说—中国—现代
Ⅳ . ① I246.4

中国版本图书馆 CIP 数据核字（2014）第 154491 号

出 品 人：王维良
出版发行：北方联合出版传媒（集团）股份有限公司
　　　　　万卷出版公司
　　　　　（地址：沈阳市和平区十一纬路 25 号　邮编：110003）
印 刷 者：河北盛世彩捷印刷有限公司
经 销 者：全国新华书店
幅面尺寸：168mm×233mm
字　　数：232 千字
印　　张：14
出版时间：2015 年 1 月第 1 版
印刷时间：2021 年 7 月第 4 次印刷
责任编辑：胡　利
责任校对：佟可竟
封面设计：向阳文化　吕智超
版式设计：范思越
ISBN 978-7-5470-3113-1
定　　价：32.00 元
联系电话：024-23284090
传　　真：024-23284448

目 录

第一回

诛党奸景帝登极
却强敌于谦奏功

却说英宗被虏北去，警报驰达阙下，在京留守诸臣，将信未信，正与郕王议毕军情，退朝归第，忽见败卒累累，奔入京城。随后有萧维桢、杨善等，亦踉跄驰来，百官惊问道："乘舆归来么？"萧、杨统是摇首。百官又问道："你两人都随着乘舆，怎么你等已归，乘舆不返？"萧、杨被他诘住，瞠目不答。经百官再三究询，才说出"乘舆被陷"四字。百官忙入报郕王，郕王又转禀孙太后，那时宫廷鼎沸，男妇彷徨，孙太后、钱皇后等，更哭得似泪人儿一般。至穷究英宗下落，连萧、杨都不知情。喧攘了好几日，方接怀来守臣飞章，报称英宗被留虏廷，已有旨遥索金帛。于是太后搜括宫中珍宝，载以八骏名马，皇后钱氏，复添入金珠文绮，遣使诣乜先营，愿赎皇帝还京。看官！你想乜先既得了英宗，岂肯轻轻放还？所遗金宝马匹等物，老实收受，但羁住英宗不放。去使还报太后，太后无法，只好召集群臣，大开会议。侍讲徐珵上言道："京师疲卒羸马，不满十万，倘乜先乘胜进来，如何抵敌？愚意不若且幸南京。"尚书胡濙道："我能往，寇亦能往。某只知固守京师，不宜惧敌南迁。"侍郎于谦道："哪个敢倡议迁都？如欲南迁，实可斩首。试思京师为天下根本，京师一动，大事去了。北宋南渡，可为殷鉴。请速召勤王兵，誓死固守。"学士陈循道："于公所言，很是合理。"太监兴安大声道："京师中有陵庙，如或大众南去，何人

1

再来守着？徐侍讲贪生畏死，不足与议国事，快与我出去！"言固甚当，但太监又来干政，实是不祥。理怀惭而退，议遂定。太后遂命郕王总统百官，嗣复立皇长子见深为太子，见深甫二岁，令郕王翼辅，诏告天下道：

迩者寇贼肆虐，毒害生灵，皇帝惧忧宗社，不遑宁处，躬率六师问罪。师徒不戒，被留敌廷。神器不可无主，兹于皇庶子三人，选贤与长，立见深为皇太子，正位东宫，仍命郕王为辅，代总国政，抚安百姓，布告天下，咸使闻知。特录此诏，见得太子已定，后来景泰帝擅易，贪私可知。

郕王祁钰，既受命辅政，每日临朝议政，令于谦为兵部尚书，缮修兵甲，固守京城，谦直任不辞。一语已见忠忱。廷臣复交章追劾王振，言振倾危宗社，罪应灭族，若不奉诏，死不敢退。郕王迟疑未决。迟疑何为？指挥马顺，叱群臣道："王振已死，说他什么？"这语甫出，恼动了给事中王竑，越班向前，一把抓住顺发，怒目顾视道："汝仗着王振，倚势作威，今尚敢来多嘴么？"马顺还是不服，亦执住王竑，你一拳，我一脚，斗殴起来。众官见马顺倔强，都气得发竖冠冲，顿时一拥上前，交击马顺。顺虽武夫，奈双手不敌四拳，竟被众官拖倒，拳殴足踢，立刻打死。刘球之言验矣。朝仪大乱，郕王惊避入内，众复拥入，定要族诛王振。太监金英，传旨令退，众又欲捽英，英忙走脱。晦气了毛、王两中官，被众拖出门外，一阵乱殴，复致击毙。郕王又欲抽身，于谦抢进一步，扶住郕王，请即降旨，从众所请。郕王乃令都御史陈镒，率卫卒籍王振家，并将他阖门老幼，尽行拿下。镒奉命即往，不到一时，已把王振家族，及振从子王山，一概押到，山反缚跪庭中，众官都向他唾骂，呶呶不绝。此时某指挥妾，不知亦在列否。于谦即传郕王命令，驱出罪犯，尽行斩讫。至陈镒籍产复命，共得金银六十余库，玉盘百座，珊瑚树六七十株，其他珍玩无算。众官再请籍振党，郕王一一允从。自彭德清以下各家，次第籍没。中官郭敬，正自大同逃归。亦饬令下狱，抄没家资，众始拜谢退出。是日事起仓猝，赖谦镇定。谦排众翊王，累得袍袖俱裂。既退朝，吏部王直，执谦手道："朝廷幸赖有公，若如我等老朽，虽多何益？"谦逊谢而散。

话分两头，且说也先既虏住英宗，从部下伯颜帖木儿议，好生看待，并欲以女弟嫁给英宗。英宗侍臣，只有校尉袁彬，及译使吴官童等数人。官童密语英宗道："乜先欲以妹配陛下，殊不可从。陛下为万乘主，岂可下为胡婿么？"英宗踌躇半晌，方道："身被羁絷，不便拒绝，奈何？"官童道："臣自有言对付。"便往语乜先道："令妹欲配给皇上，足见盛情，但皇上在此，不当野合，须俟车驾还都，厚礼聘迎，方为两全。"乜先乃止。嗣复欲选胡女荐寝，又由官童婉辞道："留俟他日，为尔妹从嫁，当并以为嫔御。"语颇合体。乜先乃不复多言，唯总不肯放还英宗，且拥至宣府城下，伪传上命，饬守将杨洪、罗守信开门迎驾。杨洪令守卒答道："臣只知为皇上守城，他事不敢闻命。"乜先见杨洪固拒，复拥至大同，坚索金币。广宁伯刘安，都督郭登，亦闭城不出。校尉袁彬，用首触门，大呼接驾，刘安等乃出城见英宗。英宗密语道："乜先声言归我，情伪难测，卿等须严行戒备。"安等受命，献上蟒龙袍一袭。英宗转赐敌目伯颜帖木儿。乜先见了刘安，仍索资犒军。安以金至驾还为约，乃入城搜括金银，约得万余，送给乜先。郭登闻信，语手下亲信将弁道："这是明明欺我呢，不若将计就计，劫还车驾，方为上策。遂募壮士七十余人，激以忠义，约事成畀他爵禄。士皆踊跃听命，正拟乘夜出劫，忽报乜先拥帝驰去，计遂不行。登乃练兵修械，誓死捍边，大同赖以保全。明廷擢他为总兵官，镇守大同。又封杨洪为昌平伯，镇守宣府。唯居庸关一带，尚属空虚，由于谦荐举员外郎罗通，令提督各军，尽力守御。乜先见边备日严，恰也不敢进攻，只拥着这位奇货可居的英宗，往来塞外，所有苏武庙、李陵碑诸名胜，统去游览。行至黑松林，乜先设宴款待英宗，且令自己妻妾，奉觞上寿，歌舞为乐。仿佛强盗请财神。英宗得过且过，除与乜先宴会外，常住在伯颜帖木儿营中，虽得伯颜夫妻，优礼相待，毕竟身在虏中，事事受制；兼且中外风俗，全然不同，所居的是毳幕韦帐，所食的是膻肉酪浆，状况凄凉，不劳细述。

唯郕王祁钰，留守京师，免不得有左右侍臣，怂恿为帝。郕王恰也有意，但一时不便即行。直揭郕王隐衷，并非深刻。会都指挥岳谦，出使瓦剌，回京后口传帝旨，令郕王继统。并无书证，安知非郕王暗中授意？郕王佯为谦让，廷臣复合辞劝进，俱说车驾北狩，皇太子幼冲，当此忧患危疑的时候，断不可不立长君，俾安宗社。郕王犹再三固辞，经群臣入奏太后，太后降旨，令郕王即位，郕王方才受命，喜可知也。遥尊英宗为太上皇帝，择日践阼。看官记着！这年是正统十四年九月，郕王登基，以次年为景泰元年。后来英宗复辟，复将他削去帝号，仍称郕王。至宪宗成化十一年，追还尊称，立庙祭飨，谥为景帝。小子此后，也以景帝相称，暂称英宗为上皇，以存实迹。**特别表明，俾清眉目。**

话休叙烦，且说景帝即位，遣都指挥佥事季铎，诣上皇所，详述情事，并致书也先，亦举即位事相告。也先本挟上皇为奇货，至是闻景帝嗣立，似把上皇置诸度外，不由得失望起来。适有太监喜宁，从上皇北狩，叛附也先，也先遂与他商议。喜宁献计道："现在紫荆关一带，守备空虚，不如乘此叩关，诡言奉上皇还京，令守吏开关相迎，我等留下守吏，乘势入关，直薄京城。京城被攻，定要南迁，燕都可为我有了。"**阉人之狡诈如此。**也先大喜，遂拥上皇至紫荆关，途次遇通政使谢泽。斗了一仗，泽败绩被杀。也先直抵关下，诡传上皇谕旨，命守备都御史孙泽，都指挥韩青接驾。孙、韩率千骑出关，往迎上皇，不意伏兵骤起，把他困住垓心，两人冲突不出，自刎而亡。关吏闻主将战死，立时溃散。也先率军入关，长驱东进，京师大震。

明廷赦成山侯王通罪，命为都督，升鸿胪寺卿，杨善为副都御史，协守京城。于谦复请释放石亨，令总京营兵马。石亨初守万全，因土木被围，勒兵不救，坐逮诏狱。景帝从于谦言，令他带兵赎罪。独任谦总督各营，令诸将均归节制，凡都指挥以下，有不用命，先斩后奏。谦乃召集军士，约得二十二万人，列阵九门外。石亨请毋出师，但坚壁以待，谦艴然道："寇势张甚，奈何示弱！"乃身先士卒，擐甲出城，自营德胜门，涕泣誓师，期以必死。于是人人感奋，勇气百倍。**可见行军全在作气。**也先拥上皇过易州，至良乡，进次芦沟桥，沿途无人拦阻，只有父老接驾，进献茶果羊酒等物。上皇遥为抚慰，一面作书三封，一奉皇太后，一致景帝，一谕诸大臣，由番使递入京营。太监喜宁，并嘱番使传语，邀大臣迎驾。番使依词直达，并赍交上皇三书，当由于谦传报景帝，帝命通政司参议王复，为右通政，中书舍人赵荣，为太常少卿，出城朝见。喜宁又私语也先道："来使官卑，当更易大臣。"也先点首，遂与王复、赵荣道："尔皆小官，可速去，当令于谦、石亨、胡濙、王直等来。若要上皇还驾，除非金帛，万万不可。"王复、赵荣，无可答辩，只与上皇遥见一面，便被也先勒归。

廷臣尚欲议和，遣人至军中问谦。谦答道："今日只知有军旅，他不敢闻。"也先待了两日，不得议和消息，遂纵兵大掠，焚三陵殿寝祭器，自麾劲骑攻德胜门。谦设伏空舍，但遣数百骑诱敌。也先弟博啰及平章卯那孩，率众轻进，伏兵从暗处觑着，待敌兵将近，一齐杀出，迭用火器击射，博啰当先受创，倒撞马下。卯那孩来救博啰，不防火箭射来，正中咽喉，立即毙命。余众纷纷逃去。石亨出安定门，来截逃兵，乜先也遣兵接应，两下里又厮杀起来，亨与从子石彪，各持巨斧，劈入敌阵，敌向西溃走，追至西城，敌复却而南。乜先乘官军拒战，潜袭西直门，都督孙镗，慌忙迎敌，力斩敌前队数人，乘势追逼。乜先驱军大进，一场混战，镗渐觉不支，返身欲趋入城中。给事中程信，闭门不纳，只与都督王通，都御史杨善，在城上鼓噪助威，并用枪炮遥击敌军。镗见无归路，也只好麾军奋斗，人人血战，喊杀连天。正在拼命相持的时候，石亨亦率军驰到，两下夹攻，始将乜先击退。乜先曾奉上皇居土城，至是退还，为居民所击，乱投砖石。明将王竑、毛福寿等又至，乜先望见旗帜，不敢复前。退至土城数里外，勉强安营。于谦探知上皇未去，命石亨等夜半出兵，往击乜先营，出其不意，击死万人。乜先复遁，一面召还土城兵，仍劫上皇西去。谦遣将穷追，石亨及从子彪，追至清风店，复败敌众。孙镗等追至固安，又得胜仗。乜先愤无所泄，令伯颜帖木儿拥着上皇，出紫荆关，自引军攻居庸关。时已天寒，守将罗通，汲水灌城，水沍成冰，坚而且滑，敌不得近。乜先住城下七日，料知城不易攻，只好还师。偏偏罗通追来，三战三北，伤亡无算，弄得乜先神色沮丧，狼狈遁去。乜先实是无能。上皇出紫荆关，连日雨雪，跋涉甚艰，亏得袁彬随侍，昼为执鞭，夜为温寝。还有蒙古人哈铭，及卫沙狐狸，亦镇日相随，侍奉不懈。乜先劫上皇至瓦剌部，脱脱不花亦不甚得手，引众北归，见了上皇，也总算以礼相待，别遣使人赴京献马，意欲议和。景帝拟却还马匹，胡濙、王直道：“闻脱脱不花，与乜先有隙，名虽君臣，阴实猜忌，何妨收受献物，优待来使？这也是兵法上的反间计呢。”景帝称善，乃命来使入见，赐他酒馔，并赏金帛及衣服，来使欢谢而去。景帝以乜先退走，京师解严，论功行赏，以于谦、石亨，立功最大，封亨为武清侯，加谦少保衔，总督军务。谦固辞不允，方才受命。既而乜先复遣使来京，仍言欲送上皇还驾，廷臣又主张和议，谦独毅然道：“社稷为重，君为轻，毋堕敌人狡计。”遂拒绝来使，一面申戒各边，专力固守，勿为敌愚。复加派尚书石璞守宣府，都御史沈固守大同，都督王通守天寿山，金都御史王竑守昌平，都御史邹来学，提督京都军务，平江伯陈豫守临清，副都御史罗通守山西，此外防边诸将，概仍原职，暂不变迁。乘着朝廷少暇，尊皇太后孙氏为上圣皇太后，生母贤妃吴氏为皇太后，景帝生母，与英宗异，前文已详。

于 谦

立妃汪氏为皇后。典礼修明，宫廷庆贺。

过了残腊，就是景泰元年，乜先复遣兵寇大同。总兵郭登，出师抵御，师行数十里，始与敌兵相值，登高遥望，敌兵如攒蚁一般，差不多有万余名。登手下只有八百骑，众寡悬殊，免不得各有惧色，遂纷纷禀请还军。登叱道："我军去城将百里，一思退避，人马疲倦，寇骑来追，还能自全么？"说至此，拔剑置案道："敢言退者斩。"此与前文王振意，自觉不同。言下即驱兵前进，径薄敌营。敌来迎战，登连发二矢，射毙敌目二人，乘势跃出，复手刃敌目一人，敌众披靡。登麾众继进，呼声震天地，吓得敌众心惊胆战，只恨爷娘少生两脚，逃的不快。一奔一赶，直至栲栳山，复斩首二百余级，尽夺所掠而还。自土木败后，边将无敢与寇战，登以八百骑破寇万人，推为战功第一。明廷闻他战捷，封为定襄伯，自是边将益奋，争思杀敌。朱谦在宣府得胜，杜忠在偏头关得胜，王翱在辽东得胜，马昂在甘州得胜，修城堡，简精锐，军气大振，无懈可击。还有一桩可喜的事情，那叛阉喜宁，竟被宣府参将杨俊擒送京师，小子也为明廷庆幸，然已是贻误多多了。因咏有一诗道：

> 引狼入室由王振，为虎作伥有喜宁。
> 恶贯满盈唯一死，诛奸尚恨乏严刑。

未知喜宁如何被擒，容至下回声明。

郕王祁钰，为英宗介弟，英宗被虏，由皇太后命，立英宗子见深为皇太子，以郕王为辅，是郕王只有摄政之责，监国可也，起而据天位，不可也。于少保忠诚报国，未闻于郕王即位，特别抗议，意者其亦因丧君有君，足以夺敌之所恃乎？昔太公置鼎，汉高尝有分我杯羹之语，而太公得以生还，道贵从权，不得以非孝目之。于公之意，毋乃类是。且诛阉党，拒南迁，身先士卒，力捍京师，卒之返危为安，转祸为福，明之不为南宋者，微于公力不及此。其次则即为郭登，于在内，郭在外，乜先虽狡，其何能为？所未慊人心者，第郕王一人而已。书中叙述甚明，褒贬外更有微词，阅者于此，可以觇笔法矣。

第二回

议和饯别上皇还都
希旨陈词东宫易位

　　却说太监喜宁，自叛降乜先后，尝导他入边寇掠，且阻上皇南还。上皇恨宁切骨，辄与侍臣袁彬密议，谋杀叛阉，但急切不能下手。宁亦最忌袁彬，诱彬出营，把他困住，亏得上皇闻报，亲往解救，方得脱身。彬乃与上皇定一密计，只说遣喜宁还国，索取金帛，一面令卫士高磐，与宁偕行。宁不知是计，忙去通报乜先，愿为一往。临行时，袁彬暗授锦囊，内藏密书，令系髀间，投递宣府总兵官。磐唯唯从命，即与喜宁就道。不数日即到宣府，参政杨俊，闻上皇遣使到来，即出城迎接，把酒接风。磐已解下锦囊，暗付杨俊。俊托故离座，私下一阅，统已分晓，便潜令军士，小心伺候。喜宁恰也机警，见杨俊多时不出，防有他变，即立起身来，意欲逃席。不防高磐在旁，竟将他双手挟住，大呼杨参将快拿逆阉。俊正引兵出来，令数人齐上，似老鹰拖小鸡一般，立刻抓去，打入囚车，押送京师。那时还有何幸？自然问成极刑，碟死市曹。死有余辜。

　　高磐返报上皇，上皇大喜道："逆阉受诛，我南归有日了。"当命袁彬转达乜先，略言喜宁挺撞边吏，因此被擒，乜先愤愤，便遣兵入寇宣府，与喜宁报仇。偏遇着守将朱谦，纵兵奋击，杀得他七零八落，大败而逃。嗣复以奉还上皇为名，转寇大同。先锋队至城下，都仰首叫道："城内守将，速来迎驾！"定襄伯郭登，料知有诈，佯同镇将以下，各着朝服出迎，暗中却令人伏在城上，俟上皇入城，即下闸板，布置就绪，才开城高叫道："来将既送归上皇，请令上皇先行，护从随后。"敌兵置诸不理，仍拥着上皇前来。郭登等返入门内，候着乘舆，不意敌兵竟尔停住，迟疑半刻，即奉上皇返奔，疾驰而去。登不便驰击，只好闭城自守罢了。乜先见计又不行，越觉气沮，惘惘然还至部落，默思明廷已有皇帝，徒挟一废物，毫无用处，且脱脱不花，与阿拉知院，屡有龃龉，不若与明廷议和，送还上皇，既得市惠，尤可结援。计画已定，便令阿拉知院，遣参政完者脱欢，借贡马为名，来入怀来，互商和议。

边将转奏朝廷，廷臣拟遣使往报，太监兴安出呼群臣道："公等欲报使，何人堪为富弼、文天祥？"*太监又来出头，然窥他语意，实是希承风旨*。尚书王直道："据汝所言，莫非使上皇陷虏，再为徽、钦不成？"*一语直诛其心，且以宋事答宋事，尤不啻以彼之矛，攻彼之盾*。兴安语塞。乃命给事中李实为礼部侍郎，大理寺丞罗绮为少卿，及指挥马显等，令赍玺书，往谕瓦剌君臣。既而脱脱不花及乜先，先后遣使至京，决计送还上皇。景帝犹豫未决，尚书王直首先上疏，请即遣使恭迎。胡濙等又复联名奏请。景帝乃御文华殿，召群臣会议，且谕道："朝廷因通和坏事，欲与寇绝，卿等乃屡言和议，是何理由？"王直跪奏道："上皇蒙尘，理宜迎复。今瓦剌既有意送归，何不乘此迎驾？免致后悔。"景帝面色顿变，徐答道："朕非贪此位，乃卿等强欲立朕，今复出尔反尔，殊为不解。"*贪恋帝位，连阿兄俱可忘却，富贵之误人大矣哉*！众闻帝言，瞠目不知所答。于谦从容道："大位已定，何人敢有他议？唯上皇在外，理应奉迎，万一敌人怀诈，是彼曲我直，我得声罪致讨，何必言和？"景帝颜色少霁，乃对于谦道："从汝从汝。"*帝位不移，自可曲从*。乃再拟遣使。右都御史杨善，慨然请行，中书舍人赵荣亦请往，乃命二人为正使，更以都指挥同知王恩，锦衣卫千户汤胤勋为副，赍金银书币，出都北行。适礼部侍郎李实等南归，中途相值，实述乜先语，谓迎使夕来，大驾朝发。善额手道："既如此，我等迎归上皇便了。"两下相别，南北分途，实等还京复命，不消细说。

善以此次出使，决不虚行，检阅所赍各物，除金币外无他赐，乃独捐资俸，添购各种新奇等件，随身带往。既至瓦剌，暂寓客馆。馆伴田氏亦中国人，留饮帐中。善与语甚欢，即以所赍各物，酌送田氏。田氏甚喜，即入语乜先。越宿，善等与乜先相见，亦大有所遗。乜先亦大喜。善因诘问道："太上皇帝在位时，贵国遣来贡使，多至二三千人，各有赏给，金币载途，相待不薄，乃反背盟见攻，果属何意？"乜先道："何为削我马价？且所给币帛，多半翦裂，前后使人，多留京不返，难道非待我太薄么？"善答道："太师贡马，岁有增加，常常如此，恐难为继；又不忍固拒，所以给价略少。太师试自计算，总给价目，比从前多少何如？至若翦裂币帛，乃通事所为，朝廷亦时常查考，事发即诛。就是太师贡马，亦有劣弱，貂裘亦有敝坏，难道是太师本意吗？且太师贡使，多至三四千人，有为盗的，或犯法的，归恐得罪，潜自逃去，于我朝无干，我朝亦不欲留他，留他果有何用呢？"乜先听着，也觉得语语合理，不由得辞色渐和。善又道："太师一再出兵，攻我边陲，戮我兵民数十万，太师部曲，料亦死伤不少，上天好生，太师好杀，难道不要犯天忌么？今若送还上皇，和好如故，化干戈为玉帛。宁不甚善？"善于词令，不愧善名。乜先听了"天忌"二字，不禁失色。原来乜先虏住上皇，尝欲加害，一夕正思犯驾，忽天大雷雨，把他乘骑击死，因此中沮。嗣复见上皇寝幄，每夜有赤光罩住，似龙蟠状，异谋为之益戢。是补笔。至是闻杨善言，适与所见相符，自然气馁色恭，当下复问杨善道："上皇归国，更临御否？"善答道："天位已定，不便再移。"乜先复问道："中国古时有尧舜，称为圣主，究竟事实如何？"善答道："尧把帝位让舜，今上皇把帝位让弟，古今固一辙呢。"娓娓动人。乜先益悦服。伯颜帖木儿劝乜先留善，别遣使赴燕京，要求上皇复位。乜先道："曩令遣大臣来迎，今大臣已至，不应失信。"遂引善见上皇。择定吉日，送上皇启行。乜先早在营前，设宴祖饯，奉上皇上坐，自率妻妾等奉觞上寿，并弹琵琶侑酒。杨善旁侍，乜先顾善道："杨御史何不就座？"善口中虽是答应，身子仍植立不动。上皇亦顾善道："太师要你坐，你何妨就坐？"善复启道："君臣礼节，不敢少违。"上皇笑道："我命你就座罢。"善乃叩头称谢，然后坐在偏席，少顷即起。乜先赞道："中国大臣，确是有理，非我等所敢仰望呢。"当下开樽畅饮。上皇因指日得还，也饮得酩酊大醉，日暮各散归原营。到了次日，伯颜帖木儿等，也各轮流饯行。越日又饯饮各使，及随从诸臣。又越日，上皇才启驾南行。乜先预筑土台，请上皇登座，自挈妻妾部长，罗拜台下。礼毕登程，乜先及部长等，送至数十里外，各下马解脱弓箭战裾，作为献礼，然后洒泪而别。独伯颜帖木儿，送上皇至野狐岭，携榼进酒，并挥泪道："上皇去了，不知何日再行相见？"上皇感他供奉的私惠，一面称谢，一面也流泪两行。饮毕，伯颜帖木儿屏去左右，密语上皇侍臣哈铭道："我等敬事上皇，已阅一年，但愿上皇还国，福寿康强，我主人设有缓急，亦得遣人告诉，请转达上皇，莫忘前情！"哈铭允诺。上皇劝伯颜帖木儿回马，伯颜帖木儿尚依依不舍，直送出野狐岭口，重进牛羊等物。上皇揽辔慰藉，彼此又复垂泪，经杨善等促驾南行，才与伯颜帖木儿言别。伯颜帖木儿大哭而归，如此气谊，实是难得，想与英宗前生，定有夙缘。仍命麾下头目，率五百骑护送上皇还京。

这消息早达京城，景帝不能不迎，命礼部具仪以闻。尚书胡濙，议定礼节，即日复奏。景帝偏从减省，只命以一舆两马，迎上皇入居庸关，待入安定门，方易法驾。给事中刘福，上言礼贵从厚，不宜太薄。景帝道："朕恐堕寇狡计，所以从简。且昨得上皇书，曾言礼毋过烦，朕岂得违命？"言不由衷，然已如见其肺肝。群臣不敢再言。会千户龚遂荣，投书大学士高毂，略言"上皇为兄，今上为弟，奉迎应用厚礼。且今上亦当避位恳辞，俟上皇固让，才得受命。唐肃宗故事，可为成法"云云。高毂袖书入朝，与王直等商议。尚书胡濙，即欲把原书上呈，都御史王文，独以为未可。两下里方在龃龉，给事中叶盛，已入内面奏，有诏索书。濙等即以书进，且言肃宗迎上皇礼，正可仿行。景帝怒道："遂荣何人，敢议朝廷得失！"随传旨逮问遂荣。遂荣倒也硬朗，自缚诣阙，仍执前词，竟至下狱坐罪，一系数年，始得脱囚。景帝遣太常少卿许彬至宣府，翰林院侍读商辂至居庸，迎上皇入京。约过数日，上皇已至京城，景帝出东安门迎接，下马载拜。上皇亦下马答拜，相持悲泣，各述授受意。逊让良久，乃送上皇入南宫。百官随入，行朝见礼，随即下诏大赦。诏词中有数语道："礼唯有隆而无替，义则以卑而奉尊，虽未酬复怨之私，庶稍遂厚伦之愿。"轻描淡写了几句，分明将"监国"二字，变成篡国，涕泣推逊，无非掩饰耳目，自欺欺人罢了。直书无隐。

上皇自居南宫后，名似尊崇，实同禁锢。闲庭草长，别院萤飞，遇着岁时生诞，并没有廷臣前来朝贺，虽有胡濙等上表申请，一概置诸不理。唯脱脱不花及也先等，颇时时念及上皇，遣人贡献，上皇每次俱有答礼。景帝心滋不怿，即谕敕也先道："前日朝廷遣使，未得其人，飞短流长，遂致失好。朕今不复遣，设太师有使，朕当优礼待遇，但人数毋过得多，赏赍乃可从厚，唯太师鉴原，勿违朕意！"这道谕敕，方才颁发，适脱脱不花使人又至，且还所掠招抚使高能等，请修旧好。景帝欲将他拒绝，还是王直等痛陈利害，始款待来使，赐他酒宴。但朝使依然不遣，只令来使赍书还报，算作了事。*极写景帝懊怅情形。*

会岷王梗子广通王徽煠，及弟阳宗王徽焲，以景帝构夺兄位，心中不服，竟煽诱诸苗，颁发伪敕，封苗酋杨文伯等为侯，令纠众攻武冈州。是时湖广总督侯琏，与副总兵田礼正，击破贵州叛苗，俘获甚众。杨文伯闻风畏惧，不敢受徽煠私敕，只遣部众二千名，随去使蒙能等赴武冈。事被徽煠兄徽煐所闻，急上表呈报。徽煐曾封镇南王，由景帝颁谕嘉奖，一面发兵拿逮徽煠，禁锢京师，徽焲亦被锢凤阳，皆废为庶人。及蒙能等至武冈，两王已就逮，那时顾命要紧，慌忙窜去，潜入粤西，勾结生苗，自号蒙王，骚扰了好几年，始由官兵荡平，这且慢表。

且说景帝迎还上皇，内外无事，苗众虽有乱耗，亦不日肃清。时已景泰三年，会当盛夏，景帝闲坐宫中，语太监金英道："东宫诞辰将到了。"英答道："尚未。"景帝道："七月初二日，不就是太子生么？"英顿首道："是十一月初二日。"景帝默然不答。看官！你道景帝此言，果是记错日子么？他因世子见济，是七月二日生辰，年已十余岁，意欲立为太子，可继帝统，无如兄子见深，已立为青宫，一时不好改换，所以把见济生辰，充做太子生日，佯作错误，试探金英口气。偏金英据实申陈，好似未明意旨一般。*实是以伪应伪。*弄得景帝无词可说，又踌躇了数日，毕竟忍耐不住，再与中官兴安等熟商。安初亦颇以为难，经景帝再三谆嘱，不得不勉从上命，代为设法，暗中与陈循、高毅、江渊、王一宁、萧镃、商辂等，旦夕密议。各人依违两可，不敢遽决。事有凑巧，来了一道边疆的奏章，署名叫作黄竑，竑系广西土目，因平匪有功，得擢为都指挥使。他有庶兄黄玛，曾为思明土知府。玛年老，子钧袭官，竑谋夺世职，率领己子，及骁悍数千人，夜袭玛家，杀死玛父子，支解尸首，纳入瓮中，埋诸后圃。总道是无人发泄，谁知竑仆福童，竟走告宪司。巡抚李棠，及总兵武毅，联衔奏闻，有旨严捕黄竑父子。竑急得没法，忙遣千户袁洪，到京行贿，意图保全性命。当有内监被他贿通，令他奏请易储。当即倩了名手，缮就奏牍，呈入宫中，由景帝瞧着，其词道：

太祖百战以取天下，期传之万世。往年上皇轻身御寇，驾陷北廷，寇至都门，几丧社稷。不有皇上，臣民谁归？今且逾二年，皇储未建，臣恐人心易摇，多言难定，争夺一萌，祸乱不息。皇上即循逊让之美，复全天叙之伦，恐事机叵测，反复靡常，万一羽翼长养，权势转移，委爱子于他人，寄空名于大宝，阶除之下，变为寇仇，肘腋之间，自相残癙，此时悔之晚矣。语语打入景帝心坎。乞与亲信大臣，密定大计，以一中外之心，绝觊觎之望，天下幸甚！臣民幸甚！

景帝阅毕，不禁喜慰道："万里以外，不料有此忠臣。"兄且可杀，宁知有君。遂下旨令释玹罪，并将原书发交礼部，传示群臣集议；且命兴安赍着金银，分赐内阁诸学士，每人黄金五十两，白银百两。越日，礼部尚书胡濙，即召集百官，与议易储事。王直、于谦以下，各相顾眙愕。都给事中李侃、林聪，及御史朱英，抗言不可，议久未决。太监兴安厉声道："此事不能不行。如以为未可，请勿署名，何必首鼠两端？"王振已死，即有兴安继起，何明代之好用阉人耶？众官不敢再抗，只好唯唯署议。于少保未免模棱。乃由胡濙复奏，但称："陛下膺天明命，中兴邦家，绪统相传，宜归圣子，黄玹奏是。"这奏呈入，不到半日，即下旨报可，着礼部具仪，择吉易储，一面简置东宫官。官属既定，遂立皇子见济为皇太子，改封故太子见深为沂王，有诏特赦，宫廷宴贺。不料皇后汪氏，偏据着正理，力为谏阻，竟与景帝反目，又闹出一场废立的事情。小子有诗咏道：

> 监国翻成篡国谋，雄心未餍又怵求。
> 如何翼语犹难入，甘把中宫一旦休。

欲知废后底细，待至下回说明。

历述瓦剌饯别情状，见得也先、伯颜辈，尚有深情，而景帝之不欲迎驾，勉强举行，负愧多矣。继述景帝易储情形，见得金英、兴安辈，实为谋主，而廷臣之相率受赂，媕婀卑鄙，寡耻甚矣。若夫录杨善之才辩，益所以表其忠，载黄玹之疏词，益所以著其谲。外此或抑或扬，从详从简，具有微意，有心人吐属，固非寻常笔述家所得与同日语也。

第三回

拒忠谏诏狱滥刑
定密谋夺门复辟

却说皇后汪氏，性颇刚正，力持大体，唯所生皆女，独无子嗣，皇子见济，系杭妃所出，景帝欲立见济为太子，汪后独谏阻道："陛下由监国登基，已算幸遇，千秋万岁后，应把帝统交还皇侄。况储位已定，诏告天下，如何可以轻易呢？"景帝不悦，后来决意易储。汪氏又复力谏，说至再三，惹得景帝动恼，竟奋然道："皇子非你所生，所以怀妒得很，不令正位青宫。你不闻宣德故例，胡后无出，甘心让位，前车具在，未知取法，反且多来饶舌，难道朕要你管么？"言毕，抽身而起，竟往杭妃宫中去了。汪后遭此诃责，心甚不甘，呜呜咽咽地哭了一夜，竟令女官代草一疏，愿将后位让与杭妃。景帝顺水行舟，自然照准，遂援了宣德废后的故事，颁告群臣，不待臣工议奏，即将汪后迁入别宫，改册杭妃为皇后。父作子述，可见贻谋不可不臧。

且因太监兴安，有易储功，格外宠用。兴安素性佞佛，建了一座大隆福寺，费至数十万，逾年始成，非常闳丽，便面请景帝临幸。礼部郎中章纶，上章奏阻，盐运判官杨浩，除官未行，亦直言申奏，景帝乃中辍不行。会御用监阮浪，在南宫服侍上皇，上皇爱他勤敏，赏给镀金绣袋，及镀金刀各一件。浪与内使王瑶，甚是亲昵，竟将赐物转赠。赐物安可赠人？阮浪太属莽浪。王瑶年龄尚轻，并无阅历，得了绣袋宝刀，欣然佩带身边，不意为锦衣指挥卢忠所见，隐为诧异，即邀瑶至家，设酒与饮，闲谈甚欢，渐渐问及宝刀绣袋。瑶和盘说出，卢忠索阅一番，不由得计上心来，便假意殷勤，且命妻出为劝酒。瑶不便却情，并见他妻颇貌美，益觉目眩神痴，酒不醉人人自醉，色不迷人人自迷，不消多时，已将他灌得烂醉，东斜西倒，一步也走不得。忠令人扶瑶起座，就客厅睡下，轻轻地解了金刀绣袋，星夜打点公文，并呈入刀袋等物，具说阮浪受上皇命，以袋刀结瑶，意图复辟，瑶自醉中说出，因此飞章上告。景帝震怒，立降严旨，将阮浪、王瑶二人，逮系诏狱，令法司穷究。刑讯了好几回，浪、瑶不肯诬供，只把实情上诉。瑶此时酒已醒了。卢忠闻着，未免后悔，暗想他二人如此抗直，倘或反坐起来，还当了得？不如往询卜筮，预占吉凶。患得患失，自是小人情态。遂屏去侍从，独行至卜者全寅家。全寅少聪，性聪敏，学占验术，所言多奇中。及与卢忠代卜，得了一个天泽履卦，忠尚未表明实情，寅不禁摇首道：“《易》言：‘履虎尾，咥人凶。’不咥人犹可，咥人则凶。”这一语说出，吓得卢忠面如土色，勉强答道：“汝试依卦占断，不必隐讳。”寅复道：“上天下泽为之履，天泽不分，凶象立见。敢问所为何事？请即示明。”忠见他语语中肯，仿佛似仙人一般，只好说明大略。寅笑道：“无怪卦象甚凶，试思今上与上皇，前为君臣，今为兄弟，天泽素定，岂可紊乱？汝乃欲他叛君背兄，是明明所谓咥人了。此大凶兆，一死且不足赎罪。”大义微言，非江湖卖卜者比。忠闻言大惧，忙求寅替他禳解。寅答道：“获罪于天，禳解何益？”忠再三哀恳，寅方道：“履道坦坦，幽人贞吉，君能作幽人么？”忠战栗道：“我为原诉，何从隐避？”寅想了一会，悄悄与忠附耳，说了几句，忠才拜谢而去。不数日，忽传卢忠病狂，在市上行走，满口胡言，歌哭无常，于是中官王诚，及学士商辂，入白景帝道：“卢忠病风不足信，望陛下休听妄言，致伤大伦！”景帝意始少释，并逮卢忠下狱。未几又释出，谪戍广西，令他带罪立功。仍是有意回护。阮浪久锢，王瑶磔死，只他最是晦气，然亦可为好酒耽色者戒。一场大案，总算化作冰消了。

　　是年冬月，也先复遣使至京，贺来年正旦，且贡名马。尚书王直，请遣使答报，有诏饬兵部议决。于谦道：“去年也先使来，臣闻他弑主为逆，尝请发兵讨罪，未邀俞允，今反欲遣使答报么？”原来景泰二年，也先曾弑主脱脱不花，于谦请讨逆复仇，景帝不从，至是乃复阻遣使，竟得罢议。唯脱脱不花被弑情由，亦须补叙明白。先是脱脱不花娶也先姊，生了一子，也先欲立以为嗣，脱脱不花未允，且与也先凤有违言。也先遂攻脱脱不花，脱脱不花败走，经也先追击，杀死脱脱不花，把他妻孥收没，自称监国。至景泰四年，且僭立为汗，复遣使致书，称大元田盛可汗。"田盛"二字的音义，与天圣相似，末署添元元年。景帝答书，亦称他为瓦剌汗。景帝不从于谦之请，且称他为汗，亦是投鼠忌器之意。也先遂日渐骄恣，且据有脱脱不花的妃妾，左抱右拥，朝欢暮乐，害得朝政不理，部众分解。蛾眉误国，中外一辙。阿拉知院求为太师，也先不许，且将阿拉二子，尽行杀毙。阿拉大怒，纠众攻也先，也先沉湎酒色，毫不设备，竟被阿拉拿住，数他三罪道："汉儿血在汝身，脱脱不花汗血在汝身，乌梁海血亦在汝身。天道好还，今日汝当死。"也先无词可答，竟被阿拉一刀，挥作两段。阿拉欲继立为汗，忽被鞑靼部目孛来杀入，战败身死。孛来夺也先母妻，并玉玺一方，访得脱脱不花子麻儿可儿，仍拥立为鞑靼汗，号称小王子。自是瓦剌骤衰，鞑靼复炽，事见后文，姑且慢表。此段是承前启后文字。

且说皇子见济，立为东官，仅阅一年有余，忽得奇疾，竟致不起。可谓没福。景帝悲恸得很，命葬西山，谥为怀献。礼部郎中章纶，及御史钟同，以东宫已殁，并无弟兄，不如仍立沂王，借定人心。凑巧两人入朝，途中相遇，彼此谈至沂王，甚至泣下，遂约定先后上疏，同为前茅，纶为后劲。退朝后，同即抗疏上陈，略云：

　　父有天下，固当传之于子。乃者太子薨逝，足知天命有在。今皇储未建，国本犹虚，臣窃以为上皇之子，即陛下之子，沂王天资厚重，足令宗社有托，伏望扩天地之量，敦友于之仁，择日具仪，复还储位，实祖宗无疆之休。臣无任待命之至！

疏入后，景帝心殊不悦，勉强发交礼部，令他议奏。礼部尚书胡濙等，窥上意旨，料知原奏难行，只把缓议二字，搪塞了事。那时章纶依着原约，因月朔日食，进呈修德弭灾十四事，差不多有数千言，内有悖孝悌一条云：

　　孝悌者百行之本，愿陛下退朝后，朝谒两宫皇太后，修问安视膳之仪。上皇君临天下，十有四年，是天下之父也。陛下亲受册封，是上皇之臣也。上皇传位陛下，是以天下让也。陛下奉为太上皇，是天下之至尊也。陛下宜率群臣，于每月朔望，及岁时节旦，朝见于延安门，以尽尊崇之道，而又复太后于中宫，以正天下之母仪；复皇储于东宫，以定天下之大本，则孝弟悉敦，和亲康乐，治天下不难矣。

景帝览到此奏，不禁大怒。时已日暮，宫门上钥，有旨自门隙中传出，命锦衣卫执纶下狱。越日，复逮系钟同，饬刑部严究主使。同、纶两人，供称意由己出，并非人授。刑部说他抵赖，尽情拷掠，一连血比三日，语不改供。会大风扬沙，天地昼晦，伸手不辨五指，刑官也害怕起来，方将二人还系狱中，把狱案渐渐缓下。不意南京大理寺少卿廖庄，又遥上奏章，请景帝朝谒上皇，优待上皇诸子。景帝阅未终疏，即搁过一边。过了一年，庄因事到京，诣东角门朝见，顿触起景帝旧嫌，说他平时狂妄，饬杖八十，谪为定羌驿丞。可怜这廖庄无辜受灾，既受杖伤，还要奔波万里，辛苦备尝，正是祸来天上，变出意中。**谁要你多嘴？**内侍复入白帝前，言罪魁祸首，实自同、纶。景帝乃特取巨梃，交给法司，令就狱中杖同及纶，每人五百下。同竟杖毙，纶死而复苏，仍拘狱中。刑部给事中徐正，揣摩迎合，上言沂王尝备位储副，恐被臣民仰戴，不宜久居南宫，应徙置封地，以绝人望。这奏上去，总料是餍惬帝心，足邀宠眷，哪知降旨下来，语语驳斥，谪戍穷边。**该死。**自此廷右诸臣，统做了反舌无声，把建储事绝不提起。

忽忽间已是景泰七年，元宵甫届，皇后杭氏，竟罹了风寒，起初是寒热交侵，嗣后变成重症，一到仲春，呜呼哀哉，景帝又复悼亡，自不消说。其时宫中有个李惜儿，本系江南土娼，流转京师，姿态妖艳，色艺无双，都下狭邪子弟，评骘花榜，目为牡丹花。声誉传入禁中，为景帝所闻，更令内侍召入，一见倾心，即夕侍寝。惜儿是妓女出身，枕席上的奉承，比妃嫔等不啻天渊，景帝畅快异常，备极恩遇。可怜无德的女人，往往因宠生骄，因骄成悍，入宫不过两三年，与景帝恰反目数次。毕竟龙性难驯，耐不住妇女磨折，一场吵闹，逐出宫外。**未免薄幸。**杭皇后本得帝宠，又遭病殁，此外虽有妃嫔数人，仅备小星，没甚才貌，情怀恻恻，长夜漫漫，教景帝如何度日？当下采选秀女，得了一个丽姝，体态轻盈，身材袅娜，性情容止，都到恰好地位，惹得景帝越瞧越爱，越爱越宠，春风一度，无限欢娱，因她生父姓唐，遂封为唐妃。越半年又晋封贵妃。每游西苑，必令贵妃乘马相随。一日，马惊妃堕，几乎受伤。景帝鞭责马夫，打个半死，别令中官刘茂，拣选良骏，控习以待。又增建御花房，罗致各省奇葩名卉，作为游赏处所。风流天子，绰约佳人，相对含欢，无夕不共，好一座安乐窝，尝遍那温柔味，无如好梦难长，彩云易散，到了景泰八年元旦，朝贺礼毕，忽觉龙体违和，好几日不能临朝。百官问安左顺门，太监兴安出语道："公等皆朝廷股肱，不能为社稷计，徒日日问安，有何益处？"众官语塞，诺诺而退。到了朝房，大众以兴安所言，意在建储，御史萧维桢等，拟请复沂王为太子。学士萧镃，以沂王既退，不便再立，须另择元良为嗣。彼此酌定，遂缮好奏折，呈请立储。待了数日，方有中旨颁下，谓朕偶有寒疾，当于十七日临朝，所请着无庸议。众官见了此旨，又面面相觑，莫名其妙。会将郊祀，帝舆疾出宿斋宫。明代故例，每岁正月大祀天地于南郊。因病日加剧，势难亲临，乃召武清侯石亨至榻前，命摄行祀事。

亨见帝病甚，退语都督张轨，及太监曹吉祥道："公等欲得功赏么？"张、曹二人闻言，不禁奇诧起来，便惊问何事？亨密语道："皇帝病已深了，立太子，何如复上皇？"吉祥跃起道："石公好计！石公好计！"小人无不好事。亨复道："此系我一人主见，还须得老成一决。"张轨道："商诸太常卿许彬，可好么？"亨点首称善。当下同至许彬宅，与商密计。彬蹶然道："这是不世大功，事在速为，可惜我年已老，无能为力，唯意中恰有一人，何不往商？"亨问为谁？彬答道："便是徐元玉。"亨等喜谢而出。看官道徐元玉是何人？就是当年倡议南迁的徐珵。珵因南迁议，为景帝所薄，久不得迁，他却谄事大学士陈循，屡托保荐，循果屡登荐牍，景帝见徐珵名，好似一个眼中钉，辄摈不用。循语珵道："官家怕见你名，须改易为是。"珵乃易名有贞，别字元玉。无巧不成话，适值黄河决口，屡埋屡圮，循遂运动廷臣，荐举有贞。景帝果也忘怀，竟擢他为金都御史，督治黄河。有贞福至心灵，把屡埋屡圮的决口，熔铁下水，竟得塞住。且疏浚下流，畅达河道，河患遂灭。还京复命，复邀奖叙，进左副都御史，寻调右副都御史。追溯徐有贞履历，要言不烦。及石亨等到有贞家，说及复辟大计，有贞很是赞成，并云须令南宫知此意。轨答道："昨已密达上皇了。"有贞道："俟得复报乃可。"越日为上元节，有贞夜至亨家，复密议了一宵。又越日黄昏，亨等又访告有贞，谓已得南宫复报，请早定计。有贞至屋后露台上，仰观天象已毕，即下对亨等道："紫微垣已有变象，事在今夕，不可失机。"是否捣鬼？随又报语道："如此如此，不患不成。"石亨、张轨、曹吉祥三人，当即趋出，自去筹备。有贞焚香祝天，默祷一番，随即与家人诀别道："事成后功在社稷，共享富贵，否则祸必杀身，除非做鬼回来。"家人揽祛挽留，有贞不顾，挥手竟去。时当三鼓，禁中卫士，因有十七日视朝的旨意，已启禁门。有贞踉跄趋入，径至朝房候着，约历半时，亨、轨等率领群从子弟，一拥并入。依据《天顺实录》，不从《纪事本末》。是时天色晦冥，星月无光，亨、轨等左顾右盼，方见有贞，便问道："事果济否？"有贞道："必济无疑。"此时即不能济事，亦只好舍命做去。遂率众薄南宫门，门扃甚固，连叩不应。有贞命众取巨木至，悬绳于上，用数十人举木撞门。门右墙垣，陡被震坍，大众乘隙进去，入谒上皇。上皇时尚未寝，秉烛观书，见他排闼而入，不觉惊问道："你等何为？"众俯伏称万岁。上皇道："莫非请我复位么？这事须要审慎。"可见上皇已经接洽。有贞等齐声道："人心一致，请陛下速即登舆！"言毕即起，呼兵士举舆入内。众兵士遑遽不能举，有贞等掖着上皇，出坐乘舆，助挽以行。忽见天色明霁，星月皎然，上皇顾问有贞等职名，有贞一一奏对。须臾至东华门，司阍厉声呵止。上皇亦厉声道："我是太上皇，有事入宫，何人敢拒？"司阍闻声趋视，果然不谬，遂由他进去。直入奉天殿，有贞为导，两阶武士，用铁爪击有贞，也亏上皇呵叱，才行退去。时龙座尚在殿隅，由众推至正中，请上皇下舆登座，一面鸣钟擂鼓，大启诸门。百官方至朝房，候景帝视朝，闻奉天殿有呼噪声、呵叱声，继而有钟鼓声，相率惊骇。蓦见有贞出殿，大呼道："太上皇复位了，众官何不进谒？"百官闻言益惊，但变出非常，事已至此，何人敢行抗拒？不得已各整衣冠，登殿排班，依次跪伏，三呼万岁。正是：

　　　冕旒重见当王贵，嵩岳依然效众呼。

欲知复辟后事，请看官再阅下回。

　　景帝居上皇于南宫，情同禁锢，其蔑视上皇也久矣。卢忠假事生风，而阮浪、王瑶，遂致获罪，至于见济病殁，杭后随逝，景帝已无子嗣，亦可返躬愧省，复立沂王，乃犹拒谏饰非，淫刑以逞，奚怪石亨辈之再图复辟乎？唯景帝病已危笃，神器岂能虚悬？他日立君，舍英宗其将奚属？石亨希邀功赏，结合徐有贞等，遂为复辟之计，行险侥幸，成亦无名。夺门二字，贻笑千秋，然亦何莫非景帝猜忌之深，始激而成此变也。若乜先弑主之不讨，李妃、唐妃之邀宠，犹其余事，然亦可以见景帝之深心，投鼠而辄忌器，纳妾而思毓麟，天不从人，蔑伦者其亦观此自返乎？

第四回

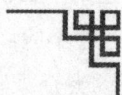

于少保沉冤东市
徐有贞充戍南方

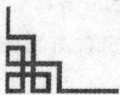

却说景帝方卧疾斋宫，正值残梦初回。炉香欲烬，忽闻钟鼓声喧，来自殿上，不禁惊异起来，忙呼问内侍道："莫非是于谦不成？"*此语颇奇。*内侍错愕未答。既而内监走报，说及南宫复辟事。景帝连声道："好！好！好！"说着，气喘不已，面壁而卧。这边方独卧唏嘘，那边正盈廷庆贺，徐有贞复辟功成，即刻受命入阁，参预机务。一面与大学士陈循，草诏谕群臣，日中再正式即位，历史上复称英宗，小子也自然沿称英宗。文武百官，再行朝谒，由有贞宣读谕旨，略称"土木一役，乘舆被遮，建立皇储，并定监国，不意监国挟私，遽攘神器，易皇储，立己子，皇天不佑，嗣子先亡，殃及己身，遂致沉疾。朕受臣民爱戴，再行践阼，咨尔臣工，各协心力"云云。朗读已毕，群臣顿首听命。忽又有诏旨传下，逮少保于谦，大学士王文、陈循、萧镃、商辂，尚书俞士悦、江渊，都督范广，太监王诚、舒良、王勤、张永下狱。谦等尚列朝班，当由锦衣卫一一牵去锢入狱中。*迅雷不及掩耳。*先是石亨为谦所荐，统师破敌，城下一役，亨功不如谦，独得封侯，未免内愧，乃疏荐谦子冕为千户。谦上言："国家多事，臣子不得顾私恩，石亨身为大将，未闻举一幽隐，乃独保荐臣子，理亦未协，臣决不敢以子滥功。"这数语传入亨耳，未免愤恨。亨从子彪，行为贪暴，又为谦所奏劾，出戍大同，因此亨益怨谦。徐有贞尝求官祭酒，浼谦先容，谦亦尝登入荐牍，卒不得用。有贞疑谦未肯尽力，亦生怨隙。及英宗复辟，两人得为功首，正好借此报复，遂诬称于谦、王文，欲迎立襄王瞻墡，瞻墡系仁宗第五子。应即下狱惩罪。陈循、萧镃、商辂等，从前尝倾向景帝，罪有所归，亦难宽贷。英宗正感念二臣，自然言听计从，不待群臣退朝，即将数人拿下。越日，即饬徐有贞等讯究。王文、于谦，出狱对簿，文抗辩道："迎立外藩，须有金牌符信，遣人必用马牌，究竟有无此事，内府兵部二处，可以查验，何得无故冤人？"有贞道："事尚未成，自无实迹，但心已可诛，应当定罪。"文复抗声道："犯罪必须证据，天下有逆揣人心，不分虚实，遂可陷人死地么？"说至此，辞色俱厉。谦顾语王文道："石亨等报复私仇，定欲我等速死，虽辩何益？"都御史萧维桢在座，也插口道："于公可谓明白。事出朝廷，承也是死，不承也是死。"专制之世，方有是语。当下将谦、文等还系诏狱，即由徐有贞、萧维桢诸人，以"意欲"二字，锻炼成词，仓猝入奏，英宗犹豫未忍道："于谦实有功，不应加刑。"有贞攘臂直前道："不杀于谦，今日事有何名誉？"杀了于谦，难道便有大名么？英宗乃诏令弃市。临刑这一日，愁云惨雾，蔽满天空，道旁人民，莫不泣下。岳王之死，称为三字狱，于少保之死，可称为二字狱。太后闻谦死，亦嗟悼累日。曹吉祥麾下，有一指挥名朵儿，亦作多喇。亲携酒醴，哭奠于谦死所。吉祥闻知，把他痛打一顿，次日复哭奠如故，吉祥亦无可奈何。谦妻子坐罪戍边，当锦衣卫查抄时，家无余资，只有正屋一间，封锁甚固，启门查验，都系御赐物件，连查抄的官吏，也为涕零。都督同知陈逵，收谦遗骸，归葬杭州西湖，后人称为于少保墓。每年红男绿女，至墓前拜祷，络绎不绝。相传祈梦甚灵，大约是忠魂未泯的缘故，这也不在话下。

且说谦、文既死，太监舒良、王诚、张永、王勤等，一并就刑。陈循、俞士悦、江渊谪戍。萧镃、商辂削职为民。范广与张轨有嫌，锢禁数日，复遭刑戮。轨复潜杀前昌平侯杨俊，以俊在宣府时，不纳英宗，所以坐罪。嗣轨入朝，途中猝得暴疾，舁归家中，满身青黑，呼号而死。或谓范广为祟，或谓杨俊索命，事属渺茫，难以定论。唯叙功论赏时，轨得封太平侯，贵显不过月余，即致暴毙，真所谓过眼浮云，不必欣羡呢。得保首领，还算幸事。其时石亨得封忠国公，张轨弟辄，得封文安侯，都御史杨善封兴济伯，石彪封定远伯，充大同副总兵。徐有贞晋职兵部尚书，曹吉祥等，予袭锦衣卫世职，袁彬为锦衣卫指挥同知，出礼部郎中章纶于狱，授礼部侍郎，召廖庄于定羌驿，给还大理寺少卿原官，追赠故御史钟同，大理寺左丞，赐谥恭愍，并令一子袭荫，大家欢跃得很。唯有贞意尚未足，常向石亨道："愿得冠侧注从兄后。"侧注系武弁冠名，石亨为白帝前，乃晋封武功伯，嗣复录夺门功臣，封孙镗为怀宁伯，董兴为海宁伯，此外加爵晋级，共三千余人。一朝天子一朝臣，尚书王直、胡濙，及学士高穀，均见机乞归，英宗命吏部侍郎李贤，太常寺卿许彬，前大理寺少卿薛瑄，入阁办事。一面改景泰八年为天顺元年，大赦天下。复称奉太后诰谕，废景泰帝仍为郕王，送归西内。太后吴氏，复号宣庙贤妃，削皇后杭氏位号，改称怀献太子为怀献世子。钦天监正汤序，且请革除景泰年号，总算不允。未几郕王病殁，年仅三十，英宗命毁所营寿陵，改葬金山，与夭殇诸王坟，同瘗一处，且令郕王妃嫔殉葬。唐妃痛哭一场，当即自尽。毕竟红颜命薄。被废的汪后，曾居别宫，至是亦欲令殉葬，侍郎李贤道："汪妃已遭幽废，所生两女，并皆幼小，情尤可悯，请陛下收回成命。"皇子见深，此时已届十龄，粗有知识，备陈汪后被废，由谏阻易储事。英宗乃免令殉葬，寻复立见深为太子。太子请迁汪妃出宫，安居旧邸，所有私蓄，尽行携去。既而英宗检查内帑，记有玉玲珑一物，少时曾佩系腰间，推为珍品，屡觅无着，当问太监刘桓，桓言景帝曾取去，想由汪妃收拾。乃遣使向妃索归，只称无着。再三往索，终不肯缴。左右劝妃出还，妃愤愤道："故帝虽废，亦尝做了七年天子，难道这区区玉件，也不堪消受么？我已投入井中去了。"英宗因此衔恨。后有人言汪妃出携甚多，又由锦衣卫奉旨往取，得银二十万两，他物称是。可怜这汪妃身畔，弄得刮垢磨光，还亏太子见深，念着旧情，时去顾问，太子母周贵妃，与汪妃素来投契，亦随时邀她入宫，叙家人礼，汪妃方得幸保余生，延至武宗正德元年，寿终旧邸。这是守正的好处。郕王于成化十一年，仍复帝号，追谥曰景，修缮陵寝，祭飨与前帝相同。汪妃葬用妃礼，祭用后礼，合葬金山，追谥为景皇后，这都是后话不题。

单说襄王瞻墡，就封长沙，资望最崇，素有令誉。英宗北狩，孙太后意欲迎立，曾命取襄国金符，已而不果。襄王却上书太后，请立太子，命郕王监国。及英宗还都，襄王又上书景帝，宜朝夕省问，朔望率群臣朝谒，毋忘恭顺等语。英宗全然未知。复辟以后，信了徐有贞、石亨谗言，诬戮于谦、王文，且疑襄王或有异图，嗣检得襄王所上二书，不禁涕泪交下，忙赐书召他入叙。有二书俱在，始信金縢等语。金縢系周公故事。襄王乃驰驿入朝，赐宴便殿，慰劳有加。且命添设护卫，代营寿藏。

至襄王辞归，英宗亲送至午门外，握手泣别。襄王逡巡再拜，伏地不起。英宗衔泪道："叔父尚有何言？"襄王顿首答道："万方望治，不啻饥渴，愿省刑薄敛，驯致治平。"敢拜昌言。英宗拱手称谢道："叔父良言，谨当受教。"襄王乃起身辞行。英宗依依不舍，待至襄王行出端门，目不及见，才怏怏回宫。自是颇悔杀谦、文，渐疏徐、石。晓得迟了。

石亨自恃功高，每事辄揽权恣肆，嗣被英宗稍稍裁抑，心知有异，遂与曹吉祥朋比为奸，倚作臂助。独徐有贞窥伺帝意，觉得石亨邀宠，渐不如前，不得不微为表异，要结主眷，以此曹、石自为一党，与有贞貌合神离。凶终隙末，小人常态。可巧英宗与有贞密语，被内竖窃听明白，报知曹吉祥。吉祥见了英宗，却故意漏泄出来，引得英宗惊问，只说是有贞相告，英宗遂益疏有贞。会曹、石二人，强夺河间民田，御史杨瑄列状以闻，英宗称为贤御史，将加重用。吉祥大惧，忙至英宗前哭诉，说是杨瑄诬妄，应即反坐罪名，英宗不许，继而彗星示儆，掌道御史张鹏、周斌等，约齐同僚，拟交章请惩曹、石，挽回天变。事为给事中王铉所闻，密达石亨。亨急转告吉祥，同至英宗前，磕头无算。英宗不禁大讶，问明情由。曹、石齐声奏道："御史张鹏，为已诛太监张永从子，闻将为永报仇，结党构衅，陷害臣等。臣等受皇上厚恩，乞赐骸骨，虽死不忘。"说至此，又呜呜咽咽地哭将起来。亏他装诈。英宗道："陷害不陷害，有朕作主，张鹏何能死人？卿等且退！朕自留心便了。"两人拜谢而出。

隔了一宵，果然弹章上陈，痛诋曹、石，为首署名的便是张鹏，次为周斌，又次为各道御史，连杨瑄也是列名。英宗阅未终章，便出御文华殿，按着奏疏上的名氏，一一召入，掷下原奏，令他自读，明白复陈。斌且读且对，神色自若，读至冒功滥赏等语，英宗诘问道："曹、石等率众迎驾，具有大功，朝廷论功行赏，何冒何滥？"斌答道："当时迎驾，止数百人，光禄寺颁赐酒馔，名册具在，今超迁至数千人，不得谓非冒非滥。就使明明迎驾，也是贪天功为己有，怎得无端恣肆呢？"这数语理直气壮，说得英宗无词可答，但总不肯认错，仍命将瑄、鹏诸人，一律下狱。所谓言莫予违。刑官等讨好曹、石，搒掠备至，责问主使，词连都御史耿九畴、罗绮，亦逮系狱中。石亨、曹吉祥，意欲乘此机会，一网打尽，复入陈御史纠弹，导自阁臣，徐有贞、李贤等，与臣有嫌，阴为主谋，所以瑄、鹏等有此大胆，诳奏朝廷。英宗闻言益愤，索性将徐有贞、李贤两人，并下图圄。全狱冤气，上激天空，风发雨狂，电掣雷轰，下雹如鸡卵，击毁奉天门角，连正阳门下的马牌，都飞掷郊外。石亨家内，水深数尺，曹吉祥门前，大树皆折，闹得人人震恐，个个惊慌。**大约是天开眼。** 钦天监正汤序，本系亨党，至是亦上言天象示儆，应恤刑狱。**我谓其胆小如蕞。** 英宗乃释放罪囚，出徐有贞为广东参政，李贤为福建参政，罗绮为广西参政，耿九畴为江西布政使，周斌等十二人为知县。杨瑄、张鹏戍边卫。别命通政使参议吕原，及翰林院修撰岳正，入阁参预机务。尚书王翱，以李贤无辜被累，奏请留京，英宗亦颇重贤，乃从翱所请，并复原官，寻又擢为吏部尚书。

曹、石见李贤复用，很是懊丧，适值内阁中有匿名书帖，谤斥朝政，为曹、石二人闻知，遂奏请悬赏查缉。岳正入奏道："为政有礼，盗贼责兵部，奸宄责法司，哪有堂堂天子，悬赏购奸的道理？且急则愈匿，缓则自露，请陛下详察。" **是极。** 英宗称善，不复深究。既而正复密奏英宗，言："曹、石二人，威权过重，恐非皇上保全功臣的至意。" 英宗道："卿为朕转告两人。" 正遂往语曹、石，曹、石复入内跪泣，免冠请死。**曹系阉竖，宜有妇人性质，亨一武夫，何专学泣涕耶？** 英宗未免自愧，温言劝慰，一面责正漏言。**既要他转告，又责他漏言，英宗之昏庸可知。** 正对道："曹、石二家，必将以背叛灭族，臣体陛下微旨，令他自戕，隐欲保全，他尚未识好歹么？" **此语太激烈了。** 英宗默然无言。曹、石二人闻着，愈加忿恨。会承天门灾，命正草罪己诏，正历陈时政过失，曹、石遂构造蜚语，谓正卖直讪上，得旨贬正为钦州同知。正入阁仅二十八日，既被谪，道过本籍漷县，入家省母，留住月余，复为尚书陈汝言所劾，逮系诏狱，杖戍肃州。岳正去后，曹、石又追究匿名书，诬指徐有贞所为，英宗也不遑细察，竟令将有贞拿还，下狱掊治，终无供据。曹、石复入奏英宗道："有贞尝自撰武功伯券，辞云：'缵禹武功，禹受舜禅。'武功为曹操始封，有贞觊觎非分，罪当弃市。" **捕风捉影，何其巨测。** 英宗迟疑半晌，令二人退出，转询法司马士权。士权道："有贞即有匿谋，亦不至自撰诰券，败露机关呢。" 英宗方才省悟，乃命有贞免死，发金齿为民。后来石亨伏法，有贞得释归田里，放浪山水间，十余年乃死。**了结有贞，然比曹、石之诛，得毋较胜。** 礼部侍郎薛瑄，见曹、石用事，喟然道："君子见机而作，不俟终日，还欲在此何为？" 遂乞归引去。江西处士吴与弼，由李贤疏荐，被征入朝，授为左谕德，与弼固辞。居京二月，托辞老病，亦引归。英宗尚为故太监王振立祠，封曹吉祥养子钦为昭武伯，宠幸中涓，始终未悟。唯有一事少快人心，看官道是何事？乃是释建庶人文奎于狱。文奎系建文帝少子，被系时年仅二龄，至是始得释出，令居凤阳，赐室宇奴婢，月给薪米，并听婚娶出入。时文奎年已五十七，出见牛马，尚不能识。未几即病殁。小子有诗咏道：

> 王道由来不罪孥，乳儿幽禁有何辜？
> 残年始得瞻天日，牛马未知且乱呼。

欲知后事如何，且俟下回续叙。

英宗复辟以后，被杀者不止一于少保，而于少保之因忠被诬，尤为可痛。曹、石专恣以来，被挤者不止一徐有贞，而徐有贞之同党相戕，尤为可戒。于少保君子也，君子不容于小人，小人固可畏矣。徐有贞小人也，小人不容于小人，小人愈可畏，君子愈可悯也。故前回前半篇，以于少保为主，后半篇以徐有贞为主。与于少保同时就戮，及徐有贞同时被谪者，虽不一而足，要皆主中宾耳。标目之仅及于少保、徐有贞，可以知用意之所在矣。

第五回

发逆谋曹石覆宗
上徽号李彭抗议

　　却说兵部尚书陈汝言，与曹、石通同一气，平时甚趋奉曹、石，因得由郎中迁擢尚书，自是勾结边将，隐树爪牙，渐渐地威福自专，看得曹、石二人，平淡无奇，不肯照前巴结，且暗把曹、石过恶，入奏帝前。看官！你想这曹、石二人，靠了徐有贞的密计，得封高爵，后来还要排陷有贞，况陈汝言由他提拔，偏似狂狗反噬，如何不气？如何不恼？*一报还一报，何必懊恨？*当下嘱使言官，奏劾汝言贪险情形，即蒙准奏，把汝言逮狱，查抄家产，不下数十百万。英宗命将抄出财物，悉陈入内庑下，召石亨等入视，并勃然道："于谦仕景泰朝，何等优遇？到了身死籍没，并无余物。汝言在位，不过一年，所有财物，多至如此，若非贪赃受贿，是从哪里得来？"*你才晓得吗？*言下复连呼道："好于谦！好于谦！"亨等自觉心虚，不敢回答，只是垂头丧气，逼出了一身冷汗。英宗含怒而入，亨等扫兴而出。

　　既而鞑靼部头目孛来，入犯安边营。由大同总兵定远伯石彪，率众奋击，连败敌众，斩馘数百，获马驼牛羊二万余，遣使报捷。英宗依功行赏，进彪为侯。彪为亨侄，亨既封公，彪又封侯，一门鼎盛，表里为奸，那时权力越大，气焰越盛，无论内外官吏，统要向他叔侄前巴结讨好，才得保全官职。只是天下事盛极必衰，满极必覆，饶你如何显荣，结果是同归于尽。*争权夺利者听之！*石彪纵恣异常，免不得有人

26

密奏，激动帝怒，遂有旨召彪还朝。彪贪恋权位，阴使千户王斌等，诣阙乞留。英宗料知有诈，收斌等入狱，严刑拷问，果得实情，即飞饬石彪速归。彪既到京，立刻廷讯，并令王斌等对质，更供出他种种不法，藏有龙衣蟒服，违式寝床等情。还有一桩最大的要件，乃是英宗归国，乜先曾遵着前约，送女弟至大同，托石彪转献京师。彪见女姿色可人，佯为应允，暗中恰用强占住，自行消受。<small>所以有违式寝床。</small>其时英宗尚居南宫，内外隔绝，哪知此事？乜先也不遑问及，后来复为阿拉所杀，越觉死无对证。谁料天网恢恢，疏而不漏，竟被王斌等说明情伪，无从抵赖，于是英宗大怒，<small>夺他未婚妻，安得不怒。</small>置彪狱中。

石亨急得没法，只好上章待罪，请尽削弟侄官爵，放归田里，有旨不许。至法司再三鞫彪，词连石亨，因交章劾亨恣肆，应置重典，于是勒亨归第，罢绝朝参。且召李贤入问道："石亨当日有夺门功，朕欲稍从宽宥，卿意以为何如？"贤答道："陛下尚以'夺门'二字，为美名么？须知天位系陛下固有，谓为迎驾则可，谓为夺门则不可。夺即非顺，如何示后？当日算侥幸成功，若使事机先露，亨等死不足惜，不审置陛下何地。"<small>入情入理。</small>英宗徐徐点首。贤又道："若景泰果不起，群臣表请复位，岂不名正言顺？亨等虽欲升赏，何从邀功？而且老成耆旧，依然在职，何至有杀戮黜陟等事，致干天象？就是亨等亦无从贪滥。国家太平气象，岂不益盛？今为此辈减削过半了。"英宗道："诚如卿言。"及贤退后，诏令此后章奏，勿用夺门字样，并饬查冒功受官诸人，得四千余名，一律黜革，朝署为清。

先是石亨得势，卖官鬻爵，每以纳贿多寡，作授职高下的比例。时人有朱三千龙八百的谣传。朱是朱诠，龙是龙文，两人都赂亨得官，所以有此传言。金都指挥逯呆，也奔走石亨门下，钻营贿托，因得保举。至石彪得罪，石亨被嫌，呆遂独上一本，备陈石亨招权纳贿等情。<small>想是可惜银钱，否则尔以贿来，如何劾人？</small>英宗嘉他忠诚，遂令伺亨行动。他恐石亨复用，势且报复，遂专心侦察。也是石亨命运该绝，有一家人为亨所叱，遂将亨怨望情形，密告逯呆。适值天顺四年正月，彗星复现，日外有晕，呆遂上书奏变，说是石亨怨望日甚，与从孙石俊等，日造妖言，谋为不轨，宜赶紧治罪。英宗览奏，亟颁示阁臣。阁臣希旨承颜，自然说应正法。那时石亨无路可走，只得束手受缚，就系狱中。狱吏冷嘲热讽，朝拷暮逼，<small>所谓打落水狗。</small>害得石亨受苦不堪，活活地气闷死了。石亨一死，石彪的头颅，哪里还保得住？一道诏旨，将他斩首。两家财产，尽行充公。何苦作威作福，唯乜先的妹子，不知如何下落？

一波未平，一波又起，太监曹吉祥，怀着兔死狐悲的想头，恐自己亦遭波及，不得不先行防备。他在正统年间，尝出监军，辄选壮士隶帐下。及归，仍将壮士蓄养家中，所以家多藏甲。养子钦得封昭武伯，手下亦多武弁。至是复招集死党，作为羽翼。千户冯益，曾与往来，钦尝问益道："古来有宦官子弟，得为天子么？"益答道："君家魏武帝，便是中官曹节后人。"钦大喜，留益宴饮，醉后忘形，密谈衷曲，且令他娇娇滴滴的妻妾，出侍厅中，与益把盏。不怕作元绪公耶？益擅口辩，且滔滔不绝，满口恭维，说得曹钦心花怒开，不啻身居九重，连他娇妻美妾，也吃吃痴笑，好几张樱桃小口，都合不拢来。涉笔成趣。等到酒阑席散，益又说是相机而行，幸勿躁率，钦连声称是，嘱益秘密。益自然从命，所以一时未曾举动，也未曾泄漏。

倏忽间又是一年，鞑靼部头目孛来等，分道入寇，攻掠山、陕、甘肃边境。明廷正拟遣尚书马昂，及怀宁伯孙镗，督军往讨。兵尚未发，孙镗等留待京中。英宗注意军务，日夕阅奏，忽见了一本奏章，乃是诸御史交劾曹钦，说他擅动私刑，鞭毙家人曹福来。心下一动，随即提起笔来，批了数语，大旨以朝廷法律，不得滥用，大小臣工，俱应懔遵。曹钦擅毙家人，殊属不合，当彻底查究云云。批好后，即将原奏颁发。一面令指挥逯杲按治，毋得徇情。曹钦闻知此事，不禁惊愕道："去年降敕捕石将军，今番轮着我了。若不早图，难免大祸。"祸已临头，早图何益？当下邀请冯益等，密谋大事。钦天监正汤序，亦在座中，报称七月二日，发遣西征师，禁城早辟，此时正可设法。冯益大喜道："机会到了，机会到了。"要杀头了。曹钦忙问良策，益答道："请伯爵密达义父，约他于朔日夜间，潜集禁兵，准备内应，伯爵号召徒众，从外攻入，内外合力，何患不成？"钦喜道："好极好极。我兵入殿，即可废帝，事成后，请冯先生为军师，可好么？"想是做梦。益称谢不尽。

计划已定，过了数夕，便是七月朔日，召党人夜宴，专待夜半行事。指挥马亮，曾与谋在座，酒过数巡，猛然触起心事，默念"事若不成，罪至灭族，不若出首为是"，遂逃席而去。奔入朝房，巧遇恭顺侯吴瑾，在朝值宿，竟一一告知。吴瑾大惊道："有这般事么？怀宁伯孙镗，明日辞行，今夜亦留宿朝堂，我去通报他便了。"言已，疾趋出室，往语孙镗。镗急草疏数语，从大内门隙塞入。英宗得了此疏，忙遣禁旅收逮曹吉祥，并敕皇城及京师九门，勿得遽启。是时曹钦尚未及觉，马亮逃席，尚且未晓，还能成大事么？乘着数分酒兴，带了家将，及弟钲、镈、铎三人，跨马而出，直奔长安门。见门扃如故，料知事泄，即转身驰至逯杲家。杲方欲入朝，启门出来，突遇曹钦兄弟，手起刀落，毙于非命。钦斩下杲首，持奔西朝房，见御史寇深待朝，复一刀杀死了他。转入西朝房，正与吏部尚书李贤相遇，贤不及趋避，被钦手下家将，击伤左耳。幸钦在后喝住，并握贤手道："公系好人，我今日为此事，实由逯杲激变，并非出我本心，烦公代为奏辩！"情愿不做皇帝了。贤尚在惊疑，那曹钦竟掷下一个首级，大声道："你可看是逯杲么？"一面说，一面走入朝房，见尚书王翱，亦在内坐着，便不分皂白，上前击缚。贤忙趋入道："君不要这般莽撞！我与王公联衔入奏，保你无罪，何如？"钦大喜，乃释翱缚，当由贤索笔缮疏，模模糊糊地写了数语，交与曹钦。钦携疏至长安左门，从门隙投疏。门坚密，疏不得入，便令家将纵火焚门。守门兵士，拆卸御河砖石，将门紧紧堵住，一时烧不进去。钦等只在门外呼噪，声彻宫中。怀宁伯孙镗，看调兵不及，急语长次二子，令在长安门外，大呼有贼谋反。霎时间集得西征军二千人，奋击曹钦。工部尚书赵荣，亦披甲跃马，高呼杀贼有赏，也集得数百人。两边夹攻，钦等料难成功，且战且走。这时候天色大明，恭顺侯吴瑾，率五六骑出观，猝与贼遇，力战而死。尚书马昂，及会昌侯孙继宗，率兵陆续到来，才把钦兵杀死过半。钦弟钲、镈、铎等，都被击毙。天又大雨，钦狼狈奔归，投入井中。官军一齐追至，杀入钦家，不论男女长幼，统赏他一碗刀头面。曹钦妻妾想做后妃，不意变作这般结果。只不见逆贼曹钦，嗣至井中找寻，方见钦已溺毙，当将尸首捞出，拖至市曹，专待旨下。须臾英宗临朝，众官入奏，即命将曹吉祥绑赴市中，与曹钦兄弟四人尸首，一古脑儿聚在一处，鱼鳞寸割，万剐凌迟。极言重刑，为阅者一快。汤序、冯益等，自然连坐。所有曹氏的亲党，与钦同谋，尽问成死罪，先后伏诛。于是晋封孙镗为侯，马昂、李贤、王翱，并加太子少保，马亮告叛有功，擢为都督，将士等升赏有差。追封吴瑾梁国公，赠寇深少保，以擒贼诏示天下。曹、石两家，从此殄灭了。

且说内变粗定，西征军暂不出发，留卫京师，怎奈西北警报，日有数起，乃命都督冯宗充，及兵部侍郎白圭，代马昂、孙镗等职，统军西行，屡战获胜。孛来欲大举入犯，会鞑靼汗麻儿可儿，与孛来仍然未协，彼此仇杀无虚日，因此孛来不能如愿，只好上书乞和。英宗遣指挥使唐昇，赍敕往谕。孛来乃允岁贡方物，总算暂时羁縻罢了。*看似插叙之笔，实与前后统有关系，阅者幸勿错过。*会粤西苗瑶作乱，据住大藤峡，出掠民间，由都督佥事颜彪，奉旨往剿，连破七百余寨，瑶势稍平。*为后文韩雍征瑶张本。*英宗以内外平靖，免不得久劳思逸，便大兴土木，增筑西苑，殿阁亭台，添造无数。除奉太后游览，及率妃嫔等临幸外，亦尝召文武大臣往游，并赐筵宴。且于南宫旧居，亦增置殿宇，杂植四方所贡奇花异树，备极工雅。每当春暖花开，命中贵及内阁儒臣，随往玩赏，赐果瀹茗，把酒吟诗，仿佛与宣德年间，差不多的快活。怎奈光阴易过，好景难留，太后孙氏于天顺六年告崩。至天顺八年正月，英宗亦罹疾，卧病文华殿。适有内侍谗间太子，乃密召李贤入内，告明一切。贤伏地顿首道："太子仁孝，必无他过，愿陛下勿信迩言。"英宗道："依卿所说，定须传位太子么？"贤又顿首道："宗社幸甚！国家幸甚！"英宗蹶然起床，立宣太子入殿。贤扶太子令谢，太子跪持上足，涕泪交下。英宗亦为感泣。父子唏嘘一会，方才别去。越数日，英宗驾崩，享年三十八，遗诏罢宫妃殉葬，太子见深嗣位，尊谥皇考为英宗，以明年为成化元年，是谓宪宗皇帝。

当下议上两宫尊号，又惹起一番争论。原来英宗后钱氏无子，太子见深，系周贵妃所出，英宗雅重钱后，尝欲加封后族，后辄逊谢，因此后家未闻邀封。英宗北狩，钱后倾资送给，每夜哀泣吁天，倦即卧地，致折一股，并损一目。英宗还国，幽居南宫，行止不得自由，时常烦闷，亏得钱后随时劝慰，方能释忧。*明多贤后，钱后亦算一人。*至复辟后，太监蒋冕，入白太后，谓周贵妃有子，当升立为后。语为英宗所闻，当将蒋冕斥出。及孙太后崩逝，钱后复追述太后故事，且为胡废后白冤。英宗始知非孙后所生，且追上胡废后尊谥，称为恭让皇后。钱后弟钦钟，殉土木难，英宗欲封其子雄，后又固辞，有此种种贤德，遂令英宗敬爱有加。到龙体弥留时，尚顾命李贤，说是钱后千秋万岁后，应与朕同葬。李贤将遗言恭录，藏置阁中。宪宗即位，周贵妃密嘱太监夏时，令运动阁臣独立自己为太后。夏时遂倡言钱后无子，且损肢体，当视胡废后成例，独立上生母为太后。李贤力争道："口血未干，何得遽违遗命？"夏时道："先帝在日，不尝尊生母为太后么？难道治命尚不可从？"学士彭时道："胡太后以让位故，所以迟上尊号，今钱皇后名位具在，未尝让去，怎得照办？"夏时道："钱皇后亦无子嗣，何妨就草让表？"彭时道："先帝时未曾行此，我辈身为臣子，乃敢迫太后让位么？"夏时厉声道："公等敢有贰心么？难道不怕受罪？"*情理上说*

不过去，便乃狐假虎威，小人之无忌惮如此。彭时拱手面天道："太祖太宗，神灵在上，敢有贰心，不受显诛，亦遭冥殛。试思钱皇后不育，何所规利，必与之争？不过皇上当以孝治人，岂有尊生母，不尊嫡母的道理？"说至此，李贤复插入道："两宫并尊，理所当然，彭学士言甚是，应请照此复命。"夏时不能与辩，负气径去。寻由中官覃包，奉谕至阁，命草两宫并尊诏旨。彭时又道："两宫并尊，太无分别，应请于钱太后尊号，加入"正宫"二字，方便称呼。"覃包再去请命，未几即传谕准议，乃尊皇后钱氏为正宫慈懿皇太后，贵妃周氏为皇太后。草诏既定，包潜语李贤道："上意原是如此，因为周太后所迫，不敢自主，若非公等力争，几误大事。"言已，持草诏去讫。越宿颁下诏旨，择日进两宫太后册宝，小子有诗咏道：

> 嫡庶那堪议并尊，只因子贵作同论。
> 若非当日名臣在，一线纲常不复存。

两宫既上尊号，未知后事如何，请看官再阅下回。

石亨怨望，尚只凭家人数语，逯杲一疏，而谋逆实迹，尚未发现，安知非由落井下石之所为者？且石彪镇守大同，威震中外，而飞诏促归，即行抵京，不闻拥兵以叛，是石彪尚知有朝廷，未若曹钦之居然肆逆也。钦为曹吉祥养子，吉祥籍隶中涓，竟令养子为逆，敢为内应，可见钦之逆谋，吉祥实属与闻，或且为之倡议，亦未可知，阉竖之祸人家国，固如此哉！宪宗即位，两宫并尊，本属应有之理，而贵妃阴恃子贵，密嘱内监夏时，参预阁议，时乃狐假虎威，呵叱大臣，若非彭时等守正不阿，鲜有不为所摇夺者。先圣有言，唯女子与小人为难养也，近之不逊，远之则怨，观于此而益信。

第六回

万贞儿怙权倾正后
纪淑妃诞子匿深宫

却说两宫太后，既上尊号，第二种手续，便是册立皇后的问题。先是孙太后宫中，有一宫人万氏，小字贞儿，本青州诸城人氏，父贵为本县掾吏，坐法戍边。贞儿年仅四岁，没入掖廷，充小供役，过了十多年，居然变成一个绝色的女子，丰容盛鬋，广颊修眉，秀慧如赵合德，肥美似杨太真。*万贵妃以体肥闻*。孙太后爱她伶俐，召入仁寿宫，令司衣饰。宪宗幼时，尝去朝见孙太后，贞儿从旁扶掖，与宪宗相亲近，渐渐狎昵。到了宪宗复册东宫，贞儿年逾花信，依然往来莫逆，彼此无猜。天顺六年，孙太后崩，宪宗年已十四岁了，知识粗开，渐慕少艾，便召这位将老未老的万贞儿，入事东宫。贞儿年过三十，犹是处子，华色未衰，望将过去，不啻二十许人。她生平不作第二人想，因从前无机可乘，不能入侍英宗，未免叹惜，至此得服侍太子，便使出眉挑目逗的手段，勾搭储君。好在宪宗已开情窦，似针引线，如漆投胶，居然在华枕绣衾间，试那鸳鸯的勾当。一个是新硎初发，努力钻研，一个是久旱逢甘，尽情领受，半榻风光，占尽人间乐事。*绝似《红楼梦》中之初试云雨，但宝玉、袭人年龄相当，不足为异，万妃之于宪宗，年几逾倍，居然勾合得未曾有，且彼幻此真，尤称奇事*。自此相亲相爱，形影不离。英宗哪里知晓？只道儿年渐长，应与他选妃，当有中官奉旨，选入淑媛十二名，由英宗亲自端详，留住三人，一姓王，一姓吴，一姓柏，俱留居宫中，未曾册立。英宗崩后，两宫太后，以嗣主新立，年已十六，不可不替他册后，使为内助，遂命司礼监牛玉，重行选择。玉以先帝时曾选入三人，吴氏最贤，可充后选，当由太后复加验视，见吴女体态端方，恰也忻慰。便命钦天监择吉，礼部具仪，册吴女为后。宪宗迫于母命，不好不从。

后位既定，即命万贞儿为贵妃，王氏、柏氏为贤妃。万贵妃虽然骤贵，心中很不自在，前时只一人专宠，至此参入数人，无怪芳心懊恼。每次谒见吴后，装出一副似嗔似怒的脸儿。惹得吴后懊恼，起初还是勉强容忍，耐到二十多日，竟有些忍受不住，免不得出言斥责。万贵妃自恃宠幸，半句儿不肯受屈，自然反唇相讥，甚至后说一句，她说两句，那时吴后性起，竟命宫监将她拖倒，由自己取过杖来，连击数下。吴后亦太卤莽。

看官！你想这万贵妃肯遭委屈么？回入己宫，哭泣不止，凑巧宪宗进来，益发顿足大哭，弄得宪宗莫名其妙，连呼贵妃，询明缘故。贵妃恰故意不说，经侍女禀明原委，顿时触怒龙心，挥袖奋拳，出门欲去。贵妃见宪宗起身，料必往正宫争闹。年少气盛，或反闹得不成样子，便抢上一步，牵住宪宗衣裙，返入房中，佯为劝慰。欲擒反纵。宪宗又是懊恨，又是怜恤，慢慢儿替贵妃解衣，见她雪肤上面，透露好几条杖痕，不由得大怒道：“好一个泼辣货，我若不把她惩治，连皇帝都不做了。”万贵妃呜咽道：“陛下且请息怒！妾年已长，不及皇后青年，还请陛下命妾出宫，休被皇后碍目。那时皇后自然气平，妾亦免得受杖了。”明是反激。宪宗道：“你不要如此说法，我明日就把她废去。”万贵妃冷笑道：“册立皇后，是两宫太后的旨意，陛下废后，不怕两太后动恼么。”再激一句。宪宗道：“我自有计。”贵妃方才无言。计已成了。宪宗命内侍设酒，亲酌贵妃，与她消气。酒后同入龙床，又是呢呢私语，想无非是废后计划，谈至夜半，方同入好梦去了。

次日，宪宗起床，便入禀太后，只说吴后轻笑轻怒，且好歌曲，不足母仪天下，定须废易为是。钱太后一语不发，周太后却劝阻道：“一月夫妇，便要废易，太不成体统了。”宪宗道：“太后如不见许，儿情愿披发入山，不做皇帝。”肯抛弃万贵妃么？周太后沉吟半晌，方道：“先帝在日，曾拟选立王女，我因司礼监牛玉，说是吴后较贤，且看她两人姿貌，不相上下，所以就立吴女，哪知她是这般脾气呢。现据我的意见，皇儿可将就了些，便将就过去，万一不合，就请改立王女便了。”总是溺爱亲生子。宪宗不便再言，只得应声而出。意中实欲立万贵妃。转身去报万贵妃，贵妃仍不以为然。宪宗一想，且废了吴后，再作计议，遂出外视朝，面谕礼部，即日废后。礼部已受万贵妃嘱托，并不谏阻，遂承旨草诏。略云：

> 先帝为朕简求贤淑，已定王氏，育于别宫，待期成礼。太监牛玉，以复选进吴氏于太后前，始行册立。礼成之后，朕见其举动轻佻，礼度率略，德不称位，因察其实，始知非预立者。用是不得已请命太后，废吴氏退居别宫。牛玉私易先帝遗意，罪有应得，罚往孝陵种菜，以示薄惩。此谕！

这诏颁下，吴后只好缴还册宝，退居西宫。万贵妃尚觊觎后位，尝怂恿宪宗，至太后前陈请。宪宗恰也有心，替她说项。太后嫌她年长，始终不允。好容易过了两月，后位尚是未定，复经太后降旨，促立王氏，宪宗无奈，乃立王氏为皇后。好在王氏性情柔婉，与万贵妃尚是相安，因此迁延过去。王后亦恐蹈覆辙。成化二年，万贵妃生下一子，宪宗大喜，遣中使四出祈祷山川诸神，祝为默佑。谁知不到一月，儿竟夭殇。嗣是贵妃不复有娠，只一意妒忌妃嫔，不令进幸。宪宗或偷偷崇崇，得与妃嫔交欢一次，暗结珠胎，多被贵妃暗中察觉，设法打堕。宪宗不但不恨，反竭力奉承贵妃。贵妃所亲，无不宠用，贵妃所疏，无不贬斥。妃父贵授都督同知，妃弟通授锦衣卫都指挥使，还有眉州人万安，由编修入官礼部，与贵妃本非同族，他却贿通内使，嘱致殷勤，自称为贵妃子侄行。贵妃遂转达宪宗，立擢为礼部侍郎，入阁办事。

成化四年正月，宪宗命元夕张灯，将挈贵妃游览。翰林院编修章懋、黄仲昭，检讨庄泉，上疏谏阻。宪宗不从，且责懋等妄言，降谪有差。当时以懋等三人，与修撰罗伦，同著直声，称为翰林四谏。罗伦的谏诤，是因大学士李贤，以父丧起复，奏称非礼，触动帝怒，被黜为福建市舶司副提举。贤亦不为挽救，未几贤卒。贤历仕三朝，称为硕辅，唯居丧恋官，不救罗伦，为世所诟，因此罗伦成名，李贤减誉。插入此段，实为结束李贤起见，且彰四谏士美名。内侍梁芳、韦兴、钱能、覃勤、王敬、郑忠、汪直等，日进美珠珍宝，谄事万贵妃，外面且托言采办，苛扰民间，怨声载道。宪宗亦有所闻，终以贵妃宠任数竖，不敢过问。芳、兴等且为妃祈福，召集番僧羽流，侈筑祠庙宫观，动用内帑，不可胜计，甚至府藏为虚，宪宗也未尝禁止，总教贵

明宪宗元宵行乐图（局部）

妃合意，无论什么事件，都可听他所为。贵妃年已四十，尚宠幸如此，想是善房中术耳。

会慈懿皇太后钱氏崩，周太后欲另营陵寝，不使与英宗合葬，万贵妃亦希承周太后意，劝帝从母后命，宪宗意颇怀疑，遂召群臣会议。彭时首先奏对道："合葬裕陵，英宗陵名。神主祔庙，此系故制，何必另议？"宪宗道："朕岂不知？但母后旨意，不以为然，奈何？"彭时复对道："皇上以孝事两宫，从礼即为大孝，祔葬何妨？"是时商辂已经召还，仍令入阁，并有学士刘定之等，亦在朝列，俱合词上奏道："皇上大孝，当以先帝心为心，今若将大行太后梓宫安厝左首，另虚右首以待将来，便是两全其美了。"宪宗略略点首，便即退朝。越日仍未见诏，彭时复恭上一疏，略云：

大行皇太后祔位中宫，陛下既尊之为慈懿皇太后，在先帝伉俪之情，与陛下母子之义，俱炳然矣。今复以祔葬之礼，反多异议。是必皇太后千秋之后，当与先帝并尊陵庙，唯恐二后同配，非本朝制耳。夫有二太后，自今日始，则并祔陵庙，亦当自今日始。且前代一帝二后，其并配祔者，未易悉数。即如汉文帝尊薄太后，虽吕后得罪宗社，尚得与长陵同葬。宋仁宗尊李宸妃，虽章献刘后无子，犹得与真宗同祭太庙。何则？并尊不相格也。今陛下纯孝，远迈前代，而祔葬一节，反出汉文、宋仁下，臣未之信。且慈懿既祔，则皇太后千秋之后，正足验两宫雍穆，在生前既共所尊，而身后更同其享，此后嗣观型所由起也。今若陵庙之制未合，则有乖前美，贻讥来叶矣。伏乞皇上采择施行！

宪宗得了此疏，复下礼部集议。礼部尚书姚夔夔。合廷臣九十九人，皆请如彭时言。宪宗尚召语群臣道："悖礼非孝，违亲亦非孝，卿等为朕筹一良法。"群臣执议如初，并由姚夔率百官等，跪文华门候旨。自巳至申，仍未降旨，只传谕百官暂退。百官伏地大哭道："若不得旨，臣等不敢退去。"廷臣哭谏自此始。商辂、刘定之等，复入内劝上降旨，如群臣议。群臣乃齐声呼万岁，依次退归。祔葬议行，盈廷无词。过了一年，成化五年。柏贤妃生下一子，取名祐极。又阅一年，成化六年。复由纪淑妃生下一子，这子便是后来的孝宗。生时无名，且亦不令宪宗与闻。看官欲问明原因，请看小子叙述！

原来纪妃系贺县人，本土官女，饶有姿色，性亦灵敏，蛮中推为女中选。成化三年，西南蛮部作乱，襄城伯李瑾及尚书程信等，督师往讨，先后焚蛮寨二千，俘获男女无算。随手带过征蛮事。纪女亦被俘至京，充入掖庭。王皇后见她秀慧，亲授文字，命守内藏。宪宗偶至内藏临幸，适与纪女相值，问及内藏多寡数目。纪女口齿伶俐，应对详明，顿时契合龙心，便就纪女寝榻中演了一出龙凤合串，雨露恩浓，熊罴梦叶。过了数月，纪女的肚腹，居然膨胀起来，不料被万贵妃侦知，令心腹侍婢，密往钩治。那侍婢颇有良心，复报贵妃，只说是纪氏病痞。贵妃疑信参半，唯勒令退出内藏，谪居安乐堂。目无皇后，任所欲为。纪氏十月妊足，分娩生男，料知不便抚养，忍着性把儿抱出，交与门监张敏，嘱使就溺。敏惊叹道："皇上未有子嗣，奈何轻弃骨血？"随将儿藏入密室，取些粉饵饴蜜，暗地哺养。万贵妃尚遣人伺察，始终未见动静，却也罢休。奇妒若此，亦是奇闻。幸喜废后吴氏，贬居西内，与安乐堂相近，颇知消息，往来就哺，才得保全婴儿生命。有十八年帝位可居，自然遇着救星。宪宗全未闻知，但知有皇子祐极一人，生长二龄，即命为皇太子。到了次年二月，太子竟患起病来，势甚凶猛，医药无灵，才越一昼夜，竟尔夭逝。宫人太监等，都知这事有些希奇，暗暗查访，果系万贵妃下的毒手。但因贵妃宠冠六宫，威行禁掖，哪个敢向虎头上去搔痒？确是个雌老虎。大家钳口结舌，还是明哲保身的上计。

时光易过，倏到了成化十一年，宪宗因受制贵妃，亦常怏怏，又兼思念亡子，更觉抑郁寡欢。一日召太监张敏栉发，揽镜自照，见头上忽有白发数茎，不觉愁叹道："老将至了，尚无子嗣，何以为情？"张敏伏地顿首道："万岁已有子了。"宪宗愕然道："朕子已亡，哪里还有子嗣？"敏又叩首道："奴言一出，性命不保，愿万岁为皇子作主，奴死不恨。"此时司礼监怀恩，亦在上侧，也跪奏道："张敏所言不虚。皇子久育西内，现已六岁了。因惧祸患，所以匿不上闻。"宪宗大喜，即日驾幸西内，遣张敏等至安乐堂，迎接皇子。纪氏抱儿大哭道："我儿既去，我命恐难保了。儿在此处潜养，已阅六年，今日前去，看见穿黄袍有须的，就是儿父，儿去恭谒便了。"说着时，即为儿易一小绯袍，抱上小舆，命张敏等拥护而去。及至西内阶下，儿尚胎发未翦，髭髭垂肩，竟自舆中趋下，投入宪宗怀中。宪宗抱置膝上，抚视良久，悲喜交集，垂着泪道："是儿类我，确是我子。"敏即将纪氏被幸年月，及生子情状，详述一遍。宪宗并召见纪氏，握手涕泣，命居西内。一面命司礼监怀恩，往告内阁，阁臣无不欢喜。随即饬礼部定名，叫作祐樘，颁诏中外，越日册封纪氏为淑妃。大学士商辂，因此事揭露后，仍恐惹祸，蹈太子祐极的覆辙，但又不便明言，只好与同僚酌定一疏，呈将进去，略说"皇子聪明岐嶷，国本攸系，更得贵妃保护，恩逾己出。但外议谓皇子母因病别居，久不得见，宜移就近所，令母子朝夕相接，一切抚育，仍藉贵妃主持"云云。宪宗准奏，移纪妃居永寿宫，且时常召见，与饮甚欢。嗣是宫内妃嫔，稍稍放胆，蒙幸怀妊，及已经分娩的皇子，次第报闻。邵宸妃生子祐杬，张德妃生子祐槟，还有姚安妃、杨恭妃、潘端妃、王敬妃等陆续进御，亦陆续生男，螽斯衍庆，麟趾呈祥，只万贵妃满怀痛苦，日夕怨泣，到了忍无可忍的时候，又用那药死太子的手段，鸩杀纪妃。有说是纪妃被逼自缢的，有说是贵妃遣人勒死的，这也不必细考，总之被贵妃害毙，无甚疑义。太监张敏，闻纪妃暴卒，情知不能免祸，即祷祝苍天，求佑皇子祐樘安康，自己也吞金死了。好中官。小子有诗咏道：

> 祸成燕啄帝孙残，雏子分离母骨寒。
> 瓜熟不堪经再摘，存儿幸有一中官。

宫中情事，已见一斑，此后要叙入外事了。看官少安毋躁，待小子续述下回。

以三十余岁之万贵妃，乃宠冠后宫，权倾内外，窃不知其何术而得此。意者其有夏姬之术欤？观其阴贼险狠，娼嫉贪私，则又与吕雉、武曌相似。天生尤物，扰乱明宫，虽曰气数使然，亦宪宗不明之所致耳。柏贤妃生子祐极，中毒暴亡，纪淑妃生子祐樘，至六龄而始表露，宫掖之中，几同荆棘，不罹吕、武之祸，犹为宪宗幸事。然于人彘醉媪，已相去无几矣。本回主脑，纯为万贵妃着笔，而宫廷大小诸事，随手插入，尤得天衣无缝之妙。阅其钩心斗角之处，便知非率尔操觚者所得比也。

第七回

白圭讨平郧阳盗
韩雍攻破藤峡瑶

却说宪宗即位以后，宫闱中的情事，前回已略见一斑，其间有荆襄盗贼，湘粤苗瑶，平凉叛酋，亦时常出没往来，屡为民患。明廷亦发了好几次兵马，遣了好几回将帅，总算旗开得胜，渐渐敉平，小子亦不能含糊说过，只好一一叙明。荆襄上游为郧阳，地界秦、豫、楚三省，元季流贼啸聚，终元世不能制。洪武初，卫国公邓愈，出兵往讨，始得剿洗一空。怎奈是地多山，箐深林密，官军凯旋，流寇复聚。起初还不敢出头，到了成化元年，适遇年岁饥荒，流民日聚，遂闹出一场乱案来了。内中有个头目，姓刘名通，力能举千斤石狮子，绰号叫作刘千斤。刘千斤有个同伴，本名石龙，绰号叫作石和尚。两人纠集党羽数万，占据梅溪寺，高揭黄旗，推刘千斤为汉王，建元德胜，伪署将军元帅数十人，以石和尚为谋主，四出劫掠。**无非明火执仗的强盗，安能成大事？**指挥陈昇等，带了数千人马，前去征剿，反被他四面夹攻，杀得片甲不回。明廷接着警报，方知贼势猖獗，非同小可，乃命抚宁伯朱永，为讨贼总兵官，兵部尚书白圭，提督军务，太监唐慎、林贵为监军。**处处不脱太监，我实不懂。**别令湖广总督李震，副都御史王恕，会同三路兵马，直捣贼巢。白圭到了南阳，侦悉刘千斤等，在襄阳房县豆沙河等处，分作七寨，据险自固，遂拟用四路进军，一自南漳入，一自安远入，一自房县入，一自谷城入，犄角并进，互相策应。当下拜表奏闻，朝旨俞允，遂自率大军出南漳，派偏将林贵、鲍远等出安远，喜信、王信等出房县，王恕率指挥刘清等出谷城。总兵官朱永有疾，留镇南阳。东西南北四路兵马，浩浩荡荡，杀奔贼寨。刘千斤自恃力大，亲来抵截大军。白圭用诱敌计，引刘千斤至临城山中，猝发伏兵，左右夹攻，杀得他七颠八倒。刘千斤夺路逃脱，方知官军厉害，<small>千斤之力，不足恃了。</small>意欲从寿阳窜出陕西，不意到了寿阳，已有官军截住，为首的统兵大将，系是明指挥田广。刘千斤知不是路，转身就走，由田广率兵尾追，直至古口山。刘千斤逃入山中，负嵎踞守。田广扼住山口，俟诸军陆续到来，一路杀入，人人奋勇，个个争先，当时格毙刘千斤子刘聪，及伪都司苗虎等一百余人。刘千斤退保后岩，山势愈峻，天又下雨，泥淖难行。适尚书白圭亲至，身先士卒，麾兵直进。山上的木石，如雨点般掷将下来，破头碎额，不计其数。白圭命刘清率千余骑，从间道绕出贼后，一面率诸军从前攻入。刘千斤率贼数万，迎头抵拒，只管前面，不管后面，方在酣战的时候，突闻后面喊声大震，鼓角齐鸣，各贼返身一顾，但见满山是火，烟焰冲天，不由得魂胆飞扬，纷纷乱窜。怎奈山路崎岖，七高八低，越性急，越踏空，坠崖堕涧，跌死过半。此外逃避不及的，统作刀头之鬼。刘千斤尚提着大刀，左右飞舞，官兵数百人上前，尚不能挨近身躯，反被他劈死数十人，嗣经强弩四射，面中数创，方大吼一声，倒在地上。各军一拥上去，把他揪住，用了最粗的铁链，缠住他身，才觉动弹不得，一任扛抬而去。<small>恃勇无益。</small>还有苗龙等四十人，亦一并擒住，囚解京师，眼见得是照叛逆例，磔死市曹了。唯石和尚、刘长子二人，越山遁去，转掠四川，招集败众，屯匿巫山。各军进逼，合围月余。石和尚在巢穴内，粮食俱尽，当由指挥朱英，奉白圭命，诱招刘长子，令他缚石和尚，解送军前。刘长子没法，遂将石和尚拿下，送交喜信营。喜信将石和尚打入囚车，佯慰刘长子，命诱执刘千斤妻连氏，及伪职常通、王靖、张石英等，六百余人。至诸人一一诱到，竟变过了脸，也把刘长子一并就缚，奏凯还朝。石和尚、刘长子磔死，余犯尽行斩首，荆、襄告平。朱永封伯，白圭进太子少保，余将各加官进禄。只指挥张英，为诸将所忌，进谗朱永，说他受贿，被永捶死，真所谓冤沉地下呢。<small>朱永坐享成功，反捶死首功张英，可叹可恨。</small>这是成化二年间事。

　　后至成化六年，刘千斤余党李胡子，复纠合小王洪、石歪膊等，往来南漳、内乡、渭南间，复集流民为乱，伪称太平王，立一条蛇、坐山虎等绰号。官军累捕不获，再命都御史项忠，总督河南、湖广、荆、襄军，四面兜剿，擒李胡子于竹山县，擒小王洪等于钧州尤潭，俘斩二千人，编成万余人，遣还乡里，共四十万人。内中有许多流民，未尝为恶，亦不免玉石俱焚，弃尸江浒。项忠且自诩功绩，竖平荆、襄碑，或呼为堕泪碑，实是冷嘲热讽的意思。*比羊祜堕泪碑何如？* 又越六年，经都御史原杰，经略郧阳，就地设府，垦荒田，编户籍，人民乐业，阖境帖然。杰劳苦成疾，奉旨召还，竟在驿舍中逝世。郧民闻讣，无不泣下，这且搁过不提。

且说荆、襄未平的时候，广西大藤峡苗瑶，亦啸聚为乱，湖南、靖州苗，群起响应。右都督李震，受命讨靖州苗，连破八百余寨，威振西南。苗瑶呼为金牌李，不敢复反。唯大藤峡在广西浔州境内，万山盘曲。有一大藤横亘两崖，仿佛似天造地设的桥梁，因此呼为大藤峡。峡中瑶人，缘藤往来不绝。峡北岩洞，多至一百余处，最幽深险峻的，有仙人关、九层崖等洞。峡南有牛肠村、大岵村，亦称险要。英宗时，瑶人作乱，经都督佥事颜彪，连破瑶寨，瑶患少息。唯瑶酋侯大狗，始终未获。至颜彪班师，仍出掠广东高、廉、雷、肇等境，守臣无术剿平，上书待罪，且请选将征讨。兵部尚书王竑，奏称浙江左参政韩雍，文武全才，可令往讨，乃召雍为佥都御史，赞理军务。特简都督赵辅，为征夷将军，统兵南征。

雍先至南京，会齐诸将，共议进兵方略。诸将齐声道："两广残破，群盗屯聚，应分兵扑灭为是。为今日计，莫若令一军入广东，驱使散去，然后用大军直入广西，节节进剿，方可困贼。"雍闻言冷笑道："诸将只知其一，未知其二，试思贼已蔓延数千里，随在与战，适足疲我将士，何若仗着锐气，直捣大藤峡巢穴？心腹既溃，余贼如釜底游魂，怕他什么？"*擒贼先擒王，的是行军要着。*诸将不敢多言。至赵辅一到，与雍谈及军事，很是投机，便把一切行止，听雍调度。雍即带领诸军，倍道前进，由全州出桂林，途次遇着阳洞诸苗，即麾兵与战，势如破竹，洞苗大溃。唯指挥李英等四人，观望不前，立斩以徇，众皆股栗，壁垒一新。

雍披按地图，晓谕诸将道："贼众以修仁、荔浦为羽翼，宜先剿平二处，使孤贼势。"诸将此时，无不应命。乃督兵十六万人，分五路攻入，所向披靡。修仁先平，荔浦随下，遂乘胜向峡口进发。俄见道旁有数百人跪着，老少不一，老年服饰似里民，少年服饰似儒生，口称："我等百姓，苦贼已久，今闻大兵到此，愿为向导。"雍不待说毕，便喝兵役，将数百人一一拿下，带入帐中。诸将皆诧异起来，但见雍升座怒叱道："你等统是苗贼,敢来诳我!左右快与我搜来!"兵士不敢违慢,把数百人身上一搜,果皆藏着利刃,锋芒似雪,便命推出辕门,尽行枭首。复饬把尸首支解,剖出肠胃,分挂林箐间,累累相属。瑶众闻知,惊为天神。就是雍麾下将士,亦不禁叹服。*我亦服他有识。*

雍严肃如王公相等,营门设铜鼓数千,仪节详密。三司长吏见雍,皆长跪白事,悚慑如小吏。忽有新会丞陶鲁入见,长揖不拜,雍叱道："你来此何为?"陶鲁道："来与明公击贼。"雍复道："贼众据险自卫,非大兵不可入。我看部下文武数百人,无一可往,方在愁虑,你能当此重任么?"陶鲁道："不但言能,且很容易。"雍怒道："蕞尔小邑,尚不能理,今遇悍贼,反说得如此容易,正是大言不惭!快快退去,免得受笞!"鲁又道："明公不欲平贼么?从前蒋琬、庞统,辄废邑事,后乃为蜀汉名臣,公幸勿弃鲁,愿平贼自效。"雍见鲁神色自若,料有异才,不禁改容道："丞肯为国效力,尚有何说,但不知需兵多少?"*并不执拗到底,韩雍可谓将才。*鲁答道："三百人够了。"雍笑道："三百人哪里够用?"鲁复道："兵贵精不贵多,三百人已是多了。但必需严行选练,才可使用。"雍令他自择。鲁标式为约,号令军前道："有能力举百钧,矢射二百步者来!"是时大军共十五六万人,合式如约,只得二百五十名。*得用之兵,其难如此。*复另募数日,方得凑成三百名数目,自行督练,椎牛犒飨,共尝甘苦,士卒争愿为死,称为陶家军。

雍督诸将四面并进,瑶酋侯大狗,闻大军齐至,把妇女辎重,安置贵州横石、李塘诸崖,自纠死党数万,悉力堵截峡南,排栅坚密,滚木、礌石、镖枪、毒矢等,更番迭射。官军登山仰攻,煞费气力。雍申令军中,有进无退。阅数时,山上的瑶众,及山下的官军,统有些疲倦起来,枪声箭声,若断若续,暮见陶鲁拥盾而出,大呼道："麾下壮士,快从我来!"两语未毕,那三百名陶家军,都左手执盾,右手持刀,鱼贯以进,呼声震山峡。瑶众急忙抵拒,乱下矢石,不料这陶家军,很是勇悍,兔起鹘落,狄迅猱升,任他矢石如雨,毫不胆怯,只管向前猛登。韩雍见前军得势,复督兵继进,瑶众支持不住,逐步退后。至官军各上山冈,又由雍出令,纵火焚山,烈焰飞腾,可怜这瑶众东奔西走,无处躲避,多烧得焦头烂额,剩得数千名悍瑶,拥着侯大狗,窜入横石崖。雍饬兵穷追,道行数日,始见崖谷。侯大狗上九层楼等山,绝崖悬壁,势控霄汉,且用着千斤礌石,滚压下来,响声若雷,岩谷皆应。雍令军士停住崖下，鼓噪不绝，一面遣陶家军绕出后山，潜陟巅顶，令他觑贼懈怠，举炮为号。自卯至未，贼渐渐力疲，木石亦尽。雍正拟进攻，隐隐间闻有炮声，急督将士冒险登山，大众援藤扳葛，蚁附而上。陶家军亦自后攻入，漫山奋击，连数日夜，鏖战百合，方把瑶众削平，生擒侯大狗七百八十余人，斩首三千二百余级，磨崖勒石，载明平瑶岁月，并将大藤斩断，绝瑶人往来的孔道，改名大藤峡为断藤峡，复分兵捕雷、廉、高、肇诸寇，先后肃清。捷报驰抵京师，宪宗传旨嘉奖，即召赵辅还朝，晋封武靖伯，韩雍为右副都御史，提督两广军务，擢陶鲁为佥事，余亦按功给赏。嗣命雍开府梧州，令行禁止，盗贼屏息。至成化十年，为中官黄沁所谮，罢归乡里，越五年病殁。粤人怀念不忘，立祠致祭。正德中始追谥襄毅，也是褒功恤死的意思。

　　还有平凉一役，出了好几次大兵，才得奏捷。平凉在甘肃西境，从前明平陕西，故元平凉万户把丹，率众归附，太祖授为平凉卫千户，令仍旧俗，不起科徭。传孙满俊，与王豪、李俊相连结，挟赀称雄，土人称他为满四。平凉奸民，犯法避罪，往往倚满四为护符。有司饬役往捕，统由满四出头硬阻，日久成习，不得不劳动官军，前去搜剿。满四遂激众为乱，叛据石城，来与官军反抗。石城系唐吐蕃石堡城，高踞山巅，四壁削立，只有一线可通出入。官军屡次上山，都被击退。实是没用。满四遂与李俊分踞要害，四称招贤王，俊称顺理王，两下里各有万余人。俊攻固原千户所，中箭毙命，唯满四负嵎如故。都指挥邢瑞、申澄，率各卫军至石城，猛扑一昼夜，不意满四竟纠众杀下，由高临卑，势如建瓴，官军坠死无数，申澄也马蹶被杀，只有邢瑞狼狈逃归，贼势大盛，关中震动。明廷得耗，飞檄陕西巡抚都御史陈介，总兵宁远伯任寿，广义伯吴琮，及巡抚延绥都御史王锐，参将胡恺，会兵进剿。陈介等率军轻进，不待延绥兵至，便直趋石城，距城约十里许，忽有贼众数千，遮道出迎，佯称乞降。陈介颇为踌躇，吴琮道："无论他是真降，或是假降，我军总有进无退为是。"遂麾兵直入。将到城下，只见贼驱着牛羊出来，望将过去，差不多有数千头，官军还道他是真心投降，用了牛羊犒劳，大家不及防备，忽听胡哨四起，前后左右，统是贼兵杀到，那时官军叫苦不迭，连忙招架，已是不及。陈介、任寿、吴琮等，舍命冲突，方杀开一条血路，走保东山，遗失军资甲械，均以千计。事闻于朝，命将陈介、任寿、吴琮三人，逮解至京，按罪下狱。另授都督刘玉，为平虏副将军，副都御史项忠，总督军务，再讨石城。又起复前大理寺少卿马文升为都御史，巡抚陕西，调兵协剿。项忠、马文升先后至固原，分六路进兵，连败贼众。刘玉一至，见各军得胜，乘势长驱，进薄城下。满四倾寨出战，发矢如蝟，刘玉身中流矢，顿时惊退，诸军皆却。贼步步进逼，玉几被困。幸项忠停住不行，亲斩千户一人，作为众戒，于是全军复振，易退为进。满四料不可敌，敛众入城，刘玉乃裹痛徇军，下令合围。相持兼旬，尚不能下。项忠以持久非计，督兵急攻，贼颇恟惧，潜缒城出降。忠给票纵还，自是出降益众。会有贼目杨虎狸，乘夜出汲，为官军所擒，忠喝令斩首，杨虎狸俯伏乞命，乃劝令降顺。虎狸允诺，且请自效。忠知虎狸可用，赐以金带钩，纵使入城，诱满四出战东山，用了四面埋伏的计，专候满四到来。正是：

<blockquote>整备铁笼囚猛虎，安排香饵钓金鱼。</blockquote>

欲知满四曾否就擒？请看下回便知。

语有之："川泽纳污，山薮藏疾。"故林深箐密之中，往往为盗贼藏身之地，兵去则出，兵来则伏，非有善谋之将，敢死之士，犁其穴而扫其庭，则必不能绝其迹。刘千斤，莽夫耳，侯大狗，蠢奴耳，何足以称王争霸？不过有山可恃，有穴可藏，借此以抗王命，为一时负嵎计耳。有白圭之督师，而刘千斤失所恃，虽勇何益？有韩雍之主谋，而侯大狗失所据，虽险亦夷。萑苻之盗，必尽杀乃止，始知宁猛毋宽，公孙侨固有先见也。至若平凉一役，亦幸有项忠之为先驱耳。项忠擒李胡子、小王洪等，已见奇绩，而满四又为彼所擒，时人以堕泪讯之，吾谓一家哭何如一路哭也。刑乱国用重典，刑乱民亦何独不然乎？

第八回

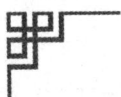

树威权汪直窃兵柄
善谲谏阿丑悟君心

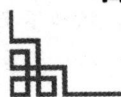

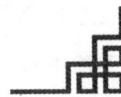

却说叛酋满四，正在穷蹙，见杨虎狸被擒复归，亟问他脱逃情由。虎狸随口胡诌，并说官军辎重，尽在东山停顿，不妨乘夜掩取，说得满四转忧为喜，即于夜间率众出城。行至东山附近，伏兵四起，竞前相扑。满四仓皇突阵，坠马就擒，余众多半受戮。项忠乘胜扑城，城中另立头目火敬为主，仍然拒守。忠令各军围住东西北三面，独留南面不围，鼓噪了一昼夜。火敬等料不能支，竞于夜半遁去。官军从后追蹑，复将火敬擒住。只有满四从子满能，逃入青山洞，渐被项忠侦悉，用火熏入洞中。满能仓皇出走，亦被擒获，并拿住满四家属百余口。诸军穷搜山谷，又获贼五百余人，男妇老幼共数千人，并将石城毁去，所有俘虏，就地正法。唯把满四、火敬两人，械送京师，按律伏诛，自在意中。项忠、刘玉班师到京，按功升赏，不消细说。

宪宗闻各处叛寇，依次荡平，心下很是喜慰。万贵妃殷勤献媚，每遇捷报，辄在宫中张筵庆贺。**可谓善承意旨，无怪宠冠后宫。**就中有个太监汪直，年少慧黠，善事贵妃，因得宪宗宠幸。**为主及奴，真是多情天子。**这汪直系大藤峡瑶种，瑶贼平定后，被俘入宫，充昭德宫内使。昭德宫便是万贵妃所居，汪直能伺贵妃喜怒，竭力趋承，贵妃遂一意抬举，密白帝前，令掌御马监事。**第二个安禄山。**先是妖人李子龙，妖言妖服，蛊惑市人，内使鲍石、郑忠等，非常敬信，常引子龙入宫游玩，并导登万岁山，密谋为逆。不意被锦衣卫闻知，预先举发，当将二监拿下，并诱执李子龙，一并枭首。嗣是宪宗欲侦知外事，令汪直改换衣服，带领锦衣官校，私行出外，查察官民举动，但有街谈巷议，无不奏闻。宪宗益以为能，即于东厂外设一西厂，命汪直为总管。东厂系成祖时所建，专令中官司事，伺察外情。至是别张一帜，所领缇骑人数，比东厂加倍，因此声势出东厂上。锦衣百户韦瑛，职隶东厂，谄事汪直。直即倚为心腹，往往掀风作浪，兴起大狱，所有冤死的官民，不计其数。朝廷诸臣，虽皆侧目，莫敢发言。唯大学士商辂抗疏上奏道：

> 近日伺察太繁，政令太急，刑网太密，人情疑畏，汹汹不安。盖缘陛下委听断于汪直，而直又寄耳目于群小也。中外骚然，安保其无意外不测之变？往者曹钦之反，皆逯杲有以激之，一旦祸兴，猝难消弭。望陛下断自宸衷，革去西厂，罢汪直以全其身，诛韦瑛以正其罪，则臣民悦服，自帖然无事矣。否则天下安危，未可知也。臣不胜惶惧待命之至！

　　宪宗览疏大怒道："用一内监，何足危乱天下？"即命内监怀恩，传旨诘责。商辂并不慌忙，正色说道："朝臣不论大小，有罪当请旨逮问。汪直敢擅逮三品以上京官，是第一桩大罪。大同宣府，乃边疆要地，守备官重要，岂可一日偶缺？汪直擅械守备官，多至数人，是第二桩大罪。南京系祖宗根本重地，留守大臣，直擅自搜捕，是第三桩大罪。宫中侍臣，直辄易置，是第四桩大罪。直不去，国家哪得不危？"这数语侃侃直陈，说得怀恩为之咋舌，当即回去复旨。项忠已升任兵部尚书，也率九卿严劾汪直，宪宗不得已，令直仍归掌御马监，调韦瑛戍边卫，暂罢西厂，中外大悦。唯宪宗犹宠直未衰，仍令秘密出外，探刺阴事。适有御史戴缙，九年不迁，非常懊丧。至此见汪直仍邀宠眷，索性迎合上意，密奏一本，极言西厂不应停止，汪直所行，不但可为今日法，且可为万世法。竟视汪直为圣人，大小戴有知，必不认其为子孙。宪宗准奏，下诏重开西厂。汪直的气焰，从此益盛。

　　先是直掌西厂，士大夫无与往还，唯左都御史王越，与韦瑛结交，遂间接通好汪直。吏部尚书尹旻，也是个寡廉鲜耻的人物，想去巴结权阉，因浼越为介，谒直西厂中，甚至向他磕头。身长吏部，无耻若此，我为明吏羞死。直不禁大喜。独兵部尚书项忠，傲不为礼，一日遇直于途，直下舆相看，忠竟不顾而去。是亦太甚。直恨忠益深，王越谋代忠职，每与直言及忠事，作切齿状。忠且倡率九卿，劾奏直不法事，先令郎中姚璧，请尹旻署名。尹旻道："兵部主稿，当由项公自署便了。"姚璧道："公系六卿长，不可不为首倡。"尹旻怒道："今日才知我为六卿长么？"不中抬举。当将草奏掷还，不肯签名。一方通报韦瑛，令他转达汪直。会西厂果停，直忿怒异常，与忠势不两立，至重设西厂，引用了一个吴绶，作为爪牙。吴绶曾为锦衣卫千户，尝从项忠讨荆、襄盗，违法被劾，致受谴责。他竟与忠挟嫌，至汪直处求掌书记，直即允诺。且因绶颇能文，密行保荐，有旨授他为镇抚司问刑。绶即嗾使东厂官校，诬忠受太监黄赐请托，用刘江为江西都指挥，宪宗真是糊涂，竟令忠对簿。看官！你想这项忠高傲绝俗，哪肯低首下心？当下抗辩大廷，毅然不屈。恼得宪宗性起，竟将他削职为民。汪直又谮商辂纳贿，辂亦乞罢，听令自归。尚书薛远、董方，右都御史李宾等，并致仕归田，于是蝇营狗苟的王越，居然升兵部尚书，兼左都御史掌院事。愈荣愈丑。王越以外，还有辽东巡抚陈钺。先是辽东寇警，陈钺因冒功掩杀，激变军民，明廷命马文升往抚，开诚晓谕，相率听命。汪直偏欲攘功，请命宪宗，挟同私党王英，驰向辽东，一路上耀武扬威，指叱守令，不啻奴仆，稍有违忤，立加鞭挞。各边都御史，左执鞭弭，右属橐鞬，趋迎恐后，供张极盛。既至辽东，陈钺郊迎蒲伏，恪恭尽礼，凡随从汪直的人员，各有重贿。汪直大喜，筵宴时穷极珍错，饮得汪直酩酊大醉，满口赞扬。难得邀他褒奖。越宿即赴开原，再下令招抚。文升知他来意，便把安抚功劳，推让与他，唯所有接待仪文，不如陈钺。汪直未免失望，草草应酬，即返辽东，且与陈钺述及文升简慢。钺不但不为解免，反说文升恃功自恣等情，小人最会逞刁。一面加意款待，格外巴结。酣饮了好几日，直欲辞归，复经钺再三挽留，竟住了数十天，方才回京。一入京城，即劾奏文升行事乖方，应加严谴。宪宗也不分皂白，竟逮文升下狱，寻谪戍重庆卫，并责诸言官容隐不发，廷杖李俊等五十六人。

是时鞑靼汗麻儿可儿已死，众立马固可儿吉思为汗，马固可儿吉思汗，与孛来不和，屡生嫌隙，阴结部属毛里孩等，使图孛来，偏为孛来所知，竟弑了马固可儿吉思汗。毛里孩不服，纠众攻杀孛来，遣使通好明廷。宪宗以无约请和，恐防有诈，竟却使不纳。毛里孩遂纠集三卫，屡寇山陕。抚宁侯朱永等，出师抵御，得了几次胜仗，毛里孩始退。谁料一敌甫退，一敌又来。长城西北境有河套，黄河由北绕南，与圈套相似，因得此名，唐张仁愿曾筑三受降城于此。地饶水草，最宜耕牧。蒙古属部孛鲁乃、札加思兰、孛罗忽等，潜入套中，据地称雄，屡寇延绥。朱永移师往御，王越亦奉旨参赞。塞外未闻杀敌，京中屡得捷音，<u>想是王越妙计。</u>越等升赏有差，寇仍据套自若。既而越为三边总制，<u>延绥、甘肃、宁夏为三边，设立总制，自王越始。</u>札加思兰且迎元裔满都鲁为汗，自称太师，一意与明边为难，大举深入，直抵秦州、安定诸邑。总算王越出力，侦悉寇虏妻子畜产，俱在红盐池，潜率总兵官许宁，游击将军周玉，星夜前进，袭破敌帐，杀获甚众。及寇饱掠而返，妻子畜产，荡然无存，只好痛哭一场，狼狈北去。

嗣闻札加思兰，为部众脱罗干、亦思马因等所杀，满都鲁亦死，诸强酋相继略尽。越遂讨好汪直，怂恿北征，说是乘势平寇，大功无比云云。直喜甚，忙面奏宪宗，当即下诏，命朱永为平虏将军，王越提督军务，监军便是汪直。克期兴师，向西进发。越与直会着，恰劝直令朱永绕道南行，自与直带领轻骑，径诣大同。探悉敌帐在威宁海子，<u>泊名。</u>即挑选宣府、大同两镇兵马，共得二万名，倍道深入。适值天大风雨，兼以下雪，白昼晦冥，空山岑寂。越等直至威宁，寇众毫不防备，如何抵敌？纷纷溃散，只剩老弱妇女，作为俘虏，并马驼牛羊数千匹，一齐搬归，便驰书告捷。宪宗即封越为威宁伯，增直俸禄三百石。唯朱永迂道无功，不得封赏，怅怅地领兵回来。<u>上了王越的当。</u>

亦思、马因等以庐帐被袭，密图报复，待王越退师，复纠众出掠，且犯宣府。那时汪直、王越两人，又想借寇邀功，请旨出发，偏偏寇众狡诈，闻直等又至，移众西走，转寇延绥，直等赴援不及，亏得指挥刘宁，巡抚何乔新，千户白道山等，分道出御，各得胜仗，寇焰少衰。亦思、马因病死，谁知又出了一个悍酋，仍称小王子，率众三万，寇大同，连营五十里，声势张甚。总兵许宁，敛兵固守，小王子竟到处焚掠，毁坏代王别墅。代王成铼，从宁出战，宁无奈出驻城外，与巡抚郭镗分营立栅，互为掎角。寻见有寇骑十余，控弦而来，太监蔡新部下，首出迎击，宁所部军士，亦次第杀出，寇骑拍马逃走，官军不肯舍去，猛力追赶。途中遇着伏兵，被杀得落花流水，幸参将周玺等驰至，才救出各兵，驰入城中。检点败卒，已丧失了千余人。许宁尚掩败报捷，奈寇众长驱直入，虽经宣府巡抚秦纮，总兵周玉，力战却敌，寇焰尚是未衰。巡按程春震，乃劾宁败状，宁得罪被谪，连郭镗、蔡新统同获谴。一面颁诏，令汪直、王越严行防剿，毋得少懈。直与越方拟还京，得了这道诏旨，弄得进退两难，只好乞请瓜代，有诏不许。其时陈钺已入居兵部，复为代请，又经宪宗切责，把钺免官。未几罢西厂，又未几调王越镇延绥，降汪直为南京御马监，中外欣然。只王越、汪直两人，不知为什么缘故，竟失主眷，彼此叹息一番，想不出什么法子，没奈何遵着朝旨，分途自去。谁叫你喜功出外？谁叫你恃势横行？

小子细阅明史，才知汪直得罪的原因，复杂得很。若论发伏摘奸的首功，要算是小中官阿丑。一长可录，总不掩没。阿丑善诙谐，且工俳优，一日演戏帝前，扮作醉人的模样，登场谩骂，另有一小太监扮作行人，出语阿丑道："某官长到了。"阿丑不理，谩骂如故。小太监下场后，复出场报道："御驾到了。"阿丑仍然不理。及三次出报，说是"汪太监到了"。阿丑故作慌张状，却走数步。来人恰故意问道："皇帝且不怕，难道怕汪太监么？"阿丑连忙摇手道："休要多嘴！我只晓得汪太监，不可轻惹呢！"阿丑可爱。此时宪宗曾在座中，闻了这语，暗暗点首。阿丑知上意已动，于次日再出演剧，竟仿效汪直衣冠，手中持着两把大斧，挺胸而行。旁有伶人问道："你持这两斧做什么？"阿丑道："是钺，不是斧。"那人又问持钺何故？阿丑道："这两钺非同小可。我自典兵以来，全仗着这两钺呢。"那人又问钺为何名？阿丑笑道："怪不得你是呆鸟，连王越、陈钺，都不知道么？"宪宗闻言微哂。及戏剧演毕，又接览御史徐镛奏折，系劾奏汪直罪状，略云：

汪直与王越、陈钺，结为腹心，互相表里，肆罗织之文，振威福之势，兵连西北，民困东南，天下之人，但知有西厂，而不知有朝廷，但知畏汪直，而不知畏陛下，寖成羽翼，可为寒心。乞陛下明正典刑，以为奸臣结党怙势者戒！于此时始上弹章，亦是揣摩迎合之意。

宪宗览后，尚在踌躇。还是恋恋不舍。会东厂太监尚铭，以获贼邀赏，恐汪直忌功，不无谗构，遂探得汪直隐情，及王越交通不法情事，统行揭奏。宪宗乃决意下诏，迁谪直、越。礼部侍郎万安，及太常寺丞李孜省等，又先后纠弹直、越。遂并直奉御官，一体革去。削王越伯爵，夺还诰券，编管安陆州。直党陈钺，及戴缙、吴绶

明人演戏图

等，俱削职为民。韦瑛谪戍万全卫。瑛复自撰妖言，诬指巫人刘忠兴十余人，暗图不轨，及到庭对质，全属子虚，方将瑛正法枭首。且起用前兵部尚书项忠，给还原官；召还前兵部侍郎马文升，令为左都御史，巡抚辽东。中外都喁喁望治。

其实一党方黜，一党复升，荧惑不明的宪宗，哪里能久任正士，尽斥恂人？万安内结贵妃，得邀宠眷，李孜省系江西赃吏，学五雷法，厚结中官梁芳、钱义，以符箓进，得授为太常寺丞。还有江夏妖僧继晓，与中官梁芳相识，自言精通房术，不亚彭筏。适宪宗春秋正高，自嫌精神未足，不足对付妃嫔，就是老而善淫的万贵妃，亦未免暗中憎恨。梁芳双方巴结，即将继晓荐入，令他指导宪宗，并广采春药，进奉御用。宪宗如法服饵，尽情采战，果然比前不同，一夕能御数女，喜得宪宗心满意足，亟封继晓为国师。继晓母朱氏，本娼家女，丧夫有年，免不得有暧昧情事。继晓却极陈母节，有旨不必勘核，立予旌扬。<small>继晓精通房术，想是得诸母教。饮水思源，其母应得旌表。</small>自是继晓所言，无不曲从。继晓愿为帝祈福，就西市建大永昌寺，逼徙民居数百家，糜费帑项数十万，这还不在话下。唯继晓淫狡性成，见有姿色妇女，往往强留入寺，日夜交欢，京中百姓，被他胁辱，自然怨声载道，呼泣盈途。刑部员外郎林俊，忿懑得了不得，遂上疏请斩继晓及太监梁芳。看官！你想宪宗如何肯听？阅疏才毕，立饬逮俊下狱，拷讯主使。都督府经历张黻，抗表救解，又被逮系狱中。司礼太监怀恩，颇怀忠义，便面奏宪宗，请释二人。<small>宦官中非无善类。</small>宪宗大愤，遂提起案上端砚，向怀恩掷去。幸怀恩把头一偏，砚落地上，未曾击中。宪宗拍案大骂道："你敢助林俊等谤朕吗？"恩免冠伏地，号哭不止。宪宗又把恩叱退。恩遣人告镇抚司道："你等谄事梁芳，倾陷林俊，俊死，看你等能独生么？"镇抚司方不敢诬罪，也为奏免。宪宗气愤稍平，乃释二人出狱，贬俊为云南姚州判官，黻为师宗知州。二人直声震都下，时人为之语道：

御史在刑曹，黄门出后府。

二人被谪，感动天阍。成化二十一年元旦，宪宗受贺退朝，午膳甫毕，忽闻天空有巨声，自东而西，仿佛似霹雳一般。究竟是否雷震，容小子下回表明。

　　汪直以大藤余孽，幼入禁中，不思金日磾宝瑟之忠，妄有安禄山赤心之诈，刺事西厂，倾害正人，酷好弄兵，轻开边衅，吏民之受其荼毒，不可胜计，要之皆万贵妃一人之所酿成也。王越、陈钺等，倚直势以横行，朝臣岂无闻见？乃皆钳口不言，反待一优孟衣冠之阿丑，借戏进谏，隐格主心，是盈廷寮寀不及一阿丑多矣。迨巨蠹受谴，始联章劾奏，欲沾直名，曾亦回首自问，靦颜目愧否耶？况劾奏诸人，仍不出万安、李孜省等，彼此同是憸邪，不过排除异党，为自张一帜计耳。观此回纯叙汪直事，我敢为述古语曰朝无人。

第九回

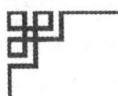

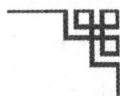

悼贵妃促疾亡身
审聂女秉公遭谴

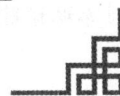

　　却说宪宗闻空中有声，疑是雷震，亟出宫门瞻望，只见天空有白气一道，曲折上腾，复有赤星如碗，从东向西，轰然作响，不禁为之悚惧。是夜心神不安，越宿临朝，即诏群臣详陈阙失。吏部给事中李俊，应诏陈言，略云：

　　今之弊政最大且急者，曰近幸干纪也，大臣不职也，爵赏太滥也，工役过烦也，进献无厌也，流亡未复也。天变之来，率由于此。夫内侍之设，国初皆有定制，今或一监而丛十余人，一事而参六七辈，或分布藩郡，享王者之奉，或总领边疆，专大将之权，援引憸邪，投献奇巧，司钱谷则法外取财，贡方物则多端责赂，杀人者见原，偾事者逃罪，如梁芳、韦兴、陈喜辈，不可枚举。唯陛下大施刚断，无令干纪，奉使于外者，悉为召还，用事于内者，严加省汰，则近幸戢而天意可回矣。今之大臣，非夤缘内臣，则不得进。其既进也，非凭依内臣，则不得安。此以财贸官，彼以官鬻财，无怪其赂受四方，而计营三窟也。唯陛下大加黜罚，勿为姑息，则大臣知警，而天意可回矣。夫爵以待有德，赏以待有功，今或无故而爵一庸流，或无功而赏一贵幸，方士献炼服之书，伶人奏曼衍之职，椽吏胥徒，皆叨官禄，俳优僧道，亦玷班资，一岁而传奉或至千人，数岁而数千人矣。数千人之禄，岁以数十万计，是皆国之租税，民之脂膏，不以养贤才，乃以饱奸蠹，诚可惜也。如李孜省、邓常恩辈，尤为诞妄，此招天变之甚者，乞尽罢传奉官，毋令污玷朝列，则爵赏不滥，而天意可回矣。都城佛刹，迄无宁工，京营军士，不复遗力，如国师继晓，假术济私，糜耗特甚。中外切齿，愿陛下内惜资财，外恤民力，不急之役，姑赐停罢。则工役不烦，而天意可回矣。近来规利之徒，率假进奉为名，或录一方书，市一玩器，购画图，制簪珥，所费不多，获利十倍，愿陛下留府库之财，为军国之备，则进献息而天意可回矣。陕西、河南、山西，赤地千里，尸骸枕籍，流亡日多，萑苻可虑，愿陛下体天心之仁爱，悯生民之困穷，追录贵倖盐课，暂假造寺资财，移赈饥民，俾苟存活，则流亡复而天意可回矣。臣奉明诏陈言，不敢瞻徇，谨乞陛下采纳施行，无任跂望之至！

疏入，宪宗却优诏褒答，竟降调李孜省、邓常恩等，且把国师继晓，革职为民，斥罢传奉官至五百余人。给事中卢瑀，御史汪莹，主事张吉，及南京员外郎彭纲等，见李俊入奏有效，都摭拾时弊，次第奏陈。今朝你一本，明朝我一本，惹得宪宗厌烦起来，索性不愿披览，只密令吏部尚书尹旻，**此人尚在么？** 将奏牍所署的名衔，纪录屏右，俟有奏迁，按名远调。俊、瑀等遂相继出外，或以他事下吏。**事君数，斯辱矣。** 孜省、常恩等仍复原官，得宠尤甚。

一日，宪宗查视内帑，见累朝所积金银，七窖俱尽。遂召太监梁芳、韦兴入内，诘责道："糜费帑金，罪由汝等。"兴不敢对。芳独启奏道："建寺筑庙，为万岁默祈遐福，所以用去，并非浪费。"宪宗冷笑道："朕即饶恕你等，恐后人无此宽大，恰要同你等算账。"**此语几启巨衅，若非贵妃速死，太子能不危乎？** 说得梁芳等浑身冰冷，谢罪趋出，忙去报知万贵妃。时贵妃已移居安喜宫，服物侈僭，与中宫相等。梁芳一入，即叩头呼娘娘不置。贵妃问为何事？梁芳将宪宗所言，传述一遍，并说道："万岁爷所说后人，明明是指着东宫，倘或东宫得志，不但老奴等难保首领，连娘娘亦未免干连呢！"贵妃道："这东宫原不是好人，他幼小时，我劝他饮羹，他竟对着我说，羹中有否置毒？你想他在幼年，尚如是逞刁，今已年将弱冠，怕不以我等为鱼肉。但一时没法摆布，奈何？"梁芳道："何不劝皇上易储，改立兴王？"贵妃道："是邵妃所生子祐杬么？"**言下尚有未惬之意，奈己子已先天殇何？** 梁芳道："祐杬虽封兴王，尚未就国，若得娘娘保举，得为储君，他必感激无地，难道不共保富贵么？"

掀风作浪，统是若辈。贵妃点首。等到宪宗进宫，凭着一种蛊媚的手段，诬称太子如何暴戾，如何矫擅，不如改立兴王，期安社稷等语。你是个野狐精，安可充土神谷神？宪宗初不肯允，哪禁得贵妃一番柔语，继以娇啼，弄得宪宗不好不依。年将六十，尚能摇惑主心，不知具何魔力？次日，与太监怀恩谈及，怀恩力言不可。宪宗大为拂意，斥居凤阳，正拟下诏易储，忽报泰山连震，御史奏称应在东宫。宪宗览奏道："这是天意，不敢有违。"遂把易储事搁起。万贵妃屡次催逼，宪宗只是不睬。贵妃挟恨在胸，酿成肝疾，成化二十三年春，宪宗郊天，适遇大雾，人皆惊讶，越日庆成宴罢，将要还宫，有安喜宫监来报道："万娘娘中痰猝薨了。"宪宗大诧道："为什么这般迅速？"宫监默然无言。经宪宗至安喜宫，审视龙榻，但见红颜已萎，残蜕仅存，不禁涕泪满颐，再诘宫监，才知贵妃连日纳闷，适有宫女触怒，她用拂子连挞数十下，宫女不过觉痛，她竟痰厥致毙。宪宗怃然道："贵妃去世，我亦不能久存了。"仿佛唐明皇之于杨玉环。当下治丧告奠，一切拟皇后例，并辍朝七日，加谥万氏为恭肃端慎荣靖皇贵妃。

　　丧葬既毕，宪宗常闷闷不乐，唯李孜省善能分忧，有时召对，多合帝心，乃擢为礼部侍郎。毕竟鸿都幻术，不能亲致红妆，春风桃李，秋雨梧桐，触景无非惨象，多忧适足伤身，是年八月，宪宗寝疾，命皇太子祐樘，视事文华殿，越数日驾崩，享年四十一。太子即位，是为孝宗，谥皇考为宪宗皇帝，尊皇太后周氏为太皇太后，皇后王氏为皇太后，以次年为弘治元年。赦诏未下，即降旨斥诸幸臣。侍郎李孜省，太监梁芳，外戚万喜，万贵妃弟。及私党邓常恩、赵玉芝等，俱谪戍有差。并罢传奉官二千余人，夺僧道封号千余人，宫廷一清，乃大赦天下，随立妃张氏为皇后。鱼台丞徐顼，疏请上母妃尊谥，并追究薨逝原因，孝宗饬群臣会议，或言宜逮万氏亲族究治。万安已擢为大学士，闻着廷议，惶急得了不得，忙对群僚道："我……我久与万氏不通往来。"群僚皆相顾窃笑。有何可笑？恐大众多是如此。幸孝宗天性仁厚，恐伤先帝遗意，尽置不问，万安才得无事，方在欣慰，不意过了数日，太监怀恩到阁，手持一小木箧，付与万安道："皇上有旨，这岂是大臣所为？"万安尚莫名其妙，发箧后见有小书一本，末尾署着"臣安进"三字，系从前亲笔所写，才忆当日隐情，不禁愧汗浃背，俯伏地上。庶吉士邹智，御史姜洪、文贵等，正在阁中，窥见书中所列，俱系房中术，遂哄堂散去。怀恩亦回宫复旨，万安仰首起来，见阁中已无一人，慌忙起身趋归。越二日宣安入朝，令怀恩朗诵弹章，起首署名，就是庶吉士邹智等人，读至后来，都开列万安罪状。安尚磕头哀求，毫无去志。恩读毕，走近万安身前，摘去牙牌，大声道："速去速去，免得加罪！"安始惶遽归第，乞休而去。实是便宜。

孝宗尝悲念生母，遣使至贺县访求外家，终不可得。其后礼臣上言，请仿太祖封徐王故事，拟定母后父母封号，且立祠桂林，春秋致祭。一面追谥生母纪氏为孝穆太后，有旨允准，并答复礼部道：

> 孝穆太后，早弃朕躬，每一思念，恝焉如割。初谓宗亲尚可旁求，宁受百欺，冀获一是，卿等谓岁久无从物色，请加封立庙，以慰圣母之灵。皇祖既有故事，朕心虽不忍，又奚敢违？可封太后父为庆元伯，母为伯夫人，立庙桂林府，饬有司岁时致祭，毋得少懈，以副朕报本追源之至意！

大学士尹直，奉旨撰册文，有云："睹汉家尧母之称，增宋室仁宗之恸。"孝宗记在心中，每当听政余暇，回环诵此二语，往往唏嘘泣下。又因宪宗废后吴氏，保抱维谨，具有鞠育深恩，一切服膳，概如太后礼，这也可谓孝思维则了。允宜褒扬。

且说宪宗末年，所用非人，当时有纸糊三阁老，泥塑六尚书的谣传。三阁老指万安、刘翊、刘吉，六尚书指尹旴、殷谦、周洪谟、张鹏、张銮、刘昭，这九人旋进旋退，毫无建白，所以有此时评。及孝宗即位，励精图治，黜佞任贤，起用前南京兵部尚书王恕，为吏部尚书；进礼部侍郎徐溥，为礼部尚书，兼文渊阁大学士；擢编修刘健为礼部侍郎，兼翰林学士，入阁办事；召南京刑部尚书何乔新，为刑部尚书；南京兵部尚书马文升，为左都御史；礼部侍郎邱濬，进《大学衍议补》一书，得赉金币，下诏刊行，寻升为礼部尚书；令徐溥专理阁务；逮梁芳、李孜省下狱，孜省瘐死，梁芳充戍，流邓常恩、赵玉芝等至极边，诛妖僧继晓，所有纸糊泥塑的阁老尚书，淘汰殆尽。

唯刘吉尚存，右庶子张昇，上疏劾吉，说他口蜜腹剑似李林甫，牢笼言路如贾似道，应即予罢斥等语，未见俞允。庶吉士邹智，进士李文祥，监察御史汤鼐，又交章弹劾，鼐尤抗直，疏中所陈，不止刘吉一人，连王恕、马文升等所为，亦具有微词。廷僚未免忌䔥，吉更衔恨刺骨，御史魏璋，系吉私人，密受吉命，日伺䔥短。适寿州知州刘槃，馈䔥白金，并遗以书云："梦一人牵牛陷泽中，得君手提牛角，引牛出泽。人牵牛，适象国姓朱字，大约是国势将倾，赖君挽救，因有此兆。"䔥得书甚喜，宣示友人。**沾沾自足，适以取祸。**璋闻风得间，遂劾䔥妖言诽谤，致逮入狱。槃亦连带被系。刘吉且诬䔥私立朋党，与邹智、李文祥等，统是一鼻孔出气，于是智与文祥亦坐罪。御史陈景隆等，与璋为莫逆交，希附吉意，奏请一体加刑，幸刑部尚书何乔新，及侍郎彭韶，坚持不可，王恕亦上疏申救。**不念被劾之嫌，王恕不愧恕字。**乃将䔥、槃戍边，邹智、李文祥贬官，魏璋反得擢为大理寺丞。唯刘吉以䔥等获生，都是何乔新主持，恨恨不已。会乔新外家与乡人争讼，遂暗唆御史邹鲁，劾奏乔新受贿曲庇。乔新知系刘吉挟嫌，拜疏乞归，既而穷治无验，邹鲁停俸，乔新竟致仕不起，刑部尚书一职，即由彭韶代任。吉复倾排异己，奏贬御史姜洪、姜绾，诬陷南京给事中方向等，中外侧目，呼他为刘棉花，因他屡弹屡起的缘故。

只是日中则昃，月盈必亏，从古无不衰的显宦，亦无不败的佞臣，**可作达官棒喝。**刘吉造言生事，免不得为孝宗所闻。渐渐地减损恩宠，吉尚恋栈不休。孝宗后张氏，系都督同知张峦女，册妃后，伉俪甚欢。及张氏进妃为后，父峦得封寿宁伯，峦卒，加赠昌国公，子鹤龄袭封侯爵，还有鹤龄弟延龄，未曾晋爵，孝宗亦拟加封，命吉撰诰券，吉请尽封周、王二太后家子弟，方可挨及后族。**此语恰似有理。**孝宗不怿，竟遣中宦至吉家，勒令致仕，吉乃谢病告归。既而王恕、彭韶等，多为贵戚近臣所嫉，先后引去。邱濬病殁，礼部侍郎李东阳，及少詹事谢迁，相继入阁。迁颇守法奉公，东阳第以文学著名，不及王恕、彭韶诸人的忠直，所以谏疏渐稀。

其时海内乂然，承平无事，贵州都匀苗，稍稍作乱，由巡抚邓廷瓒讨平。北方小王子，及脱罗干子火筛，虽偶为边患，又经甘肃总兵官刘宁，战守有方，敛众退去。**边事用略笔叙过。**孝宗政体清闲，自然逐渐怠弛。内监李广、杨鹏辈，得乘隙希宠，导帝游畋。太子谕德王华，入侍经筵，讲唐李辅国与张后表里用事，说得非常恳切。侍讲玉整，详陈书义，至"文王不敢盘于游田"句，再三引伸，孝宗也颇感悟，优礼相答。可奈外臣的规讽，不若近侍的诇谀，一曝十寒，未见巨效，且因东厂未革，仍然由内侍作主，舞文弄弊。凑巧有一件讼案，为刑部郎中丁哲，员外郎王爵承审，违犯了东厂意旨，竟欲将哲等论罪，拟定徒流。这案的曲直，待小子叙述出来，以便看官评断。先是千户吴能，生女名满仓儿，姿首妖冶，性情淫荡，能屡戒不悛。以女付媒媪，售与乐妇张氏，张妇又转售与乐工袁璘为妻。能妻聂氏，与能本非同意，至能死后，访女下落，前往领认。哪知满仓儿不认为母，白眼相待。聂氏愤甚，与子定计，诱劫满仓儿归家，藏匿秘室。袁璘往赎不允，告至刑部。丁哲、王爵，同讯得情，驳斥袁璘数语。璘竟信口谩骂，恼动了丁哲、王爵，竟饬衙役重笞袁璘。璘受笞归家，愤无所泄，数日病死。御史陈玉等，检验袁璘尸身，确系病毙，即填就尸格备案，由他埋葬了结。谁料杨鹏从子，素与满仓儿有染，满仓儿竟自秘室逸出，往诉冤情。杨鹏从子，引她进见叔父，只说是刑部枉断，袁璘屈死。杨鹏不知就里，但觉满仓儿楚楚可怜，为浼东厂镇抚司，奏劾丁哲、王爵杀人无辜，罪应论抵。有旨令法司再讯，细细盘诘。满仓儿无从抵赖，仍然水落石出，奈因东厂面子，不敢不委曲顾全，只将满仓儿予杖，嫩皮肉怎禁笞杖？我尚为满仓儿呼冤。且坐丁哲等杖人至死的罪状，奏拟徒流。刑部史徐珪，代抱不平，竟抗疏奏道：

聂女之罪，丁哲等断之审矣。杨鹏暗唆镇抚司，共相欺蔽，陛下令法司审问得实，因惧东厂，莫敢公断。夫以女诬母，仅予杖责，丁哲等才能察狱，反坐徒流之罪，轻重倒置如此，皆东厂劫威所致也。臣在刑部三年，见鞫问盗贼，多东厂镇抚司缉获，或校尉挟私诬陷。或为人报仇，或受首恶赃，令旁人抵罪。刑官洞见其情，莫敢改正，以致枉杀多人。臣愿陛下革去东厂，以绝祸源，则太平可致。臣一介微躯，自知不免，与其死于虎口，孰若死于朝廷？愿陛下斩臣首，行臣言，虽死无恨！

言疏上去，朝旨非但不准，反斥他情词妄诞，革职为民。丁哲、王爵，亦一同放归。小子有诗叹道：

一朝纲纪出中官，腐竖刑余惯作奸。
抗疏甫陈严谴下，忠臣空自贡心丹。

欲知后事若何，且看下回分解。

宪宗非无一隙之明，观其优答李俊，立斥佞人，何尝不辨明善恶？至于内帑用尽，责及中官，泰山连震，保全太子，虽得谓非明主之所为。误在小人日多，君子日少，内嬖近臣，互相炀蔽，于是中知之主，往往为所蛊惑，忽明忽昧，有始鲜终，宪宗其较著者也。若夫孝宗之明，远过宪宗。即位以后，勤求治理，置亮弼之辅，召敢言之臣，斥奸佞之竖，杜嬖幸之门，人材济济，卓绝一时，乃无何而外戚进，又无何而内竖横，老成引退，戚宦肆行，满仓儿一案，颠倒是非，罪及能吏。明如孝宗，犹蹈此辙，人君进贤退不肖之间，其关系为何如哉？读此能无慨然！

第十回

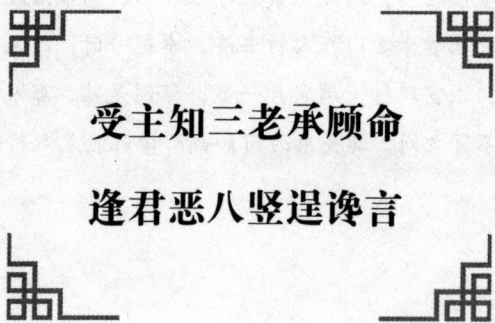

受主知三老承顾命
逢君恶八竖逞谗言

却说弘治八年以后，孝宗求治渐怠，视朝日晏，太监杨鹏、李广，朋比为奸，蔽塞主聪，广且以修炼斋醮等术，怂恿左右，害得聪明仁恕的孝宗，也居然迷信仙佛，召用番僧方士，研究符箓祷祀诸事。大学士徐溥，及阁臣刘健、谢迁、李东阳等，俱上书切谏，引唐宪宗、宋徽宗故事为戒，孝宗虽无不嘉许，心中总宠任李广，始终勿衰。广越加纵恣，权倾中外，徐溥忧愤得很，致成目疾。**不能拔去眼中钉，安得不成目疾？** 三疏乞休，乃许令致仕。适鞑靼部小王子等，复来寇边，故兵部尚书王越，贬谪有年，复遣人贿托李广，暗中保荐，乃复特旨起用，令仍总制三边军务。越年已七十，奉诏即行，**七十老翁，何尚看不破耶？** 驰至贺兰山，袭破小王子营，获驼马牛羊器仗，各以千计，论功晋少保衔。李广所举得人，亦邀重赏。广每日献议，无不见从。会劝建毓秀亭于万岁山，亭工甫成，幼公主忽然夭逝，接连是清宁宫被火。清宁宫为太皇太后所居，被灾后，由司天监奏称，谓建毓秀亭，犯了岁忌，所以有此祸变。太皇太后大恚道："今日李广，明日李广，日日闹李广，果然闹出祸事来了。李广不死，后患恐尚未了呢。"这句话传到李广耳中，广不觉战栗异常，暗语道："这遭坏了，得罪太皇太后，还有何幸？不如早死了罢！"**也有此日。** 遂悄悄还家，置鸩酒中，一吸而尽，睡在床上死了。

孝宗闻李广暴卒，颇为惋惜，继思李广颇有道术，此次或尸解仙去，也未可知，他家中总有异书，何勿着人搜求。孝宗也有此呆想，可知李广蛊惑之深。当下命内监等，至广家搜索秘籍，去不多时，即见内监挟着书簿，前来复命。孝宗大喜，立刻披览，并没有服食炼气的方法，只有那出入往来的账目，内列某日某文官馈黄米若干石，某日某武官馈白米若干石，约略核算，黄米白米，何啻千万！不禁诧异起来。黄米白米，便是服食炼气的方法，何用诧异？便诘问左右道："李广一家，有几多食口？能吃许多黄白米？且闻广家亦甚狭隘，许多黄白米，何处窖积？"真是笨伯。左右道："万岁有所未知，此乃李广的隐语，黄米就是黄金，白米就是白银。"孝宗听到此语，不觉大怒道："原来如此！李广欺朕纳贿，罪既难容，文武百官，无耻若此，更属可恶！"至此方悟，可惜已晚。即手谕刑部，并将簿据颁发，令法司按籍逮问。看官听说，李广当日，声势烜赫，大臣不与往还的，真是绝无仅有，一闻此信，自然一个个寒心，彼此想了一法，只好乞救寿宁侯张鹤龄，昏夜驰往，黑压压地跪在一地，求他至帝前缓颊。寿宁侯初不肯允，奈各官跪着不起，没奈何一力担承，待送出各官，即亲诣大内，托张后转圜，张后婉劝孝宗，才得寝事。

孝宗经此觉悟，乃复远佞臣，进贤良。三边总制王越，经言官交劾，忧恚而死，特召故两广总督秦纮，代王越职。纮至镇，练壮士，兴屯田，申明号令，军声大振。内用马文升为吏部尚书，刘大夏为兵部尚书。文升在班列中，最为耆硕，所言皆关治平。大夏曾为户部侍郎，治河张秋，督理宣大军饷，历著功绩。是时为两广总督，迭召始至，孝宗问何故迟滞？大夏顿首道："臣老且病，窃见天下民穷财尽，倘有不虞，责在兵部，恐力不胜任，所以迟行，意欲陛下另用良臣呢。"孝宗道："祖宗以来，征敛有常，前未闻民穷财尽，今日何故至此？"大夏道："陛下以为有常，其实并无常制，臣任职两广，岁见广西取铎木，广东取香药，费以万计，其他可知。"孝宗复道："今日兵士如何？"大夏道："穷与民等。"孝宗道："居有日粮，出有月粮，何至于穷？"大夏道："将帅侵克过半，哪得不穷！"孝宗叹息道："朕在位十五六年，乃不知兵民穷困，如何得为人主呢？"人君深居九重，安能事事尽知？故历代明主，必采纳嘉言。乃下诏禁止供献，及各将帅扣饷等情。

普安苗妇米鲁作乱，由南京户部尚书王轼，督师往讨，连破贼营，格杀米鲁。琼州黎人符南蛇，聚众为逆，经孝宗用户部主事冯颙计，以夷攻夷，悬赏购募土兵，归巡守官节制，令斩首恶。转战半年，遂得平定，南蛇伏诛。孝宗益究心政务，尝与李东阳、刘健、谢迁三人，详论利害，三人竭诚尽忠，知无不言。遇有要事入对，又由孝宗屏去左右，促膝密谈，左右不得闻，从屏间窃听，但闻孝宗时时称善。当时有歌谣云："李公谋，刘公断，谢公尤侃侃。"还有左都御史戴珊，亦以材见知，与刘大夏宠遇相同。适小王子、火筛等入寇大同，中官苗逵贪武功，奏请出师。孝宗颇欲准奏，阁臣刘健等委曲劝阻，尚未能决，乃召大夏及珊，入问可否。大夏如刘健言。孝宗道："太宗时频年出塞，今何故不可？"大夏道："陛下神武，不亚太宗，奈将领士马，远不及前，且当时淇国公邱福，稍违节制，即举十万雄师，悉委沙漠，兵事不可轻举，为今日计，守为上策，战乃下策呢。"珊亦从旁赞决。孝宗爽然道："非二卿言，朕几误事。"由是师不果出。

一日，刘大夏、戴珊，同时入侍，孝宗与语道："时当述职，诸大臣皆杜门，廉洁如二卿，虽日日见客，亦属无妨。"言至此，即袖出白金赏给，且语道，"聊以佐廉，不必廷谢，恐遭他人嫉忌呢。"*有功加赏，乃朝廷之大经，何必私自给与？孝宗此举，未免失当。*珊尝以老疾乞归，孝宗不许，大夏代为申请，孝宗道："卿代为乞休，想是由彼委托。譬如主人留客，意诚语挚，客尚当为强留，戴卿独未念朕情，不肯少留吗？"*也是意诚语挚。*大夏顿首代谢，趋出告珊。珊感且泣道："上意如此，珊当死是官了。"到了弘治十八年，*点明岁次，为孝宗寿终计数，与上文成化二十三年事，同一笔法。*户部主事李梦阳，上书指斥弊政，反复数万言，内指外戚寿宁侯，尤为直言不讳。寿宁侯张鹤龄，即日奏辩，并摘疏中陛下厚张氏语，诬梦阳讪皇后为张氏，罪应处斩。孝宗留中未发。后母金夫人，复入宫泣诉，不得已下梦阳狱。金夫人尚吁请严刑，孝宗动怒，推案入内。既而法司上陈谳案，请免加重罪，予杖示惩。孝宗竟批示梦阳复职，罚俸三月。越日，邀金夫人游南宫，张后及二弟随侍，入宫筵宴，酒半酣，金夫人与张皇后皆入内更衣，孝宗独召鹤龄入旁室，与他密语，左右不得与闻，但遥见鹤龄免冠顿首，大约是遭帝诘责，惶恐谢罪的缘故。*孝宗善于调停。*自是鹤龄兄弟，稍稍敛迹。孝宗复召刘大夏议事，议毕，即问大夏道："近日外议如何？"大夏道："近释主事李梦阳，中外欢呼，交颂圣德。"孝宗道："若辈欲杖毙梦阳，朕岂肯滥杀直臣，快他私愤么！"大夏顿首道："陛下此举，便是德同尧舜了。"*未免近谀。*

孝宗与张后，始终相爱，别无内宠，后生二子，长名厚照，次名厚炜，厚照以弘治五年，立为太子，厚炜封蔚王，生三岁而殇。孝宗宵旰忘劳，自释放梦阳后，仅历二月，忽然得病，竟至大渐。乃召阁臣刘健、李东阳、谢迁至乾清宫，面谕道："朕承祖宗大统，在位十八年，今已三十六岁，不意二竖为灾，病不能兴，恐与诸先生辈，要长别了。"健等叩首榻下道："陛下万寿无疆，怎得遽为此言？"孝宗叹息道："修短有命，不能强延，唯诸先生辅导朕躬，朕意深感，今日与诸先生诀别，却有一言相托。"言至此，略作休息，复亲握健手道："朕蒙皇考厚恩，选张氏为皇后，生子厚照，立为皇储，今已十五岁了，尚未选婚，社稷事重，可即令礼部举行。"健等唯唯应命。孝宗又顾内臣道："受遗旨。"太监陈宽扶案，李璋捧笔砚，戴义就前书草，无非是大统相传，应由太子嗣位等语。书毕，呈孝宗亲览。孝宗将遗诏付与阁臣，复语健等道："东宫质颇聪颖，但年尚幼稚，性好逸乐，烦诸先生辅以正道，使为令主，朕死亦瞑目了。"知子莫若父，后来武宗好游，已伏此言。健等又叩首道："臣等敢不尽力。"孝宗乃嘱令退出。翌日，召太子入，谕以法祖用贤，未几遂崩。又越日，太子厚照即位，是为武宗，以明年为正德元年。

是时太皇太后周氏已崩，崩于弘治十七年，此是补笔。太后王氏尚存，乃尊太后为太皇太后，皇后张氏为太后，加大学士刘健，及李东阳、谢迁等为左柱国，以神机营中军二司内官太监刘瑾，管五千营。叙武宗即位，便提出刘瑾，为揭出首恶张本。刘瑾本谈氏子，幼自阉，投入刘太监门下，冒姓刘氏，来意已是叵测。得侍东宫。武宗为太子时，已是宠爱。刘瑾复结了七个密友，便是马永成、谷大用、魏彬、张永、邱聚、高凤、罗祥七人，连刘瑾称为八党。后又号作八虎。这八人中，瑾尤狡狯，并且涉猎书籍，粗通掌故，七人才力不及，自然推他为首领了。武宗居苫块中，恰也不甚悲戚，只与八人相依，暗图快乐，所有应兴应革的事情，概置勿问。大学士刘健等，屡次上疏言事，终不见报。健乃乞请罢职，才见有旨慰留。兵部尚书刘大夏，吏部尚书马文升，见八虎用事，料难挽回，各上章乞赐骸骨，竟邀俞允。两人联袂出都，会天大风雨，坏郊坛兽瓦，刘健、李东阳、谢迁，复联名奏陈，历数政令过失，并指斥宵小逢君，甚是痛切。哪知复旨下来，只淡淡的答了"闻知"两字。转瞬间册后夏氏，大婚期内，无人谏诤。刘瑾与马永成等，日进鹰犬歌舞角抵等戏，导帝游行。给事中陶谐，御史赵佑等，看不过去，自然交章论劾。原奏发下阁议，尚未禀复，户部尚书韩文，与僚属谈及时弊，唏嘘泣下，郎中李梦阳进言道："公为国大臣，义同休戚。徒泣何益！"文答道："计将安出？"梦阳道："近闻谏官交劾内侍，已下阁议，阁中元老尚多，势必坚持原奏，公诚率诸大臣固争，去刘瑾辈，还是容易，此机不可轻失哩。"文毅然道："汝言甚是。我年已老，一死报国便了。"随命梦阳草奏。稿成，更由文亲自删改。次日早朝，先于朝房内宣示九卿诸大臣，浼他一同署名，当由各官瞧着，略云：

伏睹近日朝政益非，号令失当，中外皆言太监马永成、谷大用、张永、罗祥、魏彬、邱聚、刘瑾、高凤等，造作巧伪，淫荡上心，击球走马，放鹰逐犬，俳优杂剧，错陈于前，至导万乘与外人交易，狎昵媟亵，无复礼体，日游不足，夜以继之，劳耗精神，亏损志德，此辈细人，唯知蛊惑君上，以便己私，而不思皇天眷命，祖宗大业，皆在陛下一身，万一游宴损神，起居失节，虽韲粉若辈，何补于事？窃观前古阉宦误国，为祸尤烈。汉十常侍，唐甘露之变，其明验也。今永成等罪恶既著，若纵而不治，将来益无忌惮，必患在社稷。伏望陛下奋乾纲，割私爱，上告两宫，下谕百僚，明正典刑，潜消祸乱之阶，永保灵长之祚，则国家幸甚！臣民幸甚！

大众瞧毕，便道甚好甚好，当有一大半署名签字。俟武宗视朝，即当面呈递。武宗略阅一周，不由得愁闷起来，退了朝，呜呜悲泣，过午不食。一派孩儿态。诸阉亦相对流涕。武宗踌躇良久，乃遣司礼监王岳、李荣等，赴阁与议，一日往返至三次，最后是传述帝意，拟将刘瑾等八人，徙置南京。刘健推案大哭道："先帝临崩，执老臣手，嘱付大事。今陵土未干，遂使宦竖弄权，败坏国事，臣若死，何面目见先帝？"谢迁亦正色道："此辈不诛，何以副遗命？"王岳见二人声色俱厉，颇觉心折，慨然道："阁议甚是。"遂出阁复旨。越日，诸大臣奉诏入议，至左顺门，当由刘健提议道："事将成了，愿诸公同心协力，誓戮群邪。"尚书许进道："过激亦恐生变。"健背首不答。许进之言，非无见地，刘健等亦未免过甚耳。忽见太监李荣，手持诸大臣奏牍，临门传旨道："有旨问诸先生。诸先生爱君忧国，所言良是，但奴辈入侍有年，皇上不忍立诛，幸诸先生少从宽恕，缓缓地处治便了。"大众相顾无言。韩文独抗声数八人罪，侍郎王鏊亦续言道："八人不去，乱本不除。"荣答道："上意原欲惩治八人。"王鏊又道："倘再不惩治，将奈何？"荣答道："不敢欺诸先生，荣颈中未尝裹铁，怎得欺人误国？"刘健乃语诸大臣道："皇上既许惩此八人，尚有何言？唯事在速断，迟转生变，明日如不果行，再当与诸公伏阙力争。"诸大臣齐声应诺，乃相率退归。

武宗意尚未决，由司礼监王岳，联络太监范亨、徐智等，再四密议，决议明旦发旨捕奸。时吏部尚书一职，已改任了焦芳，芳与瑾素来交好，闻得这般消息，忙着人走报。瑾正与七个好友密议此事，得报后，都吓得面如土色，伏案而哭。独瑾尚从容自若，冷笑道："你我的头颅，今日尚架住颈上，有口能言，有舌能掉，何必慌张如此？"不愧为八虎首领。七人闻言，当即问计，瑾整衣起身道："随我来！"七人乃随瑾而行。瑾当先引导，径诣大内，时已天暮，武宗秉烛独坐，心中忐忑不定。瑾率七人环跪座前，叩头有声。武宗正要启问，瑾先流涕奏陈道："今日非万岁施恩，奴辈要磔死喂狗了。"说得武宗忽然动容，便道："朕未降旨拿问，如何遽出此言？"瑾又呜咽道："外臣交劾奴辈，全由王岳一人主使，岳与奴辈同侍左右，如何起意加害？"武宗道："怕不是么！"瑾又道："王岳外结阁臣，内制皇上，恐奴辈从中作梗，所以先发制人。试思狗马鹰犬，何损万机，岳乃造事生风，倾排异己，其情可见。就是阁臣近日，亦多骄蹇，不循礼法，若使司礼监得人，遇事裁制，左班官亦怎敢如此？"轻轻数语，已将内外臣工，一网打尽。武宗道："王岳如此奸刁，理应加罪。只阁员多先帝遗臣，一时不便处置。"瑾又率七人叩首泣奏道："奴辈死不足惜，恐众大臣挟制万岁，监督自由，那时要太阿倒持呢。"对症发药，真是工谗。武宗素性好动，所虑唯此，不禁勃然怒道："朕为一国主，岂受阁臣监制么？"中计了。瑾又道："但求宸衷速断，免致掣肘。"再逼一句，凶险尤甚。武宗即提起硃笔，立书命刘瑾入掌司礼监，兼提督团营，邱聚提督东厂，谷大用提督西厂，张永等分司营务，饬锦衣卫速逮王岳下狱。数语写毕，交与刘瑾，照旨行事。瑾等皆大欢喜，叩谢退出，当夜拿住王岳，并将范亨、徐智等，一律拘至，拷掠一顿。

到了天明，诸大臣入朝候旨，不意内旨传出，情事大变，料知事不可为，于是刘健、谢迁、李东阳皆上疏求去。瑾矫旨准健、迁致仕，独留李东阳。东阳再上书道："臣与健、迁，责任相同，独留臣在朝，何以谢天下？"有旨驳斥。看官道是何故？原来阁议时健尝推案，迁亦主张诛佞，唯东阳缄默无言，所以健、迁被黜，东阳独留。究竟是少说的好，无怪忠臣短气。一面令尚书焦芳，入为文渊阁大学士，侍郎王鏊，兼翰林学士，入阁预机务。鏊曾议除八人，乃尚得入阁，想是官运尚亨。充发太监王岳等至南京。岳与亨次途中，为刺客所杀。唯徐智被击折臂，幸亏逃避得快，还得保全性命。这个刺客，看官不必细猜，想总是瑾等所遣了。刘健、谢迁，致仕出都，李东阳祖道饯行，饮甫数杯，即叹息道："公等归乡，留我在此，也是无益，可惜不得与公同行。"言毕为之泣下。健正色道："何必多哭！假使当日多出一言，也与我辈同去了。"东阳不禁惭沮，俟健、迁别后，怅怅而返。小子有诗咏道：

> 名利从来不两全，忠臣自好尽归田。
>
> 怪他伴食委蛇久，甘与权阉作并肩。

嗣是中外大权，悉归刘瑾，瑾遂横行无忌，种种不法情形，待至下回再叙。

自李广畏惧自杀，按籍始知其贪婪，于是孝宗又黜佞崇贤，刻意求治，此如日月之明，偶遭云翳，一经披现，则仍露清光，未有不令人瞻仰者也。惜乎天不假年，享年仅三十有六，即行崩逝。嗣主践阼，八竖弄权，刘健等矢志除奸，力争朝右，不得谓非忠臣，但瑾等甫恃主宠，为恶未稔，果其徙置南京，睽隔天颜，当亦不致祸国，必欲迫之死地，则困兽犹斗，况人乎？尚书许进之言，颇耐深味，惜乎刘健等之未及察也。要之嫉恶不可不严，尤不可过严，能如汉之郭林宗，唐之郭汾阳，则何人不可容？何事不可成？否则两不相容，势成冰炭，小人得志，而君子无噍类矣。明代多气节士，不能挽回气运，意在斯乎？

第十一回

刘太监榜斥群贤
张吏部强夺彼美

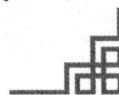

却说刘瑾用事，肆行排击，焦芳又与他联络，表里为奸，所有一切政令，无非是变更成宪，桎梏臣工，杜塞言路，酷虐军民等情。给事中刘菣、吕翀，上疏论刘瑾奸邪，弃逐顾命大臣，乞留刘健、谢迁，置瑾极典云云。武宗览疏大怒，立饬下狱。这疏草传至南京，兵部尚书林瀚，一读一击节道："这正是今世直臣，不可多得呢！"南京给事中戴铣，素有直声，闻林瀚称赏吕、刘，遂与御史薄彦徽，拜疏入京，大旨言元老不可去，宦竖不可任，说得淋漓感慨，当由刘瑾瞧着，忿恨得了不得。适值武宗击球为乐，他竟送上奏本，请为省决。*恶极。*武宗略阅数语，便掷交刘瑾道："朕不耐看这等胡言，交你去办罢！"*昏愦之至。*刘瑾巴不得有此一语，遂传旨尽逮谏臣，均予廷杖，连刘菣、吕翀两人，亦牵出狱中，一并杖讫。南京御史蒋钦，亦坐戴铣党得罪，杖后削籍为民。出狱甫三日，钦复具疏劾瑾，得旨重逮入狱，再杖三十。旧创未复，新杖更加，打得两股上血肉模糊，伏在地上，呻吟不绝。锦衣卫问道："你再敢胡言乱道么？"钦忽厉声道："一日不死，一日要尽言责。"*愚不可及。*锦衣卫复将他系狱，昏昏沉沉了三昼夜，才有点苏醒起来，心中越想越愤，又向狱中乞了纸笔，起草劾瑾，方握管写了数语，忽闻有声出自壁间，凄凄楚楚，好像鬼啸，不禁为之搁笔。听了一回，声已少息，复提笔再书，将要脱稿，鬼声又起，案上残灯，绿焰荧荧，似灭未灭，不由得毛发森竖，默忖道："此疏一入，谅有奇祸，想系先灵默示，不欲我草此疏呢。"当下整了衣冠，忍痛起立，向灯下祝道："果是先人，请厉声以告。"祝祷方罢，果然声凄且厉，顿令心神俱灰，揭起奏稿，拟付残焰，忽又转念道："既已委身事主，何忍缄默负国，贻先人羞？"遂奋笔草成，念了一遍，矍然道："除死无大难，此稿断不可易呢。"鬼声亦止。钦竟属狱吏代为递入，旨下又杖三十，这次加杖，比前次更加厉害，昏晕了好几次。杖止三十，连前亦不过九十，安能立刻毙人？这明是暗中受嘱，加杖过重，令其速毙耳。至拖入狱中，已是人事不省，挨了两夜，竟尔毙命。唯谏草流传不朽，其最末一奏，小子还是记得，因录述于后。其词道：

臣与贼瑾，势不两立，贼瑾蓄恶，已非一朝，乘间启衅，乃其本志。陛下日与嬉游，茫不知悟，内外臣庶，懔如冰渊。臣昨再疏受杖，血肉淋漓，伏枕狱中，终难自默，愿借上方剑斩之。朱云何人，臣肯稍让。臣骨肉都销，涕泗交作，七十二岁之老父，不复顾养，死何足惜？但陛下覆国亡家之祸，起于旦夕，是大可惜也。陛下诚杀瑾，枭之午门，使天下知臣钦有敢谏之直，陛下有诛贼之明。陛下不杀此贼，当先杀臣，使臣得与龙逢、比干，同游地下，臣诚不愿与此贼并生也。临死哀鸣，伏冀裁择。

这时候的姚江王守仁，任兵部主事，**王文成为一代大儒，所以特书籍贯。** 见戴铣等因谏受罪，也觉忍耐不住，竟诚诚恳恳地奏了一本。哪知这疏并未达帝前，由刘瑾私阅一遍，即矫诏予杖五十，已毙复苏，谪贵州龙场驿丞。守仁被谪出京，至钱塘，觉有人尾蹑而来，料系为瑾所遣，将置诸死，遂设下一计，乘着夜间，佯为投江，浮冠履于水上，遗诗有"百年臣子悲何极？夜夜江潮泣子胥"二语。自己隐姓埋名，遁入福建武夷山中。嗣因父华就职南京，恐致受累，乃仍赴龙场驿。那时父华已接到中旨，勒令归休去了。户部尚书韩文，为瑾所嗛，日伺彼短，适有伪银输入内库，遂责他失察，诏降一级致仕。给事中徐昂疏救，亦获谴除名。文乘一骡而去。瑾又恨及李梦阳，矫诏下梦阳狱中，因前时为文草疏，竟欲加以死罪。梦阳与修撰康海，素以诗文相倡和，至是浼康设法，代为转圜。康与瑾同乡，瑾颇慕康文名，屡招不往。此时顾着友谊，不得已往谒刘瑾。瑾倒屣出迎，相见甚欢。康乃替梦阳缓颊，才得释狱。**为友说情，不得谓康海无耻。**嗣是阉焰熏天，朝廷黜陟，尽由刘瑾主持，批答章奏，归焦芳主政。所有内外奏本，分为红本、白本二种。廷臣入奏，必向刘瑾处先上红本。一日，都察院奏事，封章内偶犯刘瑾名号，瑾即命人诘问，吓得掌院都御史屠滽，魂飞天外，忙率十三道御史，至瑾宅谢罪，大家跪伏阶前，任瑾辱骂。瑾骂一声，大众磕一个响头，至瑾已骂毕，还是不敢仰视，直待他厉声叱退，方起身告归。**屠滽等原是可鄙，一经演述，愈觉龌龊不堪。**瑾以大权在手，索性将老成正士，一古脑儿目为奸党，尽行摈斥，免得他来反对。当下矫传诏旨，榜示朝堂，其文云：

朕以幼冲嗣位，唯赖廷臣辅弼其不逮，岂意去岁奸臣王岳、范亨、徐智窃弄威福，颠倒是非，私与大学士刘健、谢迁，尚书韩文、杨守随、林瀚，都御史张敷革、戴珊，郎中李梦阳，主事王守仁、王纶、孙磐、黄昭，检讨刘瑞，给事中汤礼敬、陈霆、徐昂、陶谐、刘蒇、艾洪、吕翀、任惠、李光翰、戴铣、徐蕃、牧相、徐暹、张良弼、葛嵩、赵仕贤，御史陈琳、贡安甫、史良佐、曾兰、王弘、任诺、李熙、王蕃、葛浩、陆昆、张鸣凤、萧乾元、姚学礼、黄昭道、蒋钦、薄彦徽、潘镗、王良臣、赵祐、何天衢、徐珏、杨璋、熊偁、朱廷声、刘玉翰、倪宗正递相交通，彼此穿凿，各反侧不安，因自陈休致。其敕内有名者，吏部查令致仕，毋俟恶稔，追悔难及。切切特谕！

榜示后，且召群臣至金水桥南，一律跪伏，由鸿胪寺官朗读此谕，作为宣戒的意思。群臣听罢诏书，个个惊疑满面，悲愤填膺。自是与瑾等不合的人，见机的多半乞休，稍稍恋栈，不遭贬谪，即受枷杖，真所谓豺狼当道，善类一空呢。到了正德三年，午朝方罢，车驾将要还宫，忽见有遗书一函，拾将起来，大略一瞧，乃是匿名揭帖，内中所说，无非是刘瑾不法情事，当即饬交刘瑾自阅。瑾心下大愤，仗着口才，辩了数语，武宗也无暇理论，径自返宫。**想是游戏要紧。**瑾即至奉天门，立传众官到来，一起一起地跪在门外，前列的是翰林官，俯首泣请道："内官优待我等，我等方感激不遑，何敢私讦刘公公？"**哀求如此，斯文扫地。**刘瑾闻言，把头略点，举起右肱一挥，着翰林官起去。后列的是御史等官，见翰林院脱了干系，也照着哀诉道："我等身为台官，悉知朝廷法度，哪敢平空诬人？"谏官如此，亦足齿冷。瑾闻言狞笑道："诸君都系好人，独我乃是佞贼，你不是佞贼，何人是佞贼？如果与我反对，尽可出头告发，何必匿名攻讦，设计中伤？"说至此，竟恨恨地退入内室去了。众官不得发放，只好仍作矮人。可怜时当盛暑，红日炎蒸，大众衣冠跪着，不由得臭汗直淋，点滴不止。太监李荣看他狼狈情状，颇觉不忍，恰令小太监持与冰瓜，掷给众官，俾他解渴，一面低声劝慰道："现时刘爷已经入内，众位暂且自由起立。"众官正疲倦得很，巴不得稍舒筋骨，彼此听了李荣言语，起立食瓜，瓜未食完，只见李荣急急走报道："刘爷来了！来了！"大众忙丢下瓜皮，还跪不迭。犬豕不如。刘瑾已远远窥见情形，一双怪眼，睁得如铜铃相似，至走近众官面前，恨不得吞将下去。还是太监黄伟，看了旁气不服，对众官道："书中所言，都是为国为民的事，究竟哪一个所写？好男子，一身做事一身当，何必嫁祸他人？"刘瑾听了"为国为民"四字，怒目视黄伟道："什么为国为民？御道荡平，乃敢置诸匿名揭帖，好男子岂干此事？"说罢，复返身入内。未几有中旨传出，撤去李荣、黄伟差使。荣与伟太息而去。等到日暮，众官等尚是跪着，统是气息奄奄，当由小太监奉了瑾命，一齐驱入锦衣卫狱中，共计三百多名，一大半受了暑症。越日，李东阳上疏救解，尚未邀准。过了半日，由瑾察得匿名揭帖，乃是同类的阉人所为，乐得卖个人情，把众官放出狱中。三百人踉跄回家，刑部主事何钺，顺天推官周臣，礼部进士陆伸，已受暑过重，竟尔毙命。死得不值。

是时东厂以外，已重设西厂，应上文且补前未明之意。刘瑾意尚未足，更立内厂，自领厂务，益发喜怒任情，淫刑求逞。逮前兵部刘大夏下狱，坐戍极边，黜前大学士刘健、谢迁为民，外此如前户部尚书韩文，及前都御史杨一清等，统以旧事干连，先后逮系。经李东阳、王鏊等，连疏力救，虽得释出，仍令他罚米若干，充输塞下。众大臣两袖清风，素鲜蓄积，免不得鬻产以偿。还有一班中等人民，偶犯小过，动遭械系，一家坐罪，无不累及亲邻。又矫旨驱逐客籍佣民，勒令中年以下寡妇尽行再醮；停棺未葬的，一概焚弃。名为肃清辇毂，实是借端婪索。京中人情汹汹，未免街谈巷议。瑾且令人监谤，遇有所闻，立饬拿问，杖笞兼施，无不立毙。他还恐武宗干涉，乘间怂恿，请在西华门内，造一密室，勾连栉比，名曰豹房，广选诸童歌女，入豹房中，陪侍武宗，日夜纵乐。武宗性耽声色，还道是刘瑾好意，越加宠任。因此瑾屡屡矫旨，武宗全然未闻。李东阳委蛇避祸，与瑾尚没甚嫌隙。王鏊初留阁中，还想极力斡旋，嗣见瑾益骄悖，无可与言，乃屡疏求去。廷臣还防他因此致祸，迨经中旨传出，准他乘传归乡，人人称为异数。鏊亦自幸卸肩，即日去讫。**乞休都要防祸，真是荆棘盈途。**

此时各部尚书，统系刘瑾私人，都御史刘宇，本由焦芳介绍，得充是职，他一意奉承刘瑾，与同济恶。凡御史中小有过失，辄加笞责，所以深合瑾意。瑾初通贿赂，不过数百金，至多亦只千金，宇一出手，即以万金为贽仪。**可谓慷慨。**瑾喜出望外，尝谓刘先生厚我。宇闻言，益多馈献。未几即升任兵部尚书，又未几晋职吏部尚书。宇在兵部，得内外武官贿赂，中饱甚多，他自己享受了一半，还有一半送奉刘瑾。及做了吏部尚书，进账反觉有限，更兼铨选郎张綵，系刘瑾心腹，从中把持，所有好处，被他夺去不少。宇尝自叹道："兵部甚好，何必吏部。"这语传入瑾耳，瑾即邀刘宇至第，与饮甚欢，酒至数巡，瑾语刘宇道："闻阁下厌任吏部，现拟转调入阁，未知尊意何如？"宇大喜，千恩万谢，尽兴而去。次日早起，穿好公服，先往刘瑾处申谢，再拟入阁办事。瑾微哂道："阁下真欲入相么？这内阁岂可轻入？"**想是万金，未曾到手。**宇闻此言，好似失去了神魂一般，呆坐了好半天，方怏怏告别。次日即递上乞省祖墓的表章，致仕去了。**腰缠已足，何必恋栈，刘宇此去，还算知机。**

宇既去位，张綵即顶补遗缺，**不知馈瑾若干。**变乱选格，贿赂公行，金帛奇货，输纳不绝。苏州知府刘介，夤缘张綵，由綵一力提拔，入为太常少卿。介在京纳妾，虽系小家碧玉，却是著名尤物。綵素好色，闻着此事，便盛服往贺，介慌忙迎接，殷勤款待。饮了几觥美酒，綵便要尝识佳人，介不能却，只得令新人盛妆出见，屏门开处，但见两名侍女，拥着一个丽姝，慢步出来，环珮声清，脂粉气馥，已足令人心醉，加以体态轻盈，身材袅娜，仿佛似嫦娥出现，仙女下凡，走至席前，轻轻的道声万福，敛衽下拜。惊得张綵还礼不及，急忙离座，竟将酒杯儿撞翻。綵尚不及觉，至新人礼毕入内，方知袍袖间被酒淋湿，连自己也笑将起来。**描摹尽致。**早有值席的侍役，上前揩抹，另斟佳酿，接连又饮了数杯。酒意已有了七八分，綵忽问介道："足下今日富贵，从何处得来？"介答道："全出我公赏赐。"綵微笑道："既然如此，何物相报？"介不暇思索，信口答道："一身以外，统是公物。凭公吩咐，不敢有私。"綵即起座道："足下已有明命，兄弟何敢不遵？"一面说着，一面即令随人入内，密嘱数语，那随役竟抢入房中，拥出那位美人儿，上舆而去。綵亦一跃登舆，与介拱手道："生受了，生受了。"两语甫毕，已似风驰电掣一般，无从追挽。刘介只好眼睁睁地由他所为，宾众亦惊得目瞪口呆，好一歇，方大家告别，劝慰主人数语，分道散去。介只有自懊自恼罢了。到口的肥羊肉，被人夺去，安得不恼？

张綵夺了美人，任情取乐，自在意中。过了数月，又不觉厌弃起来，闻得平阳知府张恕家，有一爱妾，艳丽绝伦，便遣人至张恕家，讽他献纳。恕自然不肯，立即拒复。綵讨了没趣，怀恨在心，便与御史张祫密商。綵即运动同僚，诬劾恕贪墨不职，立逮入京。法司按问，应得谪官论戍，恕受此风浪，未免惊骇，正要钻营门路，打点疏通，忽见前番的说客，又复到来，嘻嘻大笑道："不听我言，致有此祸。"恕听着，方知被祸的根苗，为珍惜爱妾起见，愈想愈恼，对了来使，复痛骂张綵不绝。来使待他骂毕，方插口道："足下已将张尚书骂够了，试问他身上，有一毫觉着么？足下罪已坐定了，官又丢掉了，将来还恐性命难保。世间有几个绿珠，甘心殉节？足下倘罹不测，几个妾媵，总是散归别人，何不先此回头？失了一个美人，保全无数好处哩。"说得有理。恕沉吟一回，叹了口气，垂首无言。来使知恕意已转，即刻趋出，竟着驿使至平阳，取了张恕爱妾，送入张綵府中，恕方得免罪。小子有诗叹道：

　　毕竟倾城是祸胎，为奴受辱费迟徊。
　　红颜一献官如故，我道黄堂尚有才。

阉党窃权，朝政浊乱，忽报安化王寘鐇，戕杀总兵官，传檄远近，声言讨瑾，居然造反起来。欲知成败情形，且待下回续表。

本回纯为刘瑾立传，见得刘瑾无恶不为，比前时王振、曹吉祥、汪直一流人物，尤为狠戾，读之尤令人切齿。李东阳委蛇其间，尚得久居相位，无怪世人以靦颜讥之。然陈太邱之吊张让，亦自有枉尺直寻之见，不得全为东阳咎也。刘宇、张綵，皆系阉党，刘宇去而张綵得势，两夺他人爱妾，无人讦发，明廷尚有公理乎？吾谓明臣未必畏张綵，实畏刘瑾，金水桥之听诏，奉天门之跪伏，令人胆怵心惊，何苦为刘介、张恕一伸冤愤。且介亦自取其咎，恕复仍得好官，多得少失，无怪其尽为伏马寒蝉也。武宗不明，甘听阉党之播弄，国之不亡，犹幸事耳。

第十二回

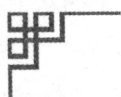

入槛车叛藩中计
缚菜厂逆阉伏辜

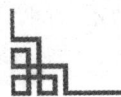

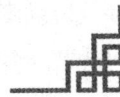

　　却说安化王寘鐇，系庆靖王朱㮵曾孙。㮵为太祖第十六子，就封宁夏，其第四子秩炵，于永乐十九年间，封安化王，孙寘鐇袭爵。素性狂诞，觊觎非分，尝信用一班术士，为推命造相体格，俱言后当大贵。还有女巫王九儿，教鹦鹉妄言祸福，鹦鹉见了寘鐇，辄呼他为老皇帝，寘鐇益自命不凡，暗结指挥周昂，千户何锦、丁广等，作为爪牙，招兵买马，伺机而动。会值正德五年，瑾遣大理寺少卿周东，至宁夏经理屯田，倍征租赋。原田五亩，勒缴十亩的租银，原田五十亩，勒缴百亩的租银，兵民不能照偿，敲扑胁迫，备极惨酷。更兼巡抚安惟学，系刘瑾私人，抵任后，一味行使威福，甚至将士犯过，杖及妻孥。*必杖其妻何为？想是爱看白臀肉。*部众恨至切骨。宁夏卫诸生孙景文，与寘鐇素相往来，遂入见寘鐇道："殿下欲图大事，何勿乘此机会，倡众举义？"寘鐇大喜，即由景文家置酒，邀集被辱各武弁，畅饮言欢。席间说及寘鐇素有奇征，可辅为共主，趁此除灭贪官，入清阉党，不但宿愤可销，而且大功可就。各武弁都欣然道："愿如所教。就使不能成事，死亦无恨！"当下歃血为盟，订定始散。景文即转告寘鐇，寘鐇遂密约周昂、何锦、丁广等，即日起事。

　　可巧陕边有警，游击将军仇钺，及副总兵周英，率兵出防。总兵姜汉，别简锐卒六十人为牙将，令周昂带领，何锦为副。昂、锦两人，遂与寘鐇定计，借设宴为名，诱杀巡抚总兵以下各官。总兵姜汉，及镇守太监李增、邓广汉等，惘惘到来，入座宴饮，唯周东及安惟学不至。大家正酣饮间，忽见周昂、何锦等，持刀直入，声势汹汹。姜汉慌忙起座，正要启问原因，谁知头上已着了一刀，顿时晕倒，再复一刀，结果性命。李增、邓广汉，无从脱逃，也被杀死。当下纠众至巡抚署，把安惟学一刀两段，转至周少卿行辕，又将周东拖出，也是一刀了结。**杀得爽快。**寘鐇遂令景文草檄，声讨刘瑾，及张綵诸人罪状，传布边镇，一面焚官府，劫库藏，放罪囚，夺河舟，制造印章旗牌，令何锦为讨贼大将军，昂、广为左右副将军，景文为军师，招平卤城守将张钦为先锋，定期出师，关中大震。

陕西守吏，忙遣使飞驿驰奏，瑾尚想隐瞒过去，暂不上闻，只矫旨饬各镇固守，命游击将军仇钺，及兴武营守备保勋，发兵讨逆。钺方驻玉泉营，闻寘鐇谋叛，率众还镇，途次遇寘鐇使人劝他归降。钺佯为应诺，及至镇，卧病不出。寘鐇因他久历戎行，熟悉边疆形势，随时遣何锦、周昂等，往询战守事宜。仇钺道："朝内阉党，煞是可恨，今由王爷仗义举兵，较诸太宗当日，还要名正言顺，可惜孱躯遇疾，一时不能效命，俟得少愈，即当为王前驱，入清君侧呢。"何锦颇也狡黠，恐他言不由衷，随答道："仇将军情义可感，现有贵恙，总宜保养要紧，唯麾下兵精士练，还乞暂借一用，幸勿推却！"钺不待思索，便答道："彼此同心，何必言借？"说着，即将卧榻内所贮兵符，交与何锦。锦喜形于色，接受而去。**何锦乖，不知仇钺尤乖。**

钺乃暗遣心腹，密约保勋兵至，里应外合。适陕西总兵曹雄，亦遣人持书约钺，具言杨英、韩斌、时源等，各率兵屯扎河上，专待进兵，请为接应等语。钺拈须半晌，计上心来，婉复来人去讫，当即报告寘鐇，谓官军已集河东，请速派兵阻住，毋使渡河。寘鐇自然相信，亟遣何锦等往截渡口，仅留周昂守城。寘鐇复出城祭祀社稷旗纛等神，使人呼钺陪祭，钺复以疾辞。寘鐇祭毕返城，遣周昂往视钺病，钺暗中布置壮士，俟昂入寝室，由壮士握着铁锤，从后猛击，可怜他脑浆迸流，死于非命。钺即一跃起床，披甲仗剑，跨马出门，带着壮士百余人，直抵城下。城卒见是仇钺到来，只道他病恙已痊，前来效力，忙大开城门接入。钺等拥入安化王府，凑巧孙景文等出来迎接，钺竟指挥壮士，出其不意，将他拿下，一共捉住十余人，再大着步趋入内厅。寘鐇方闻外庭呼噪，抢步出视，兜头遇着仇钺，刚欲上前握手，不防钺右臂一挥，竟将寘鐇扑倒，壮士从后趋上，立刻把寘鐇揿住，绑缚起来，寘鐇才晓得是中计，追悔也不及了。以百余人往执真镭如缚犬豕一般，此等庸奴，还想做皇帝，可笑！真镭子台潜，及党羽谢廷槐、韩廷璋、李蕃、张会通等忙来抢救，又被钺率着壮士，抖擞精神，将他打倒，一并擒住。统是不中用的人物。随即搜出安化王印信，钤纸书檄，命何锦速还。何锦部下，有都指挥郑卿，与仇钺素来认识，钺遣部将古兴儿，密劝郑卿反正，使图何锦。锦留丁广等守河，方率众退归，不防郑卿已运动军士，中途为变，事起仓猝，如何抵挡？锦只好孤身西走。其时曹雄、保勋等已渡河而西，杀败丁广、张钦诸人，丁、张等也向西窜去。适与何锦相遇，同奔贺兰山。官军陆续往追，至贺兰山下，堵住山口，分兵向山中搜索，把丁广、张钦等捉得一个不留。统计真镭倡乱，只有一十八日，便即荡平。

京中尚未接捷音，只闻着仇钺助逆消息，刘瑾也遮瞒不住，没奈何入报武宗。武宗忙集诸大臣会议，李东阳奏请宥充军罚米官员，停征粮草等件，冀安人心。刘瑾尚有难色，武宗此时，也不能顾及刘瑾，竟照东阳所奏，颁诏天下，复命泾阳伯神英充总兵官，太监张永监军，率京营兵前往讨逆。廷臣请起用前右都御史杨一清，提督军务，武宗亦唯言是从，立召一清入朝，托付兵权。急时抱佛脚，可见武宗全无成心。刘瑾与一清不合，独矫诏改户部侍郎陈震，为兵部侍郎，兼佥都御史，一同出征。明是监制一清。各将帅方出都门，仇钺等捷书已到，乃召泾阳伯神英还都，命张永及杨一清等，仍往宁夏安抚。时道路相传，总督率京营兵至，将屠宁夏，一清恐谣言激变，亟遣百户韦成赍牌晓谕，略称"大憝已擒，地方无事，朝廷但遣重臣抚定军民，断不妄杀一人"云云。既至宁夏，又出示："朝廷止诛首恶，不问胁从，各部官员，不许听人诬陷，敢有流造讹言，当以军法从事！"于是浮言顿息，兵民安堵。太监张永，檄镇守抚按，逮捕党犯千余人。一清分别轻重，重罪逮系，轻犯释放，先遣侍郎陈震，押解真镭等入京，自与张永留镇待命。真镭等到京伏诛，有旨令张永回朝，封仇钺为咸宁伯，留杨一清总制三边军务。一场逆案，总算了清。

先是杨一清与张永西行，途中谈论军事，很是投机，至讲及刘瑾情状，永亦恨恨不平。一清探他口气，才知刘瑾未柄政时，原与张永等莫逆；到了专权以后，张永等有所陈请，瑾俱不允。又尝欲以他事逐永，永巧为趋避，方得免祸。密谈了好几日。一清方扼腕叹道："藩宗有乱，还是易除。宫禁大患，不能遽去，如何是好？"永惊问何故？一清移座近永，手书一瑾字。连瑾字都不敢明言，阉焰可知，然他日仍假手阁党，除去此獠，益见有势不可行尽。永亦附耳语道："瑾日夕内侍，独得恩宠，皇上一日不见瑾，即郁郁寡欢，今羽翼既成，耳目甚广，欲要除他，恐非易事。"一清悄悄答道："公亦是皇上信臣，今讨逆不遣他人，独命公监军，上意可知。公若班师回朝，伺隙与皇上语宁夏事，上必就公，公但出真镭伪檄，并说他乱政矫旨，谋为不轨，海内愁怨，大乱将起，我料皇上英武，必听公诛瑾。瑾诛后，公必大用，那时力反瑾政，收拾人心，吕强、张承业后，要算公为后劲，千载间只有三人，怕不是流芳百世么？"说得娓娓动听，非满口阿谀者可比。永绽眉道："事倘不成，奈何？"一清道："他人奏请，成否未可知，若公肯极言，无不可成。万一皇上不信，公顿首哀泣，愿死上前，上必为公感动，唯得请当即施行，毋缓须臾，致遭反噬。"永听言至此，不觉攘臂起座道："老奴何惜余年，不肯报主？当从公所言便了。"一清大喜，又称扬了好几句，方搁过不提。至张永奉旨还朝，一清钱别，复用指蘸着杯中余滴，在席上画一瑾字。永点首会意，拱手告别。将至京，永请以八月望日献俘，瑾故意令缓。原来瑾有从孙二汉，由术士余明，推算星命，据言福泽不浅，该有九五之尊。又是术士妄言致祸，可为迷信者戒。瑾颇信以为真，暗中增置衣甲，联络党羽，将于中秋起事。适值瑾兄都督刘景祥，因病身亡，不至杀身，好算运气。瑾失一帮手，未免窘迫。永又请是日献俘，与瑾有碍，所以令他延期。但天下事若要不知，除非莫为，京城里面，已哗传刘瑾逆谋，众口一词，只有这位荒诞淫乐的武宗，还一些儿没有知晓。昏愦至此，不亡仅耳。

张永到京，恰有人通风与他，他即先期入宫，谒见武宗。献俘已毕，武宗置酒犒劳，瑾亦列席，从日中饮到黄昏，方才撤席，瑾因另有心事，称谢而出。永故意逗留，待至大众散归，方叩首武宗前，呈上真镭伪檄，并陈瑾不法十七事。又将瑾逆谋日期，一一奏闻。武宗时已被酒，含糊答道："今日无事，且再饮数杯！"祸在眉睫，尚作此言，可发一笑。永答道："陛下畅饮的日子，多着呢。现在祸已临头，若迟疑不办，明日奴辈要尽成齑粉了。"武宗尚在沉吟，永又催促道："不但奴辈将成齑粉，就是万岁亦不能长享安乐呢！"武宗被他一激，不觉酒醒了一大半，便道："我好意待他，他敢如此负我么？"正说着，太监马永成亦入报道："万岁不好了！刘瑾要造反哩。"武宗道："果真吗？"永成道："外面已多半知晓，怎么不真？"永复插口道："请万岁速发禁兵，往拿逆贼。"武宗道："甚好，便着你去干罢！我到豹房待你。"永立即趋出,传召禁卒,竟至刘瑾住宅,把他围住。时已三鼓,永麾兵坏门直入,径趋内寝。瑾方在黑甜乡中,做着好梦,是否梦做太上皇?蓦地里人声喧杂,惊逐梦魇,披衣起问,一辟寝门,即遇张永,永即朗声道:"皇上有旨,传你去呢!"瑾问道:"皇上在哪里?"永答道:"现在豹房。"瑾顾家人道:"半夜三更,何事宣召?这真奇怪呢!"永复道:"到了豹房,便知分晓。"瑾整了衣冠,昂然趋出。行未数步,即有禁兵上前,将他缚住,瑾尚是呵叱不休,禁兵不与计较,乱推乱扯的,牵了出去,连夜启东朱门,缚瑾菜厂内。

越日早朝,武宗即将张永所奏,晓示阁臣,阁臣面奏道:"非查抄刘瑾府中,不足证明谋反的真假,恐瑾尚不肯认罪呢。"武宗迟疑半晌道:"待朕自往查抄便了。"言下尚有疑衷。即带着文武百官,亲至瑾宅,由锦衣卫一一搜索,自外至内,无不检取,共得金二十四万锭,又五万七千八百两,元宝五百万锭,一百五十八万三千六百两,宝石二斗,奇异珍玩,不计其救。还有八爪金龙袍四件,蟒衣四百七十件,衣甲千余,弓弩五百,最可怪的是两柄貂毛扇,扇柄上暗藏机栝,用手扳机,竟露出寒光闪闪的一具匕首。武宗不禁瞠目道:"好胆大的狗奴!他果然谋逆了。"到此方深信吗?乃整驾回朝,立传旨下瑾诏狱,尽法审鞫,一面钩捕逆党,把吏部尚书张綵,锦衣卫指挥杨玉、石文义等,一并下狱。于是六科十三道,共劾瑾罪,一古脑儿有三四十条,就是刘瑾门下的李宪,也上书劾瑾,比别人更说得出透。大家打落水狗,如李宪辈,更是狗自相咬。刘瑾闻李宪讦奏,冷笑道:"他是我一手提拔,今也来劾我么?"谁叫你去提拔他?越日廷讯逆案,牵瑾上阶。刑部尚书刘璟,见了瑾面,不由得脸红耳热,连一句话都说不出来。平日党附巨奸,至此不便落脸,我还说他厚道。瑾睁着两眼,厉声道:"满朝公卿,尽出我门,哪个敢来审我?"不啻自供。众官闻言,多面面相觑,退至后列,独有一人挺身出语道:"我敢审你。我是国家懿戚,未尝出入你门,怎么不好审你?"瑾瞧将过去,乃是驸马都尉蔡震,也不觉吃了一惊。蔡震又道:"公卿百官,统是朝廷命吏,你乃云出你门下,目无皇上,应得何罪?"随叱左右道:"快与我批颊!"左右不敢违慢,把刘瑾的两颊上,狠狠地挞了数十下,瑾禁不住叫痛起来。笞杖别人,比你痛苦何如?震复叱道:"你在家中,何故擅藏弓甲?"瑾支吾一会,方说道:"这……这是保卫皇上呢!"震笑道:"保卫皇上,须置在宫禁中,如何藏着你室?就是龙衮蟒袍,亦岂你等可服?若非谋为不轨，那得制此衣物？真迹已露，还有何辩？"这数语，说得刘瑾哑口无言，只好匍伏叩头。震即令牵还狱中，入内复旨。即日下诏，谓逆瑾罪状确凿，毋庸复讯，着即磔死。所有逆瑾亲属，一律处斩。于是威焰熏天的逆阉，竟遭脔割，都人士争啖瑾肉，以一钱易一脔，顷刻而尽。肉不足食，都人士独不怕腌腊吗？

瑾亲族十五人，一一伏法，从孙二汉，自然也赏他一刀。想做皇帝的结果。二汉临刑时，涕泪满颐道："我原是该死，但我家所为，统是焦芳、张綵两人，撺掇起来。张綵今亦下狱，谅他也不能幸免，独焦芳安然归里，未见追逮，我心实是未甘呢。"原来焦芳、张綵，先后附瑾，芳尝称瑾为千岁，自称门下，瑾妄作妄行，多半由芳嗾使，及张綵得势，芳势少衰，綵于瑾前举芳阴事，瑾即当众辱芳，芳惭沮乞归，距瑾死不过两月余。张綵狱成拟斩，他竟在狱毙命，下诏磔尸，指挥刘玉、石文义等，皆处死，唯芳止除名。芳子黄中，已由侍读升任侍郎，性甚狂恣。芳有美妾，系土官岑溶家眷，溶得罪没入，为芳所据。黄中也觉垂涎，平时在父左右，已不免与那美人儿，有眉挑目逗等情，及芳势将归，愁闷成疾，他竟以子代父，把美人儿诱入己室，居然解衣同寝，做些无耻的勾当。那美人儿厌老喜少，恰也两相情愿，但外人已纷纷传播，至焦芳除名，黄中尚未曾受谴，御史等交章论劾，并把那子烝父亲的罪状，一并列入，乃将黄中褫职。美人儿仍得团圆，较诸张綵之死，不容二妾陪去，所得多矣。外如户部尚书刘玑，兵部侍郎陈震等，统削籍为民。小子有诗咏道：

> 一阳稍复化冰山，天道难云不好还。
> 到底恶人多恶报，刑场相对泪空潸。

罪人伏法，有功的例当封赏，张永以下诸人，又弹冠相庆了。欲知详细，请阅下回。

有刘瑾之不法，而后有寘鐇之叛。有寘鐇之为逆，而后有刘瑾之诛。两两相因，同归于尽，不得谓非武宗之幸事。天意不欲亡明，因使寘鐇作乱，以便张、杨二人之定谋，卒之处心积虑之二凶，一则未战而即成擒，一则甫出而遽就缚，外忧方弭，内患复除，谓非天祐得乎？不然，如昏迷沉湎之武宗，乃能仓猝定变耶？阅者乃于此觇恶报焉。

第十三回

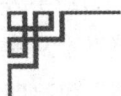

河北盗横行畿辅
山东贼毕命狼山

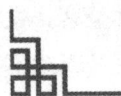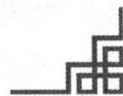

却说刘瑾等伏罪遭诛，张永以下，相率受赏，永兄富得封泰安伯，弟容得封安定伯，魏彬弟英，得封镇安伯，马永成弟山，得封平凉伯，谷大用弟大圮，得封永清伯，均给诰券世袭。张永等出了气力，可惜都给与兄弟。张永等身为太监，虽例难封爵，究竟权势烜赫，把持政权，不过较刘瑾时稍差一点。阁中换了两个大臣，一是刘忠，一是梁储，两人前日，俱为瑾所排斥，至是同召入阁，俱授吏部尚书兼文渊阁大学士。李东阳居官如故。弊政微有变更，大致仍然照旧，百姓困苦，分毫未舒，免不得有盗贼出现。

其时有个大盗张茂，窟穴霸州，家中有重楼复壁，可藏数十百人。邻盗刘六、刘七、齐彦名、李隆、杨虎、朱千户等都与他往来，倚为逃薮。茂又与太监张忠，对宇同居，结为兄弟，时常托忠纳贿权阉。马永成、谷大用诸人，得了好处，也引他为友，他竟假扮阉奴的模样，混入豹房，恣行游览。武宗哪里管得许多？镇日与三五美人，蹴踘为乐，就是有十个张茂，也只道是中官家人，*不为张茂所刺，想是百神呵护。*茂遂出入自由，毫无忌惮；有时手头消乏，仍去做那劫夺的勾当。一日在河间府出手，突被参将袁彪，率兵来捕，茂虽有同党数人，究因众寡不敌，败阵逃还，偏偏袁彪不肯干休，查得张茂住处，竟带领多兵，要与他来算账。茂闻风大惧，忙向好兄弟张忠处求救。忠言无妨，便留住张茂，一面预备盛筵，俟袁彪到来，即请他入宴。彪不便推却，应召赴饮。忠竟令张茂陪宾，东西分坐。饮了数巡，张忠酌酒一大觥，送与袁彪道："闻参戎来此捕盗，为公服务，足见忠心。但兄弟恰有一事相托！"说至此，即手指西座张茂，转语袁彪道："此人实吾族弟，幸毋相厄！"又举一卮与茂道："袁将军与你相好，今后勿再扰河间。"茂自然唯唯从命。彪亦没奈何应诺，饮尽作别，即率兵自归。茂幸得脱险，转瞬间故态复萌，仍是四出劫掠。可巧御史宁杲，奉命捕盗，到了霸州，察悉张茂是个盗魁，即召巡捕李主簿入见，饬他捕茂。李主簿知茂厉害，且素闻茂家深邃，一时无从搜捕，左思右想，情急智生，他竟扮了弹琵琶的优人，邀二三同伴，径诣张茂家弹唱。茂是绿林豪客，生性粗豪，不防他人暗算，遂召他入内侑酒。李主簿善弹，同伴善唱，引得张茂喜欢不迭，留他盘桓数日。他得自在游行，洞悉该家曲折，那时托故告别，即于夜间导着宁杲，并骁勇数十人，逾垣直入，熟门熟路的进去，竟将张茂擒住，用斧斫断茂股，扛缚而归。

余盗杨虎、齐彦名、刘六、刘七等闻张茂被擒，慌忙托张忠斡旋。忠入与马永成商议，永成索银二万两，方肯替他说情。**强盗要掳人勒赎，不意明廷太监，反要掳盗索贿。**看官！你想这强盗所劫金银，统是随手用尽，哪里来的余蓄？大家集议一番，不得主意，杨虎起言道："官库中金银很多，何不借些使用？"**劫官偿官，确是好计。**言尚未终，竟大踏步去了。是夕即邀集羽翼，往毁官署。署中颇有准备，一闻盗警，救火的救火，接仗的接仗，丝毫不乱，杨虎料难得手，一溜烟地走了。刘六、刘七闻杨虎失败，恐遭祸累，忙向官署自首。当由官署收留，令他捕盗自效，一住数月，也捉到好几个毛贼。但是盗贼性情，不喜约束，经不起官厅监督，又复私自遁去。嗣是抗官府，劫行旅，不到数旬，竟聚众至好几千人，骚扰畿南。

霸州文安县诸生赵镭，颇有膂力，豪健自诩，人呼他为赵疯子。六等乱起，镭挈妻女避难，暂匿河边芦苇中，不料被众贼所见，前来掳掠。镭慌忙登岸，妻子亦随着同逃，无如三寸莲钩，不能速行，走不数步，被贼追及，把他妻女拉住，看她有几分姿色，竟欲借河岸为裀褥，与她做个并头花。那妻女等惊骇异常，大呼救命，镭转身瞧着，怒气填胸，竟三脚两步，抢将过去，提起碗大的拳头，左挥右击，无人可当，众贼一哄而散，有两人逃得稍慢，被他格毙。凑巧刘六、刘七等，大队到来，见赵镭如此威风，不由得愤怒起来，当即麾众上前，将赵镭困在垓心。镭孤掌难鸣，敌不住许多盗党，不一时即被擒住。刘六顾镪道："你是何人？胆敢撒野。"镪张目叱道："好一个呆强盗，连赵疯子都不认识么？"颇有胆气。刘六闻言，亲与解缚，一面劝慰道："原来是赵先生，久仰侠名，惜前此未曾面熟，竟致冒犯，还乞先生原谅！"复道："你走你的路，我走我的路，何必与我客气？"刘六道："贪官污吏，满布中外，我等为他所逼，没奈何做此买卖。今得先生到此，若肯入股相助，指示一切，我情愿奉令承教呢！"刘六颇善笼络。赵镪一想，刘六颇有义气，不如将就答应，一来可保全性命，二来可保全妻孥，且到后来再说，随语刘六道："欲我入股，却也不难，但不要奸淫掳掠，须严申纪律，方可听命。"想为妻女受惊之故，因有此语。刘六道："全仗先生调度。"镪又道："家内尚有兄弟数人，不若一并招来，免致受累。"六亦允诺。镪即率妻女还家，收拾细软，并与弟镭、镐等，募众五百人，径诣河间，遣人通报刘六等，一同来会。于是畿南一带，统是盗踪。

是时承平日久，民不知兵，郡县望风奔溃，甚至开门揖盗，以故群盗无忌，越发横行。赵镪与杨虎、刘三、邢老虎等往掠河南，刘六、刘七与齐彦名等往掠山东，分道扬镳，所至蹂躏。明廷亟命惠安伯张伟充总兵官，都御史马中锡提督军务，统京营兵出剿流贼。伟系仁宗后侄曾孙，出自纨绔，素不知兵，中锡又是个白面书生，腐气腾腾，竟欲效汉龚遂治渤海故事，招抚贼众，沿途尽出榜示，大略谓："潢池小丑，莫非民生，所在官司，不得无故捕获，好好地供给劝导。如若悔过听抚，一律宥死。"确是迂腐。刘六等见了此示，倒也禁止杀掠，将信将疑。中锡至德州桑儿园，居然单车简从，直投贼垒。刘六出寨迎谒，由中锡开诚晓谕，六随口答应，唯命是从。待中锡已返，便拟遣散党羽，往降官军。刘七奋臂道："俗语说得好，'骑虎难下'，目今内官主政，国事日非，马都堂能自践前言么？"六乃不敢决议。潜令党人到京，探听中贵，并无招降消息。又将山东所劫金银，运送权幸，求下赦令，计复不行。刘六、刘七等遂大肆劫掠。唯至故城县中，相戒勿入马都堂家。马籍隶故城，举室独完。遂谤腾中外。廷臣统劾他玩寇殃民，连张伟一并就逮。伟革职闲住，中锡竟瘐毙狱中。

兵部尚书何鉴，以京军不能讨贼，请发宣府、延绥二镇兵助讨。有旨允准，且命兵部侍郎陆完，总制边军，所有边将许泰、郤永、冯祯等悉听调遣。师出涿州，忽报寇众已至固安，将犯京师。武宗闻着，也惶急得很。此时尚清醒么？亟亲御左顺门，召大学士李东阳、梁储、杨廷和及尚书何鉴商议，且谕道："贼向东来，师乃西出，彼此相左，奈何？"何鉴道："陆侍郎去京不远，可飞驿召还，贼闻大军入卫，自然远遁了。"武宗鼓掌称善。**"鼓掌"二字用得妙。**鉴即饬使追还陆完，令他东趋固安，堵截贼众。许泰、郤永亦自霸州进攻，前后夹击，连破贼寨。完请再发大同、辽东兵协助，以便早日荡平，乃调大同总兵张俊，游击江彬等入征。**江彬进来，又是一个大祸来。**谷大用以贼势渐衰，自请督师，冀邀封赏。武宗遂以大用提督军务，伏羌伯毛锐为总兵官，太监张忠监神枪营，皆出会完。**张忠为大盗张茂好友。如何令他监军？**刘六等闻王师大出，避锐南下，连破日照、海丰、寿张、阳谷、曲阜等县城，进攻济宁，焚去粮船千二百艘。大用等到了临清，遥闻贼势浩大，观望不前。**想是要追悔了。**六料他没用，竟舍了济宁，从间道卷甲北趋，意欲乘武宗祀天，潜行劫驾，哪知被尚书何鉴侦觉，立刻奏闻，即夕严设守备，防得水泄不通。待至黎明，武宗召问何鉴，应否郊祀？鉴奏称："兵防严密，尽可无虑，不如早出主祭，藉安人心。"武宗准奏，即乘辇出城，直抵南郊，从容礼成而还。六知有备，不敢入犯，西掠保定去了。

这时候的赵疯子等方转掠河南，横行而东，直至徐州，分众攻宿迁。淮安知府刘祥，率兵逆贼，未战先溃。贼众追逼至河，官军溺毙无算，祥马蹶被执。赵镢审讯刘祥，尚无虐民情事，纵使归去，随即渡河南行，杀高邮等卫官军三百余人，劫住指挥陈鹏。转攻灵璧，突入城中，又把知县陈伯安缚住。赵镢劝他入党，伯安不屈，反斥责贼众。刘三在旁，听不下去，竟拔出宝刀，奔向伯安，欲借他的头颅。镢急忙拦阻，语刘三道："陈大令忠直可嘉，不如放他归去为是。"刘三乃停住了手，当由镢放还伯安，并将指挥陈鹏，也释缚纵归。嗣是所过州县，先约官吏师儒，无庸走避，但教望风迎顺，一体秋毫无犯。**疯子不疯，颇有儒者气象。**后至钧州，以前吏部尚书马文升，家居城中，戒毋妄入，绕城径去，转入泌阳，至焦芳家搜掠一番。芳已远匿，镢令束草为人，充作芳像，自持刀乱剁道："我为天下诛此贼。"言已，即令手下放火，把焦氏一座大厦，烧得干干净净。**如此方真成焦氏。**并将焦氏先冢，尽行铲平。**官吏听着。**复渡河北行，陷归德府。守备万都司，及武平卫指挥石坚，率兵千余，来击赵镢。镢收众南遁，将渡小黄河，还顾官军追至，返身接战，杀得官军七零八落，大败而逃。镢令众休息一日，然后渡河。杨虎自恃勇悍，独率死党杨宁等九人，临河夺舟，踊跃欲渡。不意武平卫百户夏时，率兵伏着，俟虎已下船，鼓噪而出，用了强弩巨石，一齐掷去，竟将杨虎的坐船，击沉河中，虎等溺毙。镟闻虎被溺，急忙驰救，但见流水潺潺，烟波渺渺，不但杨虎等无影无踪，就是官军亦不见一个，只得凭吊一番，整众南渡。刘三因杨虎已死，同党中没有鸷类，遂思拥众自尊，当下与赵镟商议，只说是无主必乱。镟已瞧透私意，索性顺风使帆，推他为主。他遂自称为奉天征讨大元帅，令镟为副，分众十三万为二十八营，说是上应二十八宿，各树大旗为号，又置金旗二面，大书："虎贲三千，直抵幽燕之地；龙飞九五，重开混沌之天。"尝见太平天国中亦有此联，唯"混沌"二字，改作"尧舜"，想是从此处抄来。这四语是赵疯子手笔，刘三为之大喜。复约刘六、刘七等分掠山东、河南，刘六复攻霸州。明廷召回谷大用、毛锐等，抵御刘六，途次与六相遇，大用骇急先奔，只配做太监，不配做监军。毛锐也随后趋避，官兵都走了他娘，管什么刘六、刘七？六与七反追杀一阵，夺了官兵许多甲仗。大用等狼狈回京，武宗也不去罪他，但别遣都御史彭泽，咸宁伯仇钺，接统军务。泽与钺颇有威望，既奉命出师，遂倡议按地圈剿。山东一方面，归兵部侍郎陆完征讨，自率军径趋河南。适赵镟等攻唐县，二十八日不能下，邢老虎得病身亡，得保首领，算是幸事。镟并有邢众，转掠襄阳、樊城、枣阳、随州等处，可巧彭泽、仇钺统军到来，与赵疯子遇着西河，两下交锋，混杀一阵。此次官军都是精锐，更兼泽、钺两人持刀督阵，退后立斩，所以人人效命，个个先驱，任你赵疯子如何权略，也吃了一大败仗，伤亡了二千余人，丧失马骡器械无数，剩了残兵败卒，向南急奔，至河南府地方，会同刘三，直攻府城。总兵冯祯，领军追至，鏖战了一昼夜，祯竟阵亡，贼亦被杀多人，夜奔汝、颍。朱皋镇官兵截击，斩馘甚众，贼仓皇渡河，先后淹毙，又不计其数。仇钺复率大军趋至，连战皆捷，逼至土地坡，由指挥王瑾，射中刘三左目。三痛不可忍，纵火自焚。只赵镟窜走德安，行至应山，料知事不能成，适遇行脚僧真安，因愿受剃度，怀牒亡命。其党邢本道等散奔随州，被湖广巡抚刘丙拿住，细细拷问，方知赵疯子做了和尚。前时不做和尚，至此已是迟了。乃檄各镇饬兵迹捕。赵疯子行至武昌，走入饭店中，要酒要肉，大饮大嚼，和尚吃荤，安得不令人瞧破？想是命中该死，所以有此糊涂。武昌卫军人赵成、赵宗等见他形迹可疑，跟入店中，等到赵疯子酒意醺醺，方相约动手，前牵后扯，把他推倒店楼，抬至府署报功。当由府解入省中，搜出度牒，的系赵镟无疑，遂槛送京师，依大逆不道例，凌迟处死。群盗中还算是他，乃亦不免极刑，毕竟盗不可为。河南肃清。

彭泽、仇钺等移师山东，往助陆完。陆完正与刘六、刘七等往来争斗，互有杀伤。刘六、刘七复得了一个女帮手，很是厉害。这女盗为谁？便是杨虎妻崔氏。崔氏本系盗女，练习一身拳棒，兼带三分妖媚，平时尝骑着一匹黄骠马，往返盗窟，盗众见她勇过乃夫，送给一个混号，叫作杨跨虎。本是杨虎之妻，乃绰号叫作跨虎，可见雌虎更凶于雄虎。及杨虎死后，又称她为杨寡妇。清有齐寡妇，明有杨寡妇，诚不约而同。杨寡妇谋复夫仇，潜至山东招集旧好，投入刘六、刘七垒中。刘六等自然欢迎，是否存着歹心？相偕四掠，转入利津，偏偏遇着佥事许逵。这许逵很通兵法，前为乐陵知县，捍守孤城，屡次却敌，积功擢为佥事，此次引兵到来，个个如生龙活虎一般，恁你百战的刘六、刘七，跨虎的杨寡妇，也觉招架不住，败退枣林。途次复为督满御史张缙及千户张瀛截杀一阵，弄得七零八落，逃入河南，转至湖广，为官军所迫，刘六死水中，刘七与杨寡妇挟众东走，出没长江。侍郎陆完，自临清驰至江上，分扼要害，与贼相持。贼尚行踪飘忽，倏东倏西。仇钺又自山东驰至，还有副总兵刘晖率辽东兵，千总任玺率大同兵，游击邰永率宣府兵，一古脑儿齐集大江，与贼死战，且用火焚毁贼舟。刘七等走保狼山，各军陆续进攻。刘晖在山北，邰永在山南，皆拥盾跪行而上，手施枪炮，且上且攻，盾上矢集如蝟，仍然不退，遂攻入贼寨。刘七自山后逃下，身中流矢，赴水毙命。齐彦名中枪死，只有杨寡妇一人，不知下落，大约是死于乱军中了。小子有诗叹道：

为扫崔符动六军，三年零雨始垂勋。

昆岗焚尽遗灰在，玉石谁为子细分？

盗魁尽死，余众皆殪，自正德五年至七年，用兵三载，方得平定，陆完、彭泽等奏凯还朝，以后情事，下回再表。

河北群盗之起，势似乌合，若得良将出剿，一鼓可以荡平，乃所用非人，议抚不成，议剿无力，遂至盗贼横行，蔓延五省。幸得彭泽、仇钺等倡议分剿，各专责成，于是盗之在河南者，平定于先，盗之在山东者，亦逼入长江，歼除于后。盗虽削平，而五省生灵，鱼糜肉烂，又复竭诸道兵力，费若干帑项，经三载而约定，乃叹星星之火，易至燎原，非杜渐防微不可也。唯赵疯子假仁仗义，卒至身名两败，竟受极刑，最不值得。刘六、刘七、杨虎、齐彦名等不足诛焉。

第十四回

经略西番镇臣得罪

承恩北阙义儿导淫

却说河北群盗，一体荡平，免不得又要酬庸。陆完、彭泽，俱得加封太子少保，仇钺竟封咸宁侯，内阁李东阳、杨廷和、梁储、费宏俱得加荫一子，连谷大用弟大宽也得封高平伯。还有太监陆訚内掌神枪营，说他督械有功，贻封弟永得为镇平伯。又是太监弟运气。方在君臣交庆的时候，忽由四川递到警报，乃是保宁贼蓝廷瑞余党连陷州县，势日猖獗，总制尚书洪钟无力剿平，乞即济师等语。先是湖广、江西、四川等省，连年饥馑，盗贼并起。湖广有沔阳贼杨清、邱仁等，江西有东乡贼王钰五、徐仰三等，桃源贼汪澄二、王浩八等，华林贼罗先权、陈福一等，赣州贼何积钦等，所至蔓延。明廷遣尚书洪钟，总制湖广、四川军务，左都御史陈金，总制江西军务。陈金到了江西，剿抚兼施，依次平靖。洪钟出湖广，檄布政使陈镐及都指挥潘勋，击破贼党，肃清湖湘，再移师入蜀。蜀寇蓝廷瑞自称顺天王，鄢本恕自称刮地王，廖惠自称扫地王，结众十万，纵掠川中。洪钟与巡抚林俊，总兵杨宏，相机剿捕，尚称得手。廖惠就擒，嗣复诱降蓝廷瑞、鄢本恕等，设伏邀宴，把他一并擒斩。余党廖麻子、喻思俸等在逃未获，不到数月，又复结成巨党，分劫州县。巡抚林俊，素得民心，至是与洪钟有嫌，且因中官弟侄，寄名兵籍，往往冒功求赏，拒不胜拒，遂疏乞致仕。朝旨准奏，蜀民乞留不允，因此民情愈怨，相率从盗。廖麻子、喻思俸等，结众至二十万。洪钟派兵分剿，日不暇给，乃奏请增兵。**此段系是补叙，并及湖广、江西乱事，是补笔中销纳法。**武宗召群臣廷议，或请派兵助剿，或请简员督师，议论不一。独御史王绘，劾奏洪钟纵寇殃民，请即另易大员。于是将钟罢职，命太子少保都御史彭泽率总兵时源西征。

泽至四川，征集苗兵，围剿贼众，但开东北一面，纵贼出走。廖麻子、喻思俸等遂窜入汉中。泽又逼他入山，四面围攻，竟将廖、喻诸贼，次第擒诛。复回军扫平内江、营昌等处，四川大定。**蜀寇虽多，不及河北群盗之狡悍，所以用笔从略。**有诏封彭泽为太子太保，授时源为左都督。泽请班师回朝，廷议未许，令他暂留保宁镇抚。未几即调任甘肃，令他提督军务，经理哈密。哈密一事，说来又是话长，不得不追溯源流，表明大略。**边塞重事，特别表明。**原来哈密在甘肃西北，即唐时伊吾庐地。**今属新疆省。**元末以威武王纳忽里镇守。明太祖定陕西、甘肃诸镇，嘉峪关以西，暂置不问，至永乐二年，方传檄招降。其时纳忽里已死，子安克帖木儿嗣，奉诏贡马，受封为忠顺王，即置哈密卫。忠顺王，再传为孛罗帖木儿，被弑无子，由王母代理国事。寻因鞑靼部加兵，避居赤斤苦峪，且遣使奏请明廷，愿以外孙把塔木儿，袭封王爵，镇守哈密。时已成化二年，宪宗览奏，颁发兵部议闻。兵部复请以把塔木儿为右都督，代守哈密，摄行王事。当下依议传旨，把塔木儿自然奉命。既而把塔木儿病死，子罕慎嗣职，哈密邻部土鲁番，适当强盛，头目阿力，自称速檀，**一作苏勒坦，意即可汗之类。**率众袭哈密，逐走罕慎，掳了王母，劫去金印。甘肃巡抚娄良以闻，廷臣主张恢复，因举高阳伯李文，右通政刘文，驰往征讨，将至哈密，闻众已溃散，不敢深入，止调集番兵数千，驻守苦峪。会速檀阿力，遣使入贡，且致书李文，只称王母已死，金印缓日归还。李文等不待朝命，即还兵复旨。过了半年，并不闻还印消息，乃更铸哈密卫印，颁赐罕慎，即就苦峪立卫，给他土田，俾得居住。越数年，速檀阿力死。罕慎得乘间进兵，复入哈密。嗣又为阿力子阿黑麻所诱，杀死城下。阿黑麻恐明廷诘责，遣人入贡，并请代领西域。有旨令归还城印，且饬哈密卫目写亦虎仙往谕。阿黑麻总算听命，缴上金印，及归还城池。于是兵部尚书马文升，议别立元裔为王，藉摄诸番，乃诏求忠顺王近裔。元安定王，从子陕巴，纳入哈密，阿黑麻复屡与构衅，陕巴复被擒去。经甘肃巡抚许进等，潜入哈密，逐去阿黑麻，留守牙兰，又绝土鲁番互市。阿黑麻始惧，乃将陕巴释归。至正德元年，陕巴去世，子拜牙郎袭爵，淫虐无道，不亲政事。土鲁番酋阿黑麻亦死，子满速儿据位，用了甘言厚币，诱引拜牙郎。拜牙郎弃了哈密，投往土鲁番。<small>甘心弃国，令人不解。</small>满速儿夺他金印，即遣部目火者他只丁，往据哈密，又投书甘肃巡抚，辞多倨悖。都御史邓璋，方总制甘肃军务，当即奏闻。大学士杨廷和等，乃交荐彭泽可用，出略甘凉。

泽得调任消息，再辞不许，乃自川中启节，径抵甘州。适火者他只丁入掠赤斤、苦峪诸处，声言与我万金，当即卷甲退兵，返还哈密城印。泽正筹议剿抚事宜，忽报哈密卫目写亦虎仙到来，忙急召入，询及土鲁番与哈密近状。写亦虎仙道："满速儿势焰方强，一时恐难平定，不若啖以金帛，俾就羁縻，那时哈城可还，金印可归，比劳师动众，好得多了。"泽听了此言，暗思番人嗜利，失了些须金帛，免动多少兵戈，也未始非权宜计策，遂依了写亦虎仙所言，并遣他赉币二千匹，白金器一具，往给满速儿，说令和好，速还哈密城印。<small>略番使和，泽太失计。</small>哪知写亦虎仙已与满速儿通同一气，此次见泽，实是为满速儿作一说客，泽不知是诈，反将金帛厚遗，他便往报满速儿，教他再请增币，即还城印。泽以增币小事，遽从所请，一面上言番酋悔过效顺，不必用师，哈密城印，即可归还。武宗大喜，便召泽还京。巡按御史冯时雍，奏称彭泽讲和辱国，应加惩处，疏入不报。

满速儿探知彭泽还朝，兵事已寝，哪里肯归还城印？反且四出侵掠。甘肃巡抚李昆，遣使诘问满速儿，满速儿又遣写亦虎仙等，来索所许金币。<small>俗语所谓你讨上船钱，我讨落船钱。</small>昆欲遵原约，有兵备副使陈九畴，出阻道："彭总督处事模棱，今抚帅又欲赏寇么？不可不可！"昆答道："并非赏寇，不过原约在先，不便失信。"九畴道："欲要增币，必须归还城印，且令送拜牙郎归国，方可行得。但番人多诈，应留写亦虎仙为质，等到城印缴清，拜牙郎送归，才把写亦虎仙，放他回去。"昆乃留住写亦虎仙只令随使回去，给他杂币二百匹，令将拜牙郎及哈密城印，来换写亦虎仙。随使去后，好几日不得回报。李昆正在疑虑，忽有探卒入禀道："满速儿引兵万骑，来犯肃州了。"昆即召九畴商议，九畴道："火来水掩，将来兵挡，怕他什么？"遂调兵守城，遣游击芮宁出御。芮宁战死，番兵迫城下，九畴昼夜梭巡，渐闻哈密降回居肃州，有内应消息，即发兵掩捕，获得降回头目失拜烟答等，捶死杖下。潜于夜间缒兵出城，袭破番营。满速儿败走瓜州，又被副总兵郑廉邀击，狼狈不堪，驰还土鲁番，复遣人求和。九畴谓，满速儿狡黠不臣，应拒绝来使，勿令与通。李昆不从，竟驰驿奏闻。

兵部尚书王琼，曾与彭泽有隙，方偕锦衣卫钱宁，设谋构陷，请穷诘增币主名，严加部议。适失拜烟答子米儿马黑麻，诣阙讼冤，说是陈九畴屈死乃父。王琼遂劾泽欺罔辱国，九畴轻率激变，一并逮鞫。连哈密卫目写亦虎仙亦解至京师。户部尚书石玠，谓："将在外，君命有所不受，彭泽、陈九畴，出镇边疆，为国定谋，功足掩罪，请免重谴！"王琼闻言大忿道："纳币寇廷，致贻后患，尚得谓功足掩罪么？"玠不能答。彭、陈二人，几不免死刑。幸杨廷和代为转圜，乃将彭、陈减死，削职为民。写亦虎仙竟得脱罪，留居京师。他本狡黠多诈，与米儿马黑麻，结为一党，趋奉锦衣卫钱宁，入侍宫廷。武宗爱他敏慧，逐渐宠幸，赐他国姓，列为义儿。当时义儿甚多，无论外吏中官，亡虏走卒，总教得武宗欢心，都得赐姓为朱，拜武宗做干儿子，统共计算，约有二百余人。<u>可谓博爱。</u>这二百余人中，第一个得宠，要算钱宁，第二个便是江彬。钱宁幼时，贫苦得很，寄鬻太监钱能家。能死后，宁年已长，转事刘瑾，因得入侍武宗。平居善承意旨，渐邀宠幸。甚至武宗昏醉，尝倚宁为枕，彻夜长眠。<u>仿佛弥子瑕，想他面庞儿定亦俊白。</u>有时百官候朝，待至晌午，尚未得武宗起居消息，<u>从此君王不早朝。</u>必须俟钱宁通报，方可入殿排班。宁以此得掌锦衣卫，招权纳贿，势倾百僚。江彬为大同游击，自调入剿盗后，班师获赏。<u>应前回。</u>他闻钱宁大名，靠着战争所得财物，私下投赠。<u>财物自干没而来，原不足惜。</u>宁遂引彬入豹房，觐见武宗。彬本有口才，又经钱宁先容，奏对自然称旨。武宗大喜，升为左都督，嗣复与钱宁一同赐姓，充做义儿，留侍左右，与同卧起。<u>又多一个陪夜。</u>钱宁见彬夺己宠，<u>替他作枕，还不好么。</u>深悔从前引进，未免多事，<u>谁教你爱财物。</u>渐渐地有意排挤。彬从旁察觉，想了一计，入与武宗谈及兵事。武宗问长道短，正中彬意，遂乘机奏道："目今中原劲旅，要算边兵最强，京营士卒，远不及他。试看河北群盗，全仗边兵荡平，若单靠京营疲卒，恐至今尚未肃清哩！"<u>徐徐引入。</u>武宗动色道："京营如此腐败，哪足防患？若欲变弱为强，须用何法？"彬又奏道："莫妙于互调操练，京兵赴边，边兵赴京，彼此易一位置，内外俱成劲旅了。"武宗点首，极称妙计，遂饬调四镇兵入京师。大学士李东阳等极力谏阻，俱不见纳。四镇兵奉旨到京，<u>四镇兵即宣府、大同、辽东、延绥。</u>由武宗戎装披挂，亲临校阅，果然军容壮盛，手段高强，心中大悦，立召总兵许泰、刘晖等，温言嘉奖，各赐国姓。嗣是称四镇兵为外四家军，又命江彬为统帅，兼辖四家。于是江彬权势越张，就使有十个钱宁，也不能把他扳倒了。**江彬计划，至此说明。**武宗且挑进宫监，教他习练弓箭，编成一军，亲自统率，与彬等日夕驰逐、呼噪声、弓马声，遍达九门，嘈杂不绝。宫廷内外，统是不安，独武宗欢慰异常，李东阳屡谏无效，乞休而去。**也亏他熬练到此。**杨廷和因丁忧告归，吏部尚书杨一清，入预阁务，不过办事几个月，已与江彬、钱宁等做了对头，情愿谢职归田。各大员多半归休，江彬益肆行无忌，导上纵淫。会延绥总兵官马昂，以奸贪骄横，革职闲居，闻江彬新得上宠，入京谒彬，希图开复原官。江彬沉思一会，带笑说道："足下能办到一事，保你富贵如故。"昂亟问何事，江彬笑道："不必说了。就是说明，恐你亦办不到。"**故意不说，尤为奸险。**昂情急道："除是杀头，没有办不到的事情。"彬乃密授昂计，昂欣然应声而去。看官道是何策？原来马昂有一妹子，容颜绝世，歌舞骑射，般般皆能，年甫及笄，嫁与指挥毕春。彬与昂同籍宣府，从前曾见过数次，暗中垂涎，偏偏弄不到手，此次因武宗渔色，嘱他采访佳人，彬遂借端设计，欲令昂送妹入宫，一则可销前日闷气，二则可固后来荣宠。昂也为得官要紧，竟依计照行，托词母病，诱妹归宁，及到家内，方说出一段隐情。那妹子闻入宫为妃，恰也情愿，只一时不好承认，反说阿哥胡闹。经昂央告多时，方淡扫蛾眉，由他送入京中。江彬接着，见她丰姿秀媚，比初见时尤为鲜艳，不禁色胆如天，搂住求欢。那美人儿本认识江彬，素羡彬威武出众，就也半推半就，任他玩弄，足足享受了三天，**先尝后进，江彬毕竟效忠。**方令她盛饰起来，献入豹房。武宗见了如花如玉的美人，管什么嫁过不嫁过，赐了三杯美酒，即令侍寝。妇女家心存势利，格外柔媚，惹得武宗视为珍奇，朝夕不离。当下将马昂开复原官，昂弟炅、昙等，都蒙宠赐蟒衣，又赐昂甲第于太平仓东，真所谓君恩汪洸，光耀门楣了。**只是毕春晦气。**御史给事中等，闻这消息，联表奏谏，甚且举以吕易嬴，以牛易马的故事，引为炯戒，武宗均搁置不报，**美人情重国家轻。**且时常与彬夜游，幸昂私第。君臣欢饮，适有一盘鱼脍，味甚佳美，武宗赞不绝口，并问由何人烹调？彬奏称为箆室杜氏承办。武宗道："卿妾至马家司肴，确见友谊。但君臣一伦，比友较重，朕亦欲暂借数天，可好么？"彬不防武宗有此一语，心中懊恼不及，但言既出口，驷马难追，只好唯唯从命。**你也有这错着么？**次日硬着头皮，嘱杜氏装饰停当，辇送豹房。武宗见这位杜美人，比马美人差不多，日间命她烹鱼，夜间竟唤她侍寝，**日调鱼脍，夜奉蛤汤，杜氏确是能手。**从此久假不归，彬亦无可奈何，只徒呼负负罢了。唯武宗得陇望蜀，有了马、杜两美人，尚嫌未足。一日，召问江彬道："卿籍隶宣府，可知宣府多美人吗？"想是从马、杜两美人推类及之。彬答道："宣府本多乐户，美妇恰也不少。圣意如欲选择，何妨亲自游观？"武宗眉头一皱道："朕亦甚欲出游，但恐无故游幸，大臣要来谏阻，奈何？"彬又答道："秋狩是古时盛典，目今时当仲秋，何妨借出猎为名，暂作消遣？况乘此游历边疆，也可校阅兵备，何必郁郁居大内呢？"武宗沉吟半晌，又道："朕未曾举行秋狩事宜，今欲创行此典，必须整备扈跸，检选吉日，就使大臣们不来谏阻，也要筹备数天。况扈从人多，仍是不得自由，朕不如与卿微服出行，省却无数牵制呢。"彬应声遵旨，遂于正德十二年八月甲辰日，乘着月夜，与江彬急装微服，潜出德胜门去了。正是：

　　风流天子微行惯，篾片官儿护驾来。

　　欲知游幸后如何情形，容待下回再表。

　　彭泽一出平河北盗，再出平四川贼，不可谓非良将材。至后经略哈密，纳币土鲁番，致为所欺，岂长于平盗贼，短于驭番夷欤？毋亦由朝气已衰，暮气乘之，乃有此措置失当欤？然王琼以私嫌构衅，罪彭泽并及陈九畴，假公济私，情殊可恶。故吾谓彭泽非不当劾，劾彭泽由于王琼，乃正不应劾而劾者也。若夫钱宁、江彬本无大功，骤膺殊宠，彬尤导上不法，罪出宁上，武宗喜弄兵，彬即导以调练，武宗好渔色，彬即导以纵淫，甚至夺毕春之妻，进献豹房，一意逢君，无恶不为。然天道好还，夺人妻者，妾亦为人所夺，吾读至此，殊不禁为之一快也。然武宗之淫荒，自此益甚矣。

第十五回

幸边塞走马看花
入酒肆游龙戏凤

　　却说武宗带着江彬，微服出德胜门，但见天高气爽，夜静人稀，皓月当空，凉风拂袖，飘飘乎遗世独立，精神为之一爽，两人徐步联行，毫不觉倦。转瞬间鸡声报晓，见路上已有行车，遂雇着舆夫，乘了车径赴昌平。是日众大臣入朝，待了半日，方侦得武宗微行消息，大家都惊诧起来。大学士梁储、蒋冕、毛纪等急出朝驾了轻车，马不停蹄的追赶，行至沙河，才得追及武宗，忙下车攀辕，苦苦谏阻。偏是武宗不从，定欲出居庸关。梁储等没法，只得随着同行。可巧巡关御史张钦，已得武宗到关音信，即驰使呈奏，其词道：

　　比者人言纷纷，谓车驾欲度居庸，远游边塞，臣谓陛下非漫游，欲亲征北寇也。不知北寇猖獗，但可遣将徂征，岂宜亲劳万乘？英宗不听大臣言，六师远驾，遂成土木之变，匹夫犹不自轻，奈何以宗社之身，蹈不测之险？今内无亲王监国，又无太子临朝，国家多事，而陛下不虞祸变，欲整辔长驱，观兵绝塞，臣窃危之！比闻廷臣切谏皆不纳，臣愚以为乘舆不可出者有三：人心摇动，供亿浩繁，一也；远涉险阻，两宫悬念，二也；北寇方张，难与之角，三也。臣职居言路，奉诏巡阅，分当效死，不敢爱死以负陛下。唯陛下鉴臣愚诚，即日返跸，以戢人言而杜祸变，不胜幸甚！

原来武宗出游时，鞑靼部小王子，颇有寇边的警耗。张钦不欲直指武宗的过失，因借边警为言，谏阻乘舆。可奈武宗此时，游兴正浓，任你如何奏阻，总是掉头不顾。行行复行行，距关不过数里，先遣人传报车驾出关。张钦令指挥孙玺，紧闭关门，将门钥入藏，不准妄启。分守中官刘嵩，拟往迎谒，钦出言阻住道："此关门钥，是你我两人掌管，如果关门不开，车驾断不能出，违命当死！若遵旨开关，万一戎敌生心，变同土木，我与君职守所在，追究祸源，亦坐死罪。同是一死，宁不开关，死后还是万古留名呢。"正说着，前驱走报，车驾已到，饬指挥孙玺开关。玺答道："臣奉御史命，紧守关门，不敢私启。"前驱返报武宗，武宗又令召中官刘嵩问话。嵩乃往语张钦道："我是主上家奴，该当前去，御史秉忠报国便了。"<small>刘嵩尚算明白。</small>钦见嵩去后，负了敕印，仗剑坐关门下，号令关中道："有言开关者斩！"相持至黄昏，复亲自草疏，大略言"车驾亲征，必先期下诏，且有六军护卫，百官扈从。今者寂然无闻，乃云车驾即日过关，此必有假托圣旨，出边勾贼的匪徒。臣只知守关捕匪，不敢无端奉诏"云云。疏已草就，尚未拜发，使者又至关下，催促开关。钦拔剑怒叱道："你是什么人，敢来骗我？我肯饶你，我这宝剑，却不肯饶你呢。"来使慌忙走还。武宗益愤，方拟传旨捕钦，忽见京中各官的奏疏，如雪片般飞来，就是张钦拜发的奏牍，亦着人递到，一时阅不胜阅，越觉躁急得很。江彬在旁进言道："内外各官，纷纷奏阻，反闹得不成样子，请圣上暂时涵容，且返京师，再作计较。"武宗不得已，乃传旨还朝。<small>一语便能挽回，若彬为正人，岂非所益甚多？</small>隔了数日，饬张钦出巡白羊口，别遣谷大用代去守关，随即与江彬易了服装，混出德胜门，<small>加一混字，全不象皇帝行径。</small>星夜赶至居庸关，只与谷大用打个照面，遂扬鞭出关去了。

一出了关，即日至宣府，是时江彬早通信家属，嘱造一座大厦，名为镇国府第，内中房宇幽深，陈设华丽，说不尽的美色崇轮。武宗到了宅中，已是百色俱备，心中大喜，一面饬侍役驰至豹房，辇运珍宝女御，移置行辕，一面与江彬寻花问柳，作长夜游。但见宣府地方，所有妇女，果与京中不同，到处都逢美眷，触目无非丽容，至若大家闺秀，更是体态苗条，纤秾得中。<small>袁子才诗云："美人毕竟大家多。"于此益信。</small>江彬导着武宗，驾轻就熟，每至夜分，闯入高门大户，迫令妇女出陪。有几家未识情由，几乎出言唐突，经江彬与他密语，方知皇帝到来，各表欢迎，就使心中不愿，也只好忍气吞声，强为欢笑。武宗也不管什么，但教有了美人儿，便好尽情调戏，欢谑一场。有合意的，就载归行辕，央她奉陪枕席，江彬也不免分尝禁脔，真是恩周雨露，德溥乾坤。讽刺俱妙。

过了月余，复走马阳和，适值鞑靼小王子率众五万入寇大同，单兵官王勋登陴固守，相持五日，寇不能下，复移众改掠应州。应州与阳和密迩，警报纷至，武宗自恃知兵，便拟调兵亲征。江彬奏道："此系总兵官责任，陛下何必亲犯戎锋？"武宗笑道："难道朕不配做总兵官么？"彬又道："皇帝自皇帝，总兵官自总兵官，名位不同，不便含混。"武宗道："'皇帝'二字，有什么好处？朕却偏要自称总兵官。"言至此，又踌躇半晌，才接着道："'总兵官'三字上，再加'总督军务威武大将军'，便与寻常总兵官不同了。"彬不便再言，反极口赞成。这叫作逢君之恶。武宗遂把"总督军务威武大将军总兵官"十二字，铸一金印，钤入钩帖，调发宣大戍兵，亲至应州御寇，小王子闻御驾亲征，倒也吓退三分，引军径去。武宗运气，比英宗为佳，所以遇着小王子，不似也先厉害。武宗率兵穷追，与寇众后队相接，打了一仗，只斩敌首十六级，兵士却死伤了数百。幸喜寇众已有归志，只管远飏，不愿进取，所以武宗得饬奏凯歌，班师而回。全是侈汰。乘着便路，临幸大同。京中自大学士以下，屡驰奏塞外，力请回銮，武宗全然不睬，一味儿在外游幸。南京史科给事中孙懋，闻武宗出塞未归，也赍疏至大同，略云：

都督江彬，以枭雄之资，怀憸邪之志，自缘进用以来，专事从谀导非，或游猎驰驱，或声色货利，凡可以蛊惑圣心者，无所不至。曩导陛下临幸昌平等处，流闻四方，惊骇人听，今又导陛下出居庸关，既临宣府，又过大同，以致寇骑深入应州。使当日各镇之兵未集，强寇之众沓来，几不蹈土木之辙哉？是彬在一日，国之安危，未可知也。伏乞陛下毋惑憸言，将彬置罪，即日回銮以安天下，然后斥臣越俎妄言，枭臣首以谢彬，臣虽死不朽矣！谨请圣鉴！

看官！你想京师中数一数二的大员，接连奏请，还不能上冀主听，指日还銮，何况一个小小给事中，并且路途遥远，去睬他什么？录述奏疏，恰是为他卑远。会杨廷和服阕还京，得知此事，也拜疏一本，说得情理俱到，武宗虽不见从，恰称他忠诚得很，仍令入阁。廷和即约了蒋冕，驰至居庸关，拟出塞促上还跸。偏是中官谷大用，预承帝嘱，硬行拦阻，廷和等无法可施，只好怏怏还京。武宗留驻大同，游幸数日，没有什么中意，想是没有美人。便语江彬道："我等不若到家里走罢！"原来武宗在宣府行辕，乐而忘返，尝信口称为家里，江彬已是惯闻，便饬侍从整备銮驾，驰还宣府。

一住数日，武宗因路途已熟，独自微行，连江彬都未带得，信步徐行，左顾右盼，俄至一家酒肆门首，见一年轻女郎，淡妆浅抹，艳丽无双，不禁目眩神迷，走入肆中，借沽饮为名，与她调遣。那女子只道他是沽客，进内办好酒肴，搬了出来，武宗欲亲自接受，女子道："男女授受不亲，请客官尊重些儿！"随将酒肴陈设桌上。武宗见她措词典雅，容止大方，益觉生了爱慕，便问道："酒肆中只你一人么？"女子答道："只有兄长一人，现往乡间去了。"武宗又问她姓氏，女子腼腆不言。武宗又复穷诘，并及乃兄名字，女子方含羞答道："奴家名凤，兄长名龙。"武宗随口赞道："好一个凤姐儿。凤兮凤兮，应配真龙。"绝妙凑趣。李凤听着，料知语带双敲，避入内室。武宗独酌独饮，不觉愁闷起来，当下举起箸来，向桌上乱敲，惊动李凤出问。武宗道："我独饮无伴，甚觉没味，特请你出来，共同一醉。"李凤轻詈道："客官此言，甚是无礼，奴家非比青楼妓女，客官休要错视！"武宗道："同饮数杯，亦属无妨。"李凤不与斗嘴，又欲转身进内。武宗却起身离座，抢上数步，去牵李凤衣袖。竟要动粗。吓得李凤又惊又恼，死命抵拒，只是一个弱女子，哪及武宗力大？不由分说，似老鹰拖鸡一般，扯入内室。李凤正要叫喊，武宗掩她樱口道："你不要惊慌，从了我，保你富贵。"李凤尚是未肯，用力抗拒，好容易扳去武宗的手，喘吁吁的道："你是什么人，敢如此放肆？"武宗道："当今世上，何人最尊？"李凤道："哪个不晓得是皇帝最尊。"武宗道："我就是最尊的皇帝。"李凤道："哄我作什么？"武宗也不及与辩，自解衣襟，露出那平金绣蟒的衣服，叫她瞧着。李凤尚将信未信，武宗又取出白玉一方，指示李凤道："这是御宝，请你认明！"李凤虽是市店娇娃，颇识得几个文字，便从武宗手中，细瞧一番，辨出那"受命于天既寿永昌"八字，料得是真皇帝，不是假皇帝，且因平时曾梦身变明珠，为苍龙攫取，骇化烟云而散，至此始觉应验。况武宗游幸宣府，市镇上早已传扬，此番侥幸相逢，怕不是做日后妃嫔，遂跪伏御前道："臣妾有眼无珠，望万岁恕罪！"武宗亲自扶起，趁势抱入怀中，脸对脸，嘴对嘴，亲了一会美满甘快的娇吻。上方面舌度丁香，下方面手宽罗带，霎时间罗襦襟解，玉体横陈，武宗自己，亦脱下征袍，阖了内户，便将李凤轻轻地按住榻上，纵体交欢。正是庐家少女，亲承雨露之恩，楚国襄王，又作行云之梦。落殷红于寝褥，狼藉胭脂；沾粉汗于征衫，娇啼宛转。刚在彼此情浓的时候，李龙已从外进来，但见店堂内虚无一人，内室恰关得很紧，侧耳一听，恰有男女媟亵声，不由得愤怒起来，亟出门飞报弁兵，引他捉奸。不意弁目进来，武宗已高坐堂上，呼令跪谒。<u>自作皇帝自喝道，煞是好看。</u>弁目尚在迟疑，李凤从旁娇呼道：“万岁在此，臣下如何不跪？”弁目听得“万岁”两字，急忙俯伏称臣，自称万死。李龙亦吓得魂不附体，急跪在弁目后面，叩头不迭。武宗温谕李龙，着至镇国府候旨。一面命弁目起身，出备舆马，偕李凤同入镇国府中。李龙亦到府申谒，得授官职，蒙赐黄金千两。

转瞬间已是残冬，京内百官，又连篇累牍的奏请回銮。武宗亦恋着凤姐儿，无心启程，且欲封凤姐为妃嫔，令她自择。李凤固辞道：“臣妾福薄命微，不应贵显，今乃以贱躯事至尊，已属喜出望外，何敢再沐荣封？但望陛下早回宫阙，以万民为念，那时臣妾安心，比爵赏还荣十倍呢。”<u>好凤姐比江彬胜过十倍。</u>武宗为之颔首。且见李凤玄衣玄裳，益显娇媚，所以暂仍旧服，不易宫妆。李凤又尝于枕畔筵前，委婉屡劝，武宗乃择于次年正月，车驾还京。光阴似箭，岁运更新，武宗乃启跸回都，带着李凤及所有美人，一同就道，到了居庸关，忽天大雷雨，惊动娇躯，关口所凿四大天王，又是怒气勃勃，目若有光。毕竟李凤是小家碧玉，少见多怪，偶然睹此，不觉惊骇异常，晕倒车上。武宗忙把她救醒，就关外借着驿馆，作为行宫，令李凤养疾。李凤伏枕泣请道：“臣妾自知福薄，不能入侍宫禁，只请圣驾速回，臣妾死亦瞑目了。”<u>我不忍闻。</u>武宗亦对她垂泪道：“朕情愿抛弃天下，不愿抛弃爱卿。”李凤又呜咽道：“陛下一身，关系重大，若贱妾生死，何足介怀？所望陛下保持龙体，惠爱民生。”说至此，已是气喘交作，不能再言，过了片刻，两目一翻，悠然长逝了。<u>化作烟云，应了梦兆，但观她将死之言，恰是一位贤女子。</u>武宗大为震悼，命葬关山上面，待以殊礼，用黄土封茔，一夜即变成白色。武宗道：“好一个贤德女子，至死尚不肯受封，可惜朕无福德，不能使她永年，作为内助。但一女子尚知以社稷为重，朕何忍背她遗言？”当下命驾入关。

不数日即至德胜门，门外已预搭十里长的彩棚，悬灯结彩，华丽非常。还有彩联千数，尽绣成金字序文，以及四六对句，无非是宣扬圣德，夸美武功。最可笑的，是对联颂词上，所具上款，只称威武大将军，下款百官具名，也将臣字抹去，但列着职衔名姓，闻系武宗预先传示，教他这般办法，所以众官不敢违旨，一切奉令而行。真同儿戏。杨廷和、梁储等率领众官，备着羊羔美酒，到彩棚旁恭候，但见全副銮驾，整队行来，一对对龙旌凤翣，一排排黄钺白旄，所有爪牙侍卫，心腹中官，以及宫娥彩女，不计其数。随后是宝盖迎风，金炉喷雾，当中拥着一匹红鬃骏马，马上坐着一位威武大将军，全身甲胄，仪表堂皇，就是明朝的武宗正德皇帝。褒中寓贬。众官一见驾到，伏地叩头，照例三呼。武宗约略点首，随下坐骑，徐步入彩幄中，升登临时宝座。众官复随入朝谒，杨廷和恭捧瑶觞，梁储执斝斟酒，蒋冕进奉果榼，毛纪擎献金花，次第上呈，庆贺凯旋。想是战胜无数美人，所以具贺凯旋哩。武宗饮了觞酒，尝了鲜果，受了金花，欣然语众官道："朕在榆河，亲斩一敌人首级，卿等曾知道吗？"好算是虚前空后的武功。廷和等闻旨，不得不极力颂扬。正是无可奈何。武宗大喜，复下座出帐，驰马入东华门，径诣豹房去了。众官陆续归第。小子有诗咏道：

> 仗剑归来意气殊，百官蒲伏效嵩呼。
> 贾皋射雉夫人笑，我怪明廷尽女奴。

武宗还京以后，曾否再游幸，且俟下回说明。

武宗性好游嬉，而幸臣江彬，即觇其所好，导以佚游。彬之意，不但将顺逢迎，且欲避众攘权，狡而且鸷，已不胜诛；甚且多方蛊惑，使之流连忘返，怙过遂非，索妇女于夜间，称寓府为家里，失德无所不至；而又自称总兵，不君不臣，走马阳和，猝遇强敌，其不遭寇盗之明击暗刺，尚为幸事。然其行事，一何可笑也。游龙戏凤一节，正史不载，而稗乘记及轶闻，至今且演为戏剧，当不至事属子虚。且闻武宗还宫，实由李凤之死谏，以一酒家女子，能知大体，善格君心，殊不愧为巾帼功臣，杨廷和辈，且自惭弗如矣。丞录之以示后世，亦阐扬潜德之一则也。

第十六回

觅佳丽幸逢歌妇
罪直谏杖毙言官

却说武宗还京，适南郊届期，不及致斋，即行郊祀礼。礼毕，纵猎南海子，且令于奉天门外，陈设应州所获刀械衣器，令臣民纵观，表示威武。忙碌了三五天，才得闲暇。又居住豹房数日，猛忆起凤姐儿，觉得她性情模样，非豹房诸女御所及，私下嗟叹，闷闷不乐。江彬入见，武宗便与谈及心事，江彬道："有一个凤姐儿，安知不有第二个凤姐儿？陛下何妨再出巡幸，重见佳人。"武宗称善，复依着老法儿，与江彬同易轻装，一溜烟似地走出京城，径趋宣府。关门仍有谷大用守着，出入无阻。杨廷和等追谏不从，典膳李恭，拟疏请回銮，指斥江彬。疏尚未上，已被彬闻知，阴嗾法司，逮狱害死。给事中石天柱刺血上疏，御史叶忠，痛哭陈书，皆不见报。闲游了两三旬，忽接到太皇太后崩逝讣音，不得已奔丧还京，勉勉强强地守制数月。到了夏季，因太皇太后祔丧有期，遂托言亲视隧道，出幸昌平。到昌平后，仅住一日，竟转往密云，驻跸喜峰口。

民间讹言大起，谓武宗此番游幸，无非采觅妇女，取去侍奉，大家骇惧得很，相率避匿。永平知府毛思义，揭示城中，略言："大丧未毕，车驾必无暇出幸，或由奸徒矫诈，于中取利，尔民切勿轻信！自今以后，非有抚按府部文书，若妄称驾至，借端扰民，一律捕治勿贷！"民间经他晓谕，方渐渐安居，不意为武宗所闻，竟饬令逮系诏狱。羁禁数月，才得释出，降为云南安宁知州。武宗住密云数日，乃返至河西务。指挥黄勋，借词供应，科扰吏民。巡按御史刘士元，遣人按问，勋竟逃至行在，密赂江彬等人，诬陷士元。武宗命将士元拿至，裸系军门，杖他数十。可怜士元为国为民，存心坦白，偏被他贪官污吏，狼狈为奸，平白地遭了杖辱，无从呼吁。武宗管什么曲直，总要顺从他才算忠臣，例得封赏，否则视为悖逆，滥用威刑，这正所谓喜怒任情，刑赏倒置呢。**实是专制余毒。**

到了太皇太后梓宫，出发京师，武宗方驰还京中，仍着戎服送葬，策马至陵，就饮寝殿中。一杯未了又一杯，直饮得酒气薰蒸，高枕安卧，百官以梓宫告窆后，例须升主祔庙，不得不请上主祭。入殿数次，只听得鼾声大作，不便惊动，只好大家坐待；直至黄昏，武宗方梦回黑甜，起身祭主，猛听得疾风暴雨，继以响雷，殿上灯烛，一时尽灭，侍从多半股栗，武宗恰谈笑自如。**此君也全无心肝。**礼毕还宫，御史等因天变迭至，吁请修省。疏入后，眼睁睁地望着批答，不料如石沉大海一般，毫无影响。过了数日，恰下了一道手谕，令内阁依谕草敕，谕中言宁夏有警，令总督军务威武大将军朱寿，统六师往征，江彬为威武副将军扈行。**可发一噱。**大学士杨廷和、梁储、蒋冕、毛纪等见了这谕，大都惊愕起来，当下不敢起草，公议上疏力谏。武宗不听，令草诏如初。杨廷和称疾不出，武宗亲御左顺门，召梁储入，促令草制。储跪奏道："他事可遵谕旨，此制断不敢草。"武宗大怒，拔剑起座道："若不草制，请试此剑！"储免冠伏地，涕泣上陈道："臣逆命有罪，情愿就死。若命草此制，是以臣令君，情同大逆，臣死不敢奉诏。"武宗听了此语，意中颇也知误，但不肯简直认错，只把剑遥掷道："你不肯替朕草诏，朕何妨自称，难道必需你动草么？"言已径去。

越宿，并未通知阁臣，竟与江彬及中官数人，出东安门，再越居庸关，驻跸宣府。**念念不忘家里，可谓思家心切。**阁臣复驰疏申谏，武宗非但不从，反令兵、户、工三部，各遣侍郎一人，率司属至行第办事。一面日寻佳丽，偏偏找不出第二个凤姐儿。江彬恐武宗愁烦，又导他别地寻娇，乃自宣府趋大同。复由大同渡黄河，次榆林，直抵绥德州。访得总兵官戴钦，有女公子，色艺俱工，遂不及预先传旨，竟与江彬驰入戴宅。戴钦闻御驾到来，连衣冠都不及穿戴，忙就便服迎谒，匍匐奏称："臣不知圣驾辱临，未及恭迎，应得死罪。"武宗笑容可掬道："朕闲游到此，不必行君臣礼，快起来叙谈！"**特别隆恩**。戴钦谢过了恩，方敢起身。当即饬内厨整备筵席，请武宗升座宴饮，彬坐左侧，自立右旁。武宗命他坐着，乃谢赐就坐。才饮数杯，武宗以目视彬，彬已会意，即开口语钦道："戴总兵知圣驾来意否？"戴钦道："敢请传旨。"江彬道："御驾前幸宣府，得李氏女一人，德容兼备，正拟册为宫妃，不期得病逝世。今闻贵总兵生有淑女，特此临幸，亲加选择，幸勿妨命！"戴钦不敢推辞，只好说道："小女陋质，不足仰觐天颜。"彬笑道："总兵差了，美与不美，自有藻鉴，不必过谦。"戴钦无奈，只得饬侍役传入，饰女出见。不多时，戴女已妆罢出来，环珮珊珊，冠裳楚楚，行近席前，便拜将下去，三呼万岁。武宗亟宣旨免礼，戴女才拜罢起来。但见她丰容盛鬋，国色天香，端凝之中，另具一种柔媚态度。**是大家女子身分**。当由武宗瞧将过去，不禁失声称妙。江彬笑语戴钦道："佳人已中选了，今夕即烦送嫁哩！"戴女闻着，芳心一转，顿觉两颊绯红。武宗越瞧越爱，还有何心恋饮？匆匆喝了数杯，便即停箸。江彬离座，与戴钦附耳数言，即偕武宗匆匆别去。过了半日，即有彩舆驰至，来迎戴女。钦闻了彬言，正在踌躇，蓦见彩舆已到，那时又不敢忤旨，没奈何硬着头皮，遣女登舆。生离甚于死别，戴女临行时，与乃父悲泣相诀，自不消说。**去做妃嫔，还要哭泣吗？**武宗得了戴女，又消受了几日，复命启跸，由西安历偏头关，径诣太原。

　　太原最多乐户，有名的歌妓，往往聚集。武宗一入行辕，除抚按入觐，略问数语外，即广索歌妓侑酒。不多时，歌妓陆续趋至，大家献着色艺，都是娇滴滴的面目，脆生生的喉咙，内有一妇列在后队，独生得天然俏丽，脂粉不施，自饶美态，那副可人的姿色，映入武宗眼波，好似鹤立鸡群，不同凡艳。当下将该妇召至座前，赐她御酒三杯，令她独歌一曲。该妇叩头受饮，不慌不忙地立将起来，但听她娇喉婉转，雅韵悠扬，一字一节，一节一音，好似那么凤度簧，流莺缩曲，惹得武宗出了神，越听越好，越看又越俏，不由得击节称赏。到了歌阕已终，尚觉余音绕梁，袅袅盈耳，江彬凑趣道："这歌妇的唱工，可好么？"武宗道："此曲只应天上有，人间难得几回闻。"**溺情如许**。说毕，复令该妇侍饮。**前只赐饮，此则侍饮**。那歌妇幸邀天眷，喜不自禁，更兼那几杯香醪，灌溉春心，顿时脸泛桃花，涡生梨颊，武宗瞧着，忍不住意马心猿，便命一班女乐队，尽行退去，自己牵着该妇香袂，径入内室，那妇也身不由主，随着武宗进去。看官！你想此时的武宗，哪里还肯少缓？当即将该妇松了钮扣，解了罗带，挽入罗帏，饱尝滋味。比侍饮又进一层。最奇的是欢会时候，仍与处子无二，转令武宗惊异起来，细问她家世履历，才知是乐户刘良女，乐工杨腾妻。武宗复问道："卿既嫁过杨腾，难道杨腾是患天阉么？"刘氏带喘带笑道："并非天阉，实由妾学内视功夫，虽经破瓜，仍如完璧。"武宗道："妙极了，妙极了。"于是颠鸾倒凤，极尽绸缪。写刘女处处与戴女不同，各存身分。自此连宵幸御，佳味醰醰，所有前此宠爱的美人，与她相比，不啻嚼蜡。武宗心满意足，遂载舆俱归，初居豹房，后入西内，宠极专房，平时饮食起居，必令与俱，有所乞请，无不允从。左右或触上怒，总教求她缓颊，自然消释。宫中号为刘娘娘，就是武宗与近侍谈及，亦尝以刘娘娘相呼。因此江彬以下，见了这位刘娘娘，也只好拜倒裙下，礼事如母。尊荣极矣，想为杨腾妻时，再不图有此遇。这且慢表。

且说武宗在偏头关时，曾自加封镇国公，亲笔降敕，有云："总督军务威武大将军总兵官朱寿，统领六师，扫除边患，累建奇功，特加封镇国公，岁支录五千石，着吏部如敕奉行！"愈出愈奇。杨廷和、梁储等，联衔极谏，都说是名不正，言不顺，请速收回成命。武宗毫不见纳。又追录应州战功，封江彬为平虏伯，许泰为安边伯，此外按级升赏，共得内外官九千五百五十余人。及载刘娘娘还京，群臣奉迎如前仪，未几又思南巡，特手敕吏部道："镇国公朱寿，宜加太师。"又谕礼部道："威武大将军太师镇国公朱寿，令往两畿山东，祀神祈福。"复谕工部，速修快船备用。敕下后，人情汹汹，阁臣面阻不从。翰林院修撰舒芬，愤然道："此时不直谏报国，尚待何时？"遂邀同僚崔桐等七人，联名上疏道：

陛下之出，以镇国公为名号，苟所至亲王地，据勋臣之礼以待陛下，将朝之乎？抑受其朝乎？万一循名责实，求此悖谬之端，则左右宠幸之人，无死所矣。陛下大婚十有五年，而圣嗣未育，故凡一切危亡之迹，大臣知之而不言，小臣言之而不尽，其志非恭顺，盖听陛下之自坏也。尚有痛哭泣血，不忍为陛下言者：江右有亲王之变，指宁王宸濠事，见后。大臣怀冯道之心，以禄位为故物，以朝宇为市廛，以陛下为弈棋，以委蛇退食为故事，特左右宠幸者，智术短浅，不能以此言告陛下耳。使陛下得闻此言，虽禁门之前，亦警跸而出，安肯轻衮而漫游哉？况陛下两巡西北，四民告病，今复闻南幸，尽皆逃窜，非古巡狩之举，而几于秦皇、汉武之游。万一不测，博浪、柏人之祸不远矣。臣心知所危，不敢缄默，谨冒死直陈！

兵部郎中黄巩，闻舒芬等已经入奏，乞阅奏稿，尚以为未尽痛切，独具疏抗奏道：

陛下临御以来，祖宗纪纲法度，一坏于逆瑾，再坏于佞幸，又再坏于边帅之手，至是将荡然无余矣。天下知有权臣，而不知有陛下，宁忤陛下而不敢忤权臣，陛下勿知也。乱本已生，祸变将起，窃恐陛下知之晚矣。为陛下计，亟请崇正学，通言路，正名号，戒游幸，去小人，建储贰，六者并行，可以杜祸，可以弭变，否则时事之急，未有甚于今日者也。臣自知斯言一出，必为奸佞所不容，必有蒙蔽主聪，斥臣狂妄者，然臣宁死不负陛下，不愿陛下之终为奸佞所误也。谨奏！

员外郎陆震，见他奏稿，叹为至论，遂愿为联名，同署以进。吏部员外郎夏良胜，及礼部主事万潮，太常博士陈九川，复连疏上陈。吏部郎中张衍瑞等十四人，刑部郎中陈俸等五十三人，礼部郎中姜龙等十六人，兵部郎中孙凤等十六人，又接连奏阻。连御医徐鏊，亦援引医术，独上一本。武宗迭览诸奏，已觉烦躁得很，加以江彬、钱宁等人从旁媒孽，遂下黄巩、陆震、夏良胜、万潮、陈九川、徐鏊等于狱，并罚舒芬等百有七人，跪午门外五日。既而大理寺正周叙等十人，行人司副余廷瓒等二十人，工部主事林大辂等三人，连名疏又相继呈入。武宗益怒，不问他什么奏议，总叫按名拿办，一律逮系。可怜诸位赤胆忠心的官员，统是铁链郎当，待罪阙下，昼罚长跪，夜系囹圄。除有二三阁臣，及尚书石玠疏救外，无人敢言。京师连日阴霾，日中如黄昏相似。南海子水溢数尺，海中有桥，桥下有七个铁柱，都被水势摧折。金吾卫指挥张英，慨然道："变象已见，奈何不言？"遂袒着两臂，挟了两个土囊，入廷泣谏。武宗把他叱退，他即拔刀刺胸，血流满地。卫士夺去英刃，缚送诏狱，并问他囊土何用。英答道："英来此哭谏，已不愿生，恐自到时污及帝廷，拟洒土掩血呢。"*也是傻话。*嗣复下诏杖英八十。英胸已受创，复经杖责，不堪痛苦，竟毙狱中。复由中旨传出，令将舒芬等百有七人，各杖三十，列名疏首的，迁谪外任，其余夺俸半年。黄巩等六人，各杖五十，徐鏊戍边，巩、震、良胜、潮俱削籍，林大辂、周叙、余廷瓒各杖五十，降三级外补，余杖四十，降二级外补。江彬等密嘱刑吏，廷杖加重，员外陆震，主事刘校、何遵，评事林公黼，行人司副余廷瓒，行人詹轼、刘𣚊、孟阳、李绍贤、李惠、王翰、刘平甫、李翰臣，刑部照磨刘珏等十余人，竟受刑不起，惨毙杖下。明之尽罪谏官，以此为始。武宗又申禁言事，一面预备南征，忽有一警报传来，乃由宁王宸濠，戕官造反等情，说将起来，又是一件大逆案出现。小子有诗叹道：

> 宁死还将健笔扛，千秋忠节效龙逄。
> 内廷臣子无拳勇，可奈藩王未肯降。

毕竟宸濠如何谋反，待小子稍憩片刻，再续下回。

观武宗之所为，全是一个游戏派，滑稽派。微服出游，耽情花酒，不论良家女子，及乐户妇人，但教色艺较优，俱可占为妃妾，是一游戏派之所为也。身为天子，下齿臣工，自为总兵官，并加镇国公及太师，宁有揽政多日，尚若未识尊卑，是一滑稽派之所为也。阁臣以下，相率泣谏，宁死不避，其气节有足多者，而武宗任情侮辱，或罚廷跪，或加廷杖，盖亦由奴视已久，处之如儿戏然。充类至尽，一桀而已矣，一纣而已矣，岂徒若汉武帝之称张公子，唐庄宗之称李天下已哉？书中陆续叙来，情状毕现，可叹亦可笑也。

第十七回

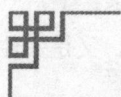

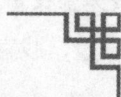

豢群盗宁藩谋叛
谢盛宴抚使被戕

　　却说宁王宸濠，系太祖子宁王权五世孙，宁王权为成祖所绌，徙封江西，历四世乃至宸濠。宸濠父名觐钧，尝纳娼女为妾，乃生此儿。及年长，轻佻无威仪，术士李自然、李日芳等，反说他龙姿凤表，可为天子。**又是术士作祟。**又谓南昌城东南，有天子气，因此宸濠沾沾自喜。当刘瑾得志时，曾遣中官梁安，辇金银二万到京，贿通刘瑾，朦胧奏请，准改南昌左卫为宁藩护卫，且准与南昌河泊所一处，宸濠遂得养兵蓄财，阴图潜窃。及刘瑾伏诛，兵部议奏，又将他护卫革去，他越觉心中怏怏，谋变益亟。

　　先是兵部尚书陆完，为江西按察使，与宸濠颇为投契，及完掌兵部，宸濠复馈遗不绝，求完代为设法，给还护卫。完复书宸濠，请他援引祖训，上书自请，方可代为申奏等语。适值伶人臧贤，得宠武宗，有婿在御前司钺，犯了国法，充南昌卫军，宸濠力为照拂，并托他转达乃翁，在京说项，臧贤自然应允。宸濠一面上疏，一面暗遣心腹，载宝入京，寓居臧贤家中，将所携的珍品，分馈权要，乞为疏通，大家亦无不心许。只有大学士费宏，籍隶江西，素知宸濠蓄有异谋，尝在朝中宣言道："闻宁王辇金入京，谋复护卫，若听他所为，我江西人必无噍类，我在阁一日，必不允行。"陆完、臧贤，闻费宏言，不敢卤莽行事，只好商诸钱宁。钱宁已得了厚赂，遂与陆完定计道："三月十五日，系廷试进士的日子，内阁与部院大臣，皆须至东阁读卷，公可于十四日，投复宁王乞复护卫疏，我与杨公廷和说知，请他即日批准，那时还怕费宏反抗么？"陆完大喜，依计行事，果然手到成功，竟复宁藩护卫。嗣复恐费宏反对，大家进谗诬宏，勒令致仕。宏南归时，宸濠又遣人行劫，纵火焚宏舟，行李皆为灰烬，只宏挈眷走脱，还算幸事。

宸濠又讨好武宗，知武宗性爱玩具，特于元宵节前，献入奇巧灯彩，所有鱼龙人物，活动如生；且遣人入宫悬挂，代为装置，依檐附壁，张着数十百盏异灯。武宗见了，大加赞赏。及武宗回入豹房，猛听得人声鼎沸，警铎乱鸣，不知是何变故。忙驰向院中仰望，但见一片红光，冲达云霄，把全院照得通红，心中大为惊异。又走上平台观看，那火势越烧越猛，远近通明。内侍凭着臆测，即启奏武宗道："这失火的地方，怕不是乾清宫么？"武宗反笑说道："好一棚大烟火，想是祝融氏趁着元宵，也来点缀景色哩。"正是笑话。次日并不查勘，还是杨廷和等上疏，请武宗避殿修省，武宗才下了一道诏旨，略将遇灾交儆的套话，抄袭几句，便算了结。张灯失火，原不得谓天灾，修省何用？

宸濠已潜结内援，复私招外寇，剧盗杨清、李甫、王儒等百余人，统是江湖有名的响马，都受了宁藩招抚，入居府中，号为把势。宸濠以无人统率，未免散漫，又礼聘鄱阳湖盗首杨子乔，做了群盗的统领，并闻举人刘养正，读书知兵，延入府中，密访机务。刘举宋太祖陈桥兵变故事，作为谈资，听得宸濠孜孜忘倦，叹为奇材，就把那历年隐图，和盘说出，请他臂助。刘养正本是个簸片朋友，一味儿献谀贡媚，称他为拨乱真人，宸濠益喜，竟呼养正为刘先生，留居幕府，待若军师。江西按察司副使胡世宁，侦知宁府举动，不便隐忍，乃发愤上疏道：

> 宁王自复护卫以来，骚扰闾阎，钤束官吏，礼乐政令，渐不出自朝廷，臣恐江西之患，不止群盗也。伏乞圣明广集群议，简命才节咸望大臣，兼任提督巡抚之职，假以陈金、彭泽之权。销隙寝邪于无形；并饬王自主其国，仰遵祖训，勿挠有司以防未然，庶内有以安宗社，外有以保懿亲，一举两善，无逾于此。谨祈准奏施行！

这疏一上，武宗颇也疑惧，遂命河南左布政孙燧，为右副都御史，巡抚江西。宸濠闻着，未免反侧不安，只得申奏朝廷，透过近属，先将自己的罪状，洗刷一番；又奏胡世宁离间亲亲，妖言诽谤，请立刻逮问等说。这奏章方才拜发，朝旨已升世宁为福建按察使。宸濠佯为饯别，请他入宴，饮食中置着毒物，一时未曾发泄。至世宁就道后，腹痛异常，泻了几次恶血，几乎丧命。道经浙江，因家住浙境，就便省墓，哪知捕逮世宁的中旨，已至浙江，着巡浙御史潘鹏，就近拘拿。幸浙江按察使李承勋，与世宁交好，急留世宁入署，令他改姓埋名，从间道归命京师，免致暗算。世宁依计前行。果然潘鹏受了宸濠密托，遣人在要途守候，拟拿到世宁，即置死地。亏得世宁先事预防，不遭毒手。到京后又奏辩宁王必反，有旨驳斥，拘系狱中。世宁虽入图圄，依旧孤忠未泯，接连上了三书，俱不见报。锦衣校尉，反受了中官密嘱，连番拷掠，害得世宁气息奄奄，仅存残喘。中官钱宁等，尚说他诬告亲王，定欲加他死罪。大理寺少卿胡瓒抗言道："宁王谋为不轨，幸得世宁举发，这般功臣，反欲加他死罪，奈何服天下？"未几，江西抚按孙燧、李润等，复奏称世宁无罪，乃得减死，仍谪戍辽东、沈阳卫。胡瓒夺俸受惩。

宸濠因武宗无嗣，糟蹋许多妇女，尚未得产一儿，可见寡欲生男之说，实有至理。复阴托钱宁，令取中旨，召己子入京，司香太庙。宁又替他面奏，但说宁王如何勤孝，怂恿武宗，用异色龙笺报赐。这异色龙笺，寻常罕用，只有御赐监国书牍，方用此笺。武宗也不分皂白，就依了钱宁言，裁答下去。宸濠得书大喜，遂欲拓建府居，制拟大内。左布政张嵩，以土地属自己管辖，不许侵占，宸濠乃送他食品四项，一系干枣，一系鲜梨，一系生姜，一系芥菜。嵩启视毕，呼来使刘吉道："我知宁王的用意了。他欲我早离此地，免得与他反对。但臣子受命朝廷，行止一切，不得擅专，宁王也是人臣，难道得干预我么？"说得刘吉哑口无言。嵩即将原物退还，交给刘吉携归。宸濠没法，只好取出金帛，再去求钱宁设法。宁嘱吏部调嵩还都，升为光禄寺卿，嵩乃离任去讫。还是运气。

宸濠又令党羽王春、余钦等，招募剧盗凌十一、闵廿四、吴十三等五百余人，与杨清等同匿丁家山寺，劫掠民财商货，储入府库。复厚结广西土官狼兵，以及南赣、汀漳等处各峒蛮，使为外援。一面遣人往广东，收买皮帐，制成皮甲。且在邸第内私立冶厂，督造枪刀盔甲，并佛郎机铳等，砧锤丁当的声音，彻夜不绝。会吴十三等，往劫新建库银七千两，藏置窝主何顺家中，事为巡抚孙燧闻悉，立饬南昌知府郑璲，率役破寨，取归库银，拘戮何顺。孙燧复派兵捕盗，拿住吴十三等，械系南康府狱中。凌十一、闵廿四，竟往报宸濠，召集群盗，劫还吴十三。**不愿做藩王，甘去做盗魁，想是做藩王的趣味，不如盗贼为佳。**孙燧大愤，迭行奏闻，书凡七上，都被宸濠遣党邀截，无一得达。唯自劾乞休一疏，总算到京，也不见有什么批答。

时金事许逵，就任江西按察司副使，密谒孙燧，请他先发制人。燧恐兵力未足，迟迟不发，适宸濠父死，居苫块间，矫情饰礼，阴嗾南昌生徒揄扬孝行，一面胁迫孙燧，据事奏闻。燧欲缓他逆谋，依言具奏。武宗览奏道："百官贤应该升职，宁王贤何必申奏？孙燧也太糊涂了。"**糊涂皇帝，应有此糊涂臣子。**太监张忠在旁，即启奏道："称宁王孝，便讥陛下不孝；称宁王勤，便讥陛下不勤。"武宗惊异道："孙燧敢如此么？"张忠道："这恐由钱宁、臧贤所主使。他两人交通宁王，早谋为逆，难道陛下尚未闻知么？"原来江彬与钱宁有隙，张忠素附江彬，所以乘间倾宁。**都是好人。**武宗被忠一说，为之动容。东厂太监张锐，大学士杨廷和，初亦党濠，**无非有钱到手。**至是知濠谋逆，且闻武宗已入忠言，乃议再削宁藩护卫，以免后患。御史萧淮，又尽情举发，并言宁藩侦卒，多寄匿臧贤家。于是诏饬校尉，至贤家搜查。贤家多复壁，外蔽木橱，内通长巷，宁藩侦卒林华，竟从复壁中逸去。校尉以"形迹可疑"四字，入复上命。杨廷和请仿宣宗处赵府故事，遣勋戚大臣往谕，**叛迹已著，岂宣谕所得了耶？**武宗准奏，因令太监赖义，驸马都尉崔元，都御史颜颐寿等，持谕戒饬，乘便收撤护卫。

这边方奉命登程，那边正开筵祝寿，原来宸濠生辰，系六月十三日，届期悬灯演戏，设宴征歌，宁府中非常热闹。所有镇守官、巡抚官、按察司、都御史等，都趋府祝贺，齐集一堂，大家欢呼畅饮，兴高采烈。忽报林华到来，当由宸濠传入，林华踉跄登堂，尚带三分气喘，意欲禀报京事，无奈众官满座，不便直陈，只得张皇四顾。宸濠心知有异，便召他入内，屏人与语。约历片时，方再出陪宾。大众正在酣醉时候，也无暇问及，等到酒阑席散，客去天昏，宸濠便召刘养正、刘吉密议，将林华所报情形，复述一遍。养正道："事急了，俗语有云，先下手为强，若再迟疑，要为人所制了。"宸濠即请他设计，由养正沉思一会，方道："有了有了。"随即与宸濠附耳道："如此如此。"**两个"有了"，两个"如此"，好一对仗。**说了数语，把一个宁王宸濠，引得欢天喜地。当下召入盗首吴十三、凌十一、闵廿四等，授他密计，令各率党羽，带领兵器，分头埋伏去讫。

转瞬天明，即召致仕都御史李士实入府，将乘机起事的意思，与他说了。士实本与宸濠交游，听知此话，唯唯从命。辰牌将近，巡镇三司各官，陆续前来谢宴，依次拜毕，但见府中护卫，带甲露刃，尽入庭中。宸濠出立露台，大声道："孝宗在日，为李广所误，抱民家养子，紊乱宗祧，我列祖列宗，不得血食，已是一十四年。昨奉太后密旨，令我起兵讨贼，尔等曾知道么？"众官闻言，面面相觑。独巡抚孙燧，毅然道："密旨何在？取来我瞧！"宸濠叱道："不必多言，我今拟往南京，你愿保驾么？"居然自称御驾。孙燧怒目视濠道："你说什么？可知道天无二日，臣无二主，太祖法制具在，哪个敢行违悖？"言未已，但听宸濠大呼道："把势快来！"四字说出，吴十二、凌十一、闵廿四等，俱应声入内。当由宸濠发令，将孙燧绑缚起来，众官相顾失色。按察司副使许逵，上前指濠道："孙都御史，是朝廷大臣，你乃反贼，擅敢杀他么？"复顾孙燧道："我曾云先发制人，未邀允许，今已为人所制，尚有何言？"孙燧尚是忠臣，但不从逵言，亦嫌寡断。宸濠复指令群盗，缚住许逵，并问逵有何说？逵叱道："逵只有一片赤心，哪肯从你反贼？"且缚且骂。燧亦痛詈不绝。宸濠大怒，令校尉火信等，把两人痛殴，击断孙燧左臂，逵亦血肉模糊，两人气息仅属，由宸濠喝令牵出城门，一同斩首。逵临死，尚痛骂道："今日贼杀我，明日朝廷必杀贼。"至两人殉义时，天空中炎炎的烈日，忽被黑云遮住，惨澹无光，宸濠反借此示威，并将御史王金，主事马思聪、金山，右布政胡濂，参政陈杲、刘斐，参议许效廉、黄宏，佥事顾凤，都指挥许清、白昂，及太监王宏等，统行拘住，械锁下狱。马思聪、黄宏，绝粒死了。宸濠遂令刘养正草檄，传达远近，革去正德年号，指斥武宗，授刘养正为右丞相，李士实为左丞相，参政王纶为兵部尚书，总督军务大元帅。分遣逆党娄伯、王春等四出收兵，胁降左布政使梁宸，按察使杨璋，副使唐锦诸人。一面令吴十三、闵廿四等，夺船顺流，往攻南康，知府陈霖遁去，转攻九江，兵备副使曹雷，及知府汪颖等亦遁。数城俱陷，大江南北皆震。

为了这番乱事，遂引出一位允文允武的儒将，削平叛藩，建立奇功，这位儒将是谁？就是前时反对刘瑾，谪戍龙场驿的王守仁。大书特书。守仁自谪居龙场，因俗化导，苗黎悦服。当刘瑾伏诛，调任庐陵知县，未几召入京师，累迁鸿胪寺卿。寻因江西多盗，擢他为佥都御史，巡抚南赣、汀、漳。既莅任，即檄闽、广两省会兵，先讨

王守仁龙场悟道

大帽山贼，连破四十余寨，擒贼首詹师富。复进讨大庾、横水、左溪诸贼，逐去贼首谢志山等，所在荡平。赣州知府邢珣，吉安知府伍文定，亦奉檄平定桶冈，招降贼首蓝廷凤，破巢八十有四，俘斩六千有奇。守仁又诱斩浰头贼首池仲容，及弟仲安，追余贼至九连山，扫清巢穴，芟夷无遗。数十年巨寇，一并肃清，远近惊服如神明。守仁因境内大定，往谒宸濠。濠留他宴饮，适李士实亦同在座，彼此谈论时政得失。士实道："世乱如此，可惜没有汤武。"已有煽动宸濠之意。守仁道："即有汤武，亦须伊吕。"宸濠道："有汤武便有伊吕。"守仁道："有了伊吕，必有夷齐。"彼此标示暗号，然是机锋暗对。宴毕散去。宸濠知守仁不肯相从，屡欲加害，守仁也暗中防备，巧值福州三卫军人进贵等作乱，警报传至京师，兵部尚书王琼，语主事应典道："进贵事小，宁藩事大，我意欲调王守仁一行，借着进贵乱事，给他敕书，俾他得调动兵马，相机行事，他日有变，不患呼应不灵了。"王琼此言，恰是有识，然亦由守仁命不该死。应典很是赞成。遂奏请赐敕王守仁，令查处福州乱军。守仁奉命即行，所以宸濠起事，江西守臣，多遇害被执，独守仁得免。守仁行至丰城，丰城知县顾佖，已得宸濠反信，告知守仁，并说宸濠有悬购守仁的消息，守仁临机应变，立刻易服改装，潜至临江。知府戴德孺，闻守仁远来，倒屣出迎，请他入城调度，这一番有分教：

奇士运筹期破贼，叛藩中计倏成擒。

毕竟守仁如何定计，且看下回表明。

本回叙宸濠谋变始末，简而不漏，详而不烦。宸濠包藏祸心，已非一日，宫廷岂无所闻？误在当道得贿，暗中袒护，俾得从容布置，蓄盗贼，制兵甲，直至戕害抚臣，名城迭陷，设无王琼之先行设法，王守仁之驰归决策，则大江上下，遍布贼党，明廷尚有孑乎？大学士杨廷和，身居重要，初亦与叛藩往来，至萧淮等举发奸谋，尚欲援宣德故事，遣使往谕，促使为变。孙燧、许逵之被害，未始非廷和致之。廷和之误国且如此，彼钱宁、臧贤辈，何足责乎？

第十八回

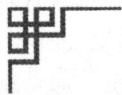

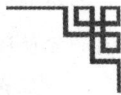

守安庆仗剑戮叛奴
下南昌发兵征首逆

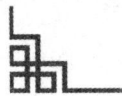

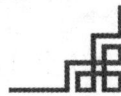

却说王守仁到了临江，与知府戴德孺接谈，德孺向守仁问计，守仁道："是处地濒大江，且与省会甚近，易攻难守，不若速趋吉安，还可整顿防务，抵御叛贼。"德孺又问道："我公晓畅军机，料敌如神，今日宸濠举兵，应趋何向？"守仁道："为宸濠计，恰有上中下三策：若他直趋京师，出其不意，最是上策。否则径诣南京，大江南北，亦必受害，虽非上策，也是中策。如或专据南昌，不越雷池一步，便是下策。他日王师齐集，四面夹攻，便如瓮中捉鳖，束手成擒了。"确是料敌如神。德孺很是佩服。守仁即转赴吉安，与知府伍文定，筹商战守机宜。守仁道："贼若出长江，顺流东下，南京必不可保，我已定下计策，令他不敢东行。十日以后，各军调集，那时可战可守，便不足虑了。"文定道："宁王暴虐无道，久失人心，哪里能成大事？得公为国讨贼，何患不济？"守仁道："古人说的临事而惧，好谋而成，现在发兵伊始，须先备粮食，修器械，治舟楫，一切办齐，方免仓皇。"此是用兵要诀。文定道："公言甚是。某虽不才，愿为效力。"守仁大喜，即与文定筹备军事，一面遣骑四出，向各府州投递檄文，略言"朝廷早知宁王逆谋，已遣都督许泰率京军四万南下，两湖都御史秦金，两广都御史杨旦，及本都御史会兵，共十六万人，趋集南昌。大兵所过，沿途地方有司，应供军粮，毋得因循误事，自干罪咎"等语。一派虚言。这檄传出，早被宸濠侦悉，信为实事，但紧紧地守住南昌，不敢出发。

　　李士实与刘养正两人，恰日日怂恿宸濠，早攻南京，宸濠颇为心动。忽由侦骑递到蜡书，亟忙展视，不禁失色。原来蜡书一函，是巡抚南赣王守仁，密贻李士实、刘养正两人，内称："两公有心归国，甚是钦佩，现已调集各兵，驻守要害，专待叛酋东来，以便掩击，请两公从中怂恿，使他早一日东行，即早一日歼灭，将来论功行赏，两公要算巨擘呢。"这一封密书，若由明眼人瞧着，便料是守仁的反间计，宸濠哪里晓得？还道是李、刘二人，私通守仁，暗地里将书搁起，所有二人言语，从此皆不肯轻信。二人亦无可奈何，但暗暗嗟叹罢了。上文叙宸濠中计，从守仁一边着笔，此处从宸濠一边，着笔妙有参换。

　　宸濠坚守南昌，阅十余日，并不见有大兵到来，方知中了守仁的诡计，追悔不及，迟了。忙请李士实、刘养正商议，两人仍依着前言，劝宸濠急速东行。宸濠乃留宜春郡王拱樤，与内官万锐等守南昌，自率李士实、刘养正、闵廿四、吴十三等，共六万人，号称十万，分五哨出鄱阳湖，蔽江而下。令刘吉为监军，王纶为参赞，指挥葛江为都督，宸濠亲督中坚，所有妃媵、世子、侍从等，都载舟从行。比陈友谅还要呆笨。舟至安庆，投书城中，招守吏出降。猛闻城头一声鼓响，士卒齐登，顿时旗帜飞扬，刀矛森列，从刀光帜影中，露出三员大将，一个是都督金事杨锐，一个是知府张文锦，一个是指挥崔文，统是满身甲胄，八面威风，写得精神奕奕。齐声道："反贼休来！"宸濠亦高声答道："本藩奉太后密旨，亲自讨贼，并非造反，你等休得认错，快快开城出降，免得一死！"知府张文锦道："我奉皇上命令，守土抚民，不似你反贼横行无状，你若自知罪恶，早些束手受缚，我等还好替你洗刷。如再执迷不悟，即日身首分离，宗祀灭绝，你休后悔！"宸濠大怒，即督众攻城。城上矢石雨下，把前列的攻卒，射伤多人，连宸濠的盔缨上面，也中了一箭，险些儿射破头颅。宸濠吃了一惊，麾众暂退。次日复进兵扑城，城上固守如故。自晨至暮，一些儿不占便宜。接连数日，城守依然。时浙江留守太监毕贞，起兵应濠，遣金事潘鹏，即上文巡浙御史时，已就职金事。到了安庆，助濠攻城。鹏本安庆人，遣家属持书入城，谕令速降。崔文撕碎来书，拔剑在手，将来使挥作两段。复枭下首级，掷出城外。宸濠复令鹏至城下，呼崔文等答话。崔文道："你食君禄，受君恩，为什么甘心降贼？我不配与你讲谈。"一言至此，复把使人的尸首，剁作数截，一块一块地投将下来，并说道："叛奴请看！就是你日后的榜样。"鹏愤怒交迫，戟手指詈。文在城上拈弓搭箭，意欲射鹏，鹏慌忙走脱。既而城上缚着罪犯数十人，由张文锦亲自监斩，并呼城下军士道："你等皆朝廷兵士，朝廷也养你不薄，如何错了念头，反为叛贼效力？须知大逆不道，罪至灭族。看看！这是叛奴潘鹏的家属，今日为鹏受罪呢。"言毕，即喝令左右，把潘鹏家属，无论男妇老幼，都是一刀一个，枭首示众。宸濠的军士，眼睁睁地瞧着城上，颇有些悔惧起来，独潘鹏悲忿异常，请命宸濠，誓破此城。奈张文锦等协力同心，随机应变，饶你如何愤激，全不中用。宸濠不觉愁叹道："偌大一座安庆城，尚是攻不进去，还想什么金陵呢？"看似容易做似难，谁叫你造反。

　　王守仁在吉安，已征集各兵，出发漳树镇。临江知府戴德孺，袁州知府徐琏，赣州知府邢珣、端州通判胡尧元、童琦，推官王晔、徐文英，以及新淦知县李美、太和知县李楫，宁都知县王天与，万安知县王冕等，各率兵来会，共得八万人，悉听守仁号令，进抵丰城。守仁集众官会议，推官王晔进言道："现闻宁王攻安庆城，连日不能下，谅他必兵疲气沮，若率大兵往援，与安庆守兵，前后夹攻，必能破贼。宁贼一败，南昌可不战而下了。"此是行兵常道。守仁道："君但知其一，未知其二。试想我军欲救安庆，必越南昌，困难情形，且不必说，就是与宸濠相持江上，势均力敌，未见必胜，安庆城内的守兵，也可劳敝，但能自保，不足为我援应，彼时南昌贼兵，出我后面，绝我饷道，南康、九江的贼众，又合力谋我，使我腹背受敌，岂非自蹈危地么？依我意见，不如径攻南昌。"见识高人一筹。王晔又道："宁王经画旬余，方才出兵，他恃南昌为根据，势必留备甚严，我军进攻，未必一时可拔。安庆被围日久，孤城易陷，未得南昌，先失安庆，恐非良策。"守仁微笑道："你太重视这反贼了。他迟迟发兵，实是中了我计，徘徊未决，后知为我所绐，忿激而出，精锐多已随行，所有南昌守兵，必甚单弱，我军新集，气势正锐，不难攻破南昌。他闻南昌危急，哪肯坐失巢穴？势必还兵自救，安庆自可撤围。等他到了南昌，我已把南昌夺下，贼众自然夺气。首尾牵制，贼必为我擒了。"所谓知彼知己，百战百胜。王晔方才悦服，众官亦相率赞成。乃将全队人马，分为十三哨，每哨多约三千人，少约千五百人，伍文定愿为先锋，守仁应允，只嘱他次第薄城，各攻一门。九哨作正兵，四哨作游兵。正兵责成攻击，游兵往来策应。正在分嘱的时候，忽有侦骑来报，宁王曾在南昌城南，预置伏兵，作为城援。守仁道："知道了。"布置从容，毫不着急。遂召知县刘守绪入内道:"宸濠虽预置伏兵,谅不过数千人,我给你骑兵五千,趁夜出发,须从间道潜行,掩袭过去,不怕伏兵不灭,这就叫作将计就计。"守绪领命自去。

守仁遂于七月十九日发兵,至二十日黎明,齐至汛地,当即下令军中,一鼓薄城,再鼓登城,三鼓不登者斩,四鼓不登,戮及队将。一面写了檄谕,缚在箭上,射入城中,令城中百姓,各闭户自守,勿助乱,勿恐畏逃匿,遂饬各军整顿攻具,携至城下。霎时间鼓声大震,各军蚁附城下,把云梯绳索等物,一概扎缚停当,竖将起来,等到鼓声再响,都缘梯齐上,奋勇攀城。城上虽有守卒,抛下矢石,怎奈官军拼命而来,前仆后继,御不胜御。又远远望着城南伏兵,并不见到,但觉得一片火光,返射城头,料知伏兵亦遭截击,刘守绪一路用虚写。不禁魂飞魄散,大家呐喊一声,索性走了他娘,各逃性命。至第三通击鼓,各军已半入城内,开了城门,招纳外兵。守仁麾军大进,如入无人之境。刘守绪亦已扫荡伏兵,随入城中。全城已破,分帖安民告示,并严申军律,不准骚扰。赣州、奉新的兵马,多系收来降盗,一入城中,多行劫掠,不遵约束,事为守仁所闻,饬各将官捕获数人,立斩以徇,兵民才得相安。纪律不得不严。守仁复带领各兵,围搜王宫,忽见王宫高处,黑烟腾涌,如驱云泼墨一般,继而烟雾中钻出一道火光,冲上层霄,照得全城皆赤,顿时爆裂声、坍陷声,及号哭声,陆续不绝。守仁令各兵用水扑火,一时火势炎炎,无从扑灭。各兵正忙个不了,突见火光影里,拥出一群人来,疾走如飞,伍文定眼快,喝令军士,速即拿住。众兵追上,手到拿来,不曾走脱一人,献至军前审问,就是宜春郡王拱樤,以及逆党万锐等人,当将他系入槛车,再行灭火入宫。宫人多葬身火窟,有未曾被火的,一律拘系,讯系胁从吏民,尽行遣散。检点仓库,金银钱谷,存蓄尚多,这都由宸濠穷年累月,横征暴敛,所得百姓的脂膏,作为谋叛的费用。守仁取了一半,犒赏从征的将士,余剩的统检数登籍,严加封闭,这且慢表。

且说守仁在吉安时,已将宸濠反状,飞报京师,并疏请速黜奸邪,禁止游幸等情。武宗时在豹房,接到此奏,也觉慌张起来,当召诸大臣集议。许泰、刘晖等纷纷献计,议论不一,尚书王琼独宣言道:"有王伯安在,不久自有捷报,虑他什么?"伯安便是守仁别字。琼前时请敕征调,正为防备宸濠起见,所以有此一说。应上回。大众将信将疑,江彬独请武宗亲征,武宗早欲南巡,正好借此为名,好算凑巧。遂传旨内阁，略称："宸濠悖逆天道，谋为不法，即令总督军务威武大将军镇国公朱寿，统各镇边兵征剿，所下玺书，改称军门檄。"杨廷和等上疏谏阻，毫不见从，只收逮太监萧敬、秦用、卢朋，都督钱宁，优人臧贤，尚书陆完等，一并下狱，籍没家产。一面令江彬速发禁军，前驱出发，自己带着妃嫔人等，启跸出京。此时最宠爱的刘美人，适有微疾，不及随行，武宗与她密约，拟定车驾先发，遣使续迎。美人出一玉簪，交给武宗，作为日后迎接的证据。本是个乐妇出身，生就水性杨花，何需信物？武宗藏簪袖中，至芦沟桥，策马疾驱，簪竟失落，大索数日不得。到了临清州，遣中使往迎美人，美人辞道："不见玉簪，怎敢赴召？"中使返报，武宗独乘着单舸，昼夜疾行，驰至京师，才将美人并载，一同南行。内外从官，竟没有一人知觉，可见武宗的本意，并不在亲征宸濠，实是要亲选南威哩。驾才出京，王守仁捷音已到，武宗留中不发，只慢慢儿的南下。

小子且把南巡事暂搁，先将守仁擒宸濠事，叙述明白。插入武宗南征一段，以便下文接笋。守仁既得了南昌，休息二日，即拟遣伍文定、徐涟、戴德孺等，分道出兵。忽由侦卒走报，宁王宸濠，撤安庆围，来援南昌了，守仁道："我正要他还兵自救哩。"回应前言。众官道："此次叛王宸濠，挟怒而来，兵锋必锐，恐不可当，我军只宜坚壁固守，休与他战。待他久顿城下，粮尽援绝，势将自溃，那时可乘隙追擒了。"亦似有理。守仁道："诸君又说错了。宸濠兵马虽众，多系乌合，闻他所到的地方，徒恃焚掠，威驱势迫，并没有部勒的方法，严肃的号令。且自谋变以来，未曾经过大敌，与他旗鼓相当，一决胜负，所称士马精强，不过徒有虚名，毫不足惧。他所诱惑人心的要着，无非是事成封爵，富贵与共等套话。现在安庆不能取，南昌又被我攻下，进无可进，退无可退，众心懈乱，自在意中，试问世上哪一个人，肯平白地拼了性命，去求那不可必得的富贵呢？我今仗着机势，发兵邀击，他必不战自溃，岂尚能与我相持么？"正说着，帐外又报抚州知府陈槐，亦率兵到来，守仁喜道："兵厚力集，不擒逆藩，更待何时？"当下接见陈槐，温言慰劳，并检阅新兵，一一安顿，不消絮述。越宿，复得侦报，说是宸濠的先锋队，已至樵舍。守仁即登堂升座，召集各将士道："今日是叛藩就擒的日子，望诸君为国效劳，努力破贼！"众将士齐声应令。守仁传伍文定至座前道："前驱的责任，仍然劳君，请君勿辞！"文定欣然应诺，便召余恩道："你去接应伍太守，我有锦囊一枚，内藏秘计。可至军前启视，与伍太守依计而行，不得有误！"言讫，遂取出锦囊，递与文定。两人领命去讫。又传邢珣近前道："我亦授你锦囊一个，你可照计行事，小心勿违！"邢珣亦受命而去。复语徐琏、戴德孺道："两公可分兵两队，作为左右翼，夹击贼兵，不患不胜。"两人亦唯唯去讫。上文用虚写，此处用明示，无非为笔法矫变计耳。守仁分遣诸将后，也带着亲兵数千名，出城驻扎，专待各路捷音。小子有诗咏道：

> 谁言文吏不知兵，帷幄纤筹似孔明。
>
> 试看洪都操胜算，千秋犹自仰文成。文成系守仁谥法。

欲知胜负如何，待小子下回续详。

宁藩之叛，料敌决胜，志平叛逆者，全赖一王守仁。而杨锐、张文锦、崔文等，亦不为无功。守仁计赚宸濠，俾其株守南昌，不敢东下者旬日，可谓巧矣。但旬日以后，宸濠出攻安庆，若非杨锐、张文锦等，以三人捍孤城，则安庆一陷，乘势东行，金陵岂尚可保乎？虽宸濠智谋有限，纪律不严，未必能划江自守，与钱镠比，然既得金陵，可战可守，如欲指日荡平，恐非易事。故守仁为本回之主脑，而杨锐、张文锦、崔文等，亦一宾中主也。观文中叙安庆之守，及南昌之下，皆写得有声有色，跃动纸上，有是事不可无是文，有是文不可无是笔。

第十九回

伍文定纵火擒国贼
王守仁押俘至杭州

却说宸濠围攻安庆，相持半月有余，尚不能下，正拟督兵填濠，期在必克，忽接到南昌被围消息，不免心慌意乱，急令撤兵还救。李士实进谏道："南昌守兵单弱，敌不过王守仁，我若还救，恐已不及了。"也有见识。宸濠道："丞相欲再攻安庆么？"士实道："这也不必。依着愚见，南昌无须还救，安庆亦可撤围。"宸濠道："照你说来，此后到哪里去？"士实道："何不径取南京，即位称尊？那时传檄天下，大江南北，容易平定，还怕江西不服么？"这便是守仁所说中策。宸濠沉吟半晌，复道："南昌是我根本重地，金银钱谷，积储尚多，我若失去这项积储，何处再得军用？现在无论如何，只好还救南昌，顾全根本，然后再图别策。"已不劳你费心了。士实见进谏无益，默然退出，自叹道："不用吾言，还有何望呢？"谁叫你明珠暗投。

宸濠见士实退出，即督率将士登舟，溯江而上，直抵扬子江口，先遣精兵二万，还救南昌，自率大兵后应。先锋队顺风扬帆，联舟直上，越过樵舍，进逼黄家渡，望见前面已有战船，分作两排列着，船上各插旗号，在前的是伍字旗，在后的是余字旗，伍、余两军出现。他也不管什么伍、余、元、卜，只仗着顺风顺势，鼓噪前进。伍、余两人，早已展阅锦囊，依着诱敌的秘计，佯为交战，斗不数合，返舟急走，一逃一追，逃的是假，追的是真。宸濠闻前军得利，也率众继进，只前军与后军，相隔尚远，前军亦不胜相顾，争先恐后，弄得断断续续。恰巧邢珣奉了密计，绕出敌军先锋队后面，冲击过去，邢军出现。敌军不及防备，顿时忙了手脚，哪知前面的伍、余两军，又复翻身杀来，一阵扫荡，把敌船击沉无数。宸濠远远瞧见，即饬各舟赴援，不料行近战线，左右炮响，杀出两路兵船，左边兵船上，悬着徐字旗号，右边兵船上，悬着戴字旗号，徐、戴两军也出现。两翼官兵，拦腰截击。宸濠顾东失西，顾西失东，战不多时，撞舟折舵声，及呼号惨叫声，搅成一片，扰扰不已。伍、余各军，已将前行的敌船扫净，来助戴、徐。四五路的官兵，夹击宸濠。宸濠惶急异常，只好下令退走，好容易在官兵里面，冲开一条血路，向东逃生。官兵赶了数十里，擒斩二千余级，夺得船械无数，方才收兵。

宸濠退保八字脑，夜间泊舟，与黄石矶相对。宸濠见矶势颇险，问左右道："此矶叫作何名？"左右多云未知，唯有一小卒是饶州人，素悉地形，即上前答道："这地名黄石矶。"宸濠大怒道："你敢来讪笑我么？"言未毕，已拔出佩刀，把小卒杀死。咄咄怪事。刘养正进谏道："大王何故杀此小卒？"宸濠尚带着怒气，悍然道："他说是王失机，难道此矶已知我失败，不是明明讪笑我么？"养正道："他说的黄字，是黄色的黄字，不是大王的王字；他说的石字，是石板的石字，不是失败的失字；矶字与失机的机字，也是不同，幸勿误会。"宸濠方知为误杀，乃令军士将小卒尸首，舁瘗岸上，叹息罢了。但附从各将士，见宸濠如此昏瞆，料知不能成事，纷纷散去。

宸濠正愁闷无聊，忽又接着军报，守仁已遣知府陈槐、林械等攻九江，曾玙、周朝佐等攻南康。宸濠大惊道："曾玙是建昌知府，颇有材名，他也帮助王守仁，去攻南康么？借宸濠口中，叙出曾玙，省却文中转折。若南康、九江，被他夺去，我还有什么土地？奈何奈何！"养正道："事已至此，不必说了。现在只有振作军心，再图一战。若得战胜守仁，夺还南昌，即无他虑。"宸濠道："我看此间将士，为了前次一败，多已懈体，不如尽发南康、九江兵，与他一战，何如？官军正图南康、九江，他却欲调兵助战，正是牛头不对马尾。养正道："重赏之下，必有勇夫，大王何惜些须金帛，不肯犒士？若悬赏购募，与守仁决一死战，当可得胜，何必调兵他处呢？"宸濠尚疑信参半，一面檄调南康、九江兵马，一面出了赏格，将士有当先效命的，赏千金，突阵受伤，加给百金。这令一下，果然人人拼死，鼓舟再进。

行未数里，已与官军相遇。两下对仗，宸濠的将士，比前日大不相同，刀枪并举，炮铳迭发，一股锐气，直扑官军。官军被他杀伤，竟至数百名，稍稍退却。伍文定统领全师，瞧这情形，忙跃登船头，掣出佩剑，把临阵退缩的兵士，砍死了五六名；又把令旗一挥，率动各战船，向那枪林弹雨中，掩杀上去。是时战云密布，毒焰漫空，拳头大的火星，一颗颗，一点点，飞入伍文定舟中。文定毫不胆怯，仍然挺身矗立，督军死战，蓦然间火星爆裂，弹向文定面上，将文定连鬓长须，烧去一半。文定只用手一拂，坠落火星，一些儿没有惊惶，指挥如故。垂败的官兵，见主将如此镇定，毫不畏死，也不由得感愤起来。当下将对将，兵对兵，枪对枪，炮对炮，酣战多时。宸濠见不能取胜，也拨船突阵，不防有一炮射来，正中他坐船，一声怪震，把船头击得粉碎，江中波浪，随同震荡，各战船都摇动起来。宸濠在百忙中，移过别船，部众相率惊骇，顿时大溃。等到烟消火灭，只见官军尚在哪里，所有宸濠的战船，已逃至樵舍去了。伍文定检查战功，复擒斩二千余级，申报守仁，预备再战。

宸濠吃了第二次败仗，懊怅得很，复收合余烬，联结残舟，成了一个方阵，连檣自守；尽出所有金帛，赏犒死士。这事被守仁闻悉，忙遣人致文定书，当由文定启视，书中没有别语，只有"急用火攻"四字。文定道："我亦已有此意。"*仿佛瑜、亮。*遂邀集余恩、邢珣、徐琏、戴德孺等，议定埋伏夹击等计策，各携火具，分道并进。会宸濠召见群下，迭述败状，拟将临阵先逃的部目，牵出数人，斩首示惩。各部目多系剧盗，哪肯奉谕，枉送性命？遂一哄儿争辩起来，你推我诿，嚷个不住。*你要收罗盗贼，还你这般结果。*探卒忽入船哗报道："官军来了！官军来烧我舟了！"宸濠听着，大惊失色，忙推案出望，但见前后左右，已是火势炎炎，烧个正着。时值秋燥，江上的秋风大作，四面八方，火头乱越，就是要想救灭，急切也是不及。官军乘着火势，纷纷跃上舟阵。原来纵火的官军，便是余恩、邢珣、徐琏、戴德孺四路水师，与伍文定计议妥当，各驾轻舟，埋伏隐处，等到风色一顺，分头举火，所以东西南北，面面烧着。宸濠在船头上，痴望多时，只见邢珣自左杀来，戴德孺自右杀来，余恩攻后，伍文定攻前，自己部下的将士，纷纷投水，毫无抵御的能力，不禁流涕道："大事去了！"正说着，副舟也已被火，吓得宸濠几乎晕倒，慌忙走入船舱，与妃嫔等相对痛哭。*这等无用的人物，也想造反吗？*正妃娄氏，挺身立起道："妾前时曾谏止殿下，休负国恩，殿下不从，乃有今日。罢罢！殿下负了皇上，妾不忍负着殿下。"说至此，疾步趋至船头，奋身一跳，投入水中。义烈可敬。各妃嫔见娄妃殉难，也都丢开性命，又听得哔哔剥剥，火势愈烧愈近，大家料难逃生，各启舟舱，陆续投水，统向龙宫处报到。只有宸濠泣涕涟涟，何不随妃嫔入水？挈着世子仪宾，兀在舟中坐住。官军四面跃入，即将宸濠父子，用着最粗的铁链，捆缚停当，牵出船外，移向伍文定坐船。宸濠举目一瞧，所有丞相、元帅等，都已两手反缚，缚置船中。这叫作患难与共。彼此吁叹，闭目待毙。伍文定等分头擒拿，将著名叛党，一应锁住，不曾漏脱一个。如李士实、刘养正、徐吉、涂钦、王纶、熊琼、卢行、罗璜、丁瞆、王春、吴十三、凌十一、秦荣、葛江、刘勋、何镗、王信、吴国士、火信等，尽行械系，共有数百余人。还有被执及胁从各官，如太监王宏，御史王金，主事金山，按察使杨源，佥事王畴、潘鹏，参政陈杲，布政司梁宸，都指挥郏文、马骥、白昂等人，也一并拘住。共擒斩叛兵三千余级，溺死的约三万人，烧死逃去的，无可计算。所有烧不尽的军械军需，以及溺水的浮尸，积聚江心，掩蔽数里。尚有数百艘贼船，临时斩断绳索，四散狂逃，经伍文定遣兵追剿，依次荡灭。

　　守仁所遣陈槐、曾屿等，亦攻复九江、南康二郡，并在沿湖等处，捕戮叛党二千余人。各将吏陆续返报，回到南昌。守仁尚在城外驻节，一一迎劳，彼此甚欢。伍文定手下将士，押住宸濠，推至守仁座前。守仁正欲诘责，宸濠忽开口哀呼道："王先生！本藩被你所擒，情愿削去护卫，降为庶人，请先生顾着前谊，代为周全。"谈何容易？守仁正色道："国法具在，何必多言！"宸濠方才无语。南昌士民，聚观道旁，齐声欢呼道："这位叛王，酷虐无道，既有今日，何必当初。可见天道昭彰，报应不爽哩！"有几个江西官吏，本与宸濠相识，见了宸濠，也出言指示。宸濠泣语道："从前商朝的纣王，信了妇言，致亡天下，我不信妇言，乃至亡国。古今相反，追悔已迟。娄妃！娄妃！你不负我，我却负你，死也晚了。家有贤妻，夫不遭祸，宸濠何独未闻？守仁闻了此言，也为叹息，随命水夫捞认娄妃尸骸，从丰殡葬。众将献上宸濠函匧，内贮书信，多系京官疆吏，往来通问，语中未免有勾结情形。守仁不暇细阅，悉付与祝融氏，托他收藏；力持大体，造福不浅。一面露布告捷，才率军入城。嗣闻武宗已启跸南征，应上回。急奏上封章，略云：

臣于告变之际，选将集兵，振扬威武，先收省城，虚其巢穴，继战鄱湖，击其惰归。今宸濠已擒，逆党已获，从贼已扫，闽广赴调军士已散，惊扰之民已定。窃唯宸濠擅作威福，睥睨神器，招纳流亡，辇毂之动静，探无遗迹，臣下之奏白，百不一通。发谋之始，逆料大驾必将亲征，先于沿途伏有奸党，期为博浪、荆轲之谋。今逆不旋踵，遂已成擒，法宜解赴阙门，式昭天讨，然欲付之部下各官，诚恐潜布之徒，乘隙窃发，或虞意外，臣死有余憾矣。盖时事方艰，贼虽擒，乱未已也。伏望圣明裁择，持以镇定，示以权宜，俾臣有所遵循，不胜幸甚！

这疏本意，明明是谏阻南巡，且请将逆藩就地正法，以免意外。不料武宗得奏，毫不采用，只饬令将逆藩看管，听候驾到发落。太监张忠，及安边伯许泰等，因守仁前日上疏，有罢斥奸邪，禁止游幸等语，应上回。心中未免挟嫌，想是贼胆心虚。入奏武宗，但云："守仁先曾通逆，虽有功劳，未足掩罪。"幸武宗尚有微明，不去理睬。忠、泰又贻书守仁，谓："逆藩宸濠，切勿押解来京。现在皇上亲征，须将宸濠纵入鄱湖，待皇上亲与交战，再行一鼓成擒，论功行赏。如此办理，庶几功归朝廷，圣驾不虚此行了。"煞是可笑，亏他写得出来。守仁不为之动，竟不待武宗旨意，自将宸濠押出南昌，拟即北发。偏偏忠、泰两人，遣使赍威武大将军檄文邀截途中，勒令将宸濠交付。守仁又复不与，避道走浙江，欲从海道押解至京，亟夜到钱塘，不料太监张永，又在杭州候着。守仁见了张永，先把那计除刘瑾的功绩，赞美一番，说得张永非常欢慰。见风使帆，不得不然。守仁复进言道："江西百姓，久遭濠毒，困苦不堪；况且大乱以后，天复亢旱成灾，百姓有衣无食，有食无衣，若复须供给京军，将必逃匿山谷，聚众为乱。当日助濠，尚是胁从，他日揭竿，恐如土崩瓦解，剿抚两穷。足下公忠体国，素所钦佩，何不在京中谏阻御跸，免多周折呢？"委婉动人。张永叹道："王先生在外就职，怪不得未识内情。皇上日处豹房，左右群小，蛊惑主聪，哪个肯效忠尽言？我是皇上家奴，只有默辅圣躬，相机讽谏便了，我此次南行，非为掩功而来，不过由皇上素性固执，凡事只宜顺从，暗暗挽回；一或逆命，不但圣心未悦，并且触怒群小，谗言易入，孤愤谁知，王先生试想！于天下大计，有什么益处？"至情至理，令人心折。守仁点首道："足下如此忠诚，令人敬服。"张永道："我的苦心，也唯有先生知道呢。"

守仁乃将忠、泰邀取宸濠，并从前致书等情，一一说明。张永道："我所说的群小，便指若辈。王先生将若何处置？"守仁道："逆藩宸濠，已押解到此，好在与足下相遇，现拟将这副重担，卸与足下，望足下善为处置，才毕微忱。"张永道："先生大功，我岂不知？但不可直遂径行。有我在，断不使先生受屈，务请放心！"守仁乃将宸濠囚车，交付张永，乘夜渡浙江，绕道越境，还抵江西。

张永押解宸濠，即日就道，途次语家人道："王都御史赤心报国，乃张忠、许泰、江彬等，还欲害他，日后朝廷有事，将何以教忠？我总要替他保全呢。"庸中佼佼，还算张永。是时武宗已至南京，命张忠、许泰、刘晖等，率京军赴江西，再剿宸濠余党。军尚未发，永已驰到，入见武宗，备说守仁如何忠勤，且奏明忠、泰诸人伪状，武宗方才相信。江彬等再进谗言，一概不准。张忠又入奏道："守仁已至杭州，如何不来南京，谒见圣躬？就使陛下有旨召他，恐他也未必肯来。目无君上，跋扈可知。"谗入周极。武宗又遣使江西，促召守仁。又被他蛊惑了。守仁奉召，驰至龙江，将要入见。张忠复遣人截住，不使进谒。守仁愤甚，即脱下朝衣，着了巾纶野服，避入九华山去了。张永闻知此事，又入奏武宗道："守仁一召即来。中道被阻，今已弃官入山，愿为道士。国家有此忠臣，乃令他投闲置散，岂不可惜！"武宗乃驰谕守仁，即令还镇，授江西巡抚。擢知府伍文定为江西按察使，邢珣为江西布政司右参政，且令守仁再上捷书。守仁乃改易前奏，言奉威武大将军方略，讨平叛逆，复将诸嬖幸姓名，亦一一列入，说他调剂有功。江彬等方无后言。武宗遂于南京受俘，令在城外设一广场，竖着威武大将军旗纛，自与江彬等戎服出城。到了场中，饬令各军四面围住，方将宸濠放出，去了桎梏，令他兀立，亲自擂起鼓来，饬兵役再缚宸濠，然后奏凯入城。仿佛做猢狲戏。小子有诗咏道：

国事看同儿戏场，侈心太甚几成狂。

纵囚伐鼓夸威武，笑柄贻人足哄堂。

未知武宗何日回銮，且俟下回续表。

宸濠聚集嫔从百官，联舟江上，不特上中二策，未能举行，即下策亦不能用，直无策而已矣。李士实谋取南京，尚从大处落手，而宸濠恋恋南昌，自投死路，娄妃初谏不从，至于投水殉难，宸濠有此谋士，有此贤妃，而执迷不悟，宜乎速毙。但李士实误投暗主，娄妃误嫁叛王，士实尚自取其咎，娄妃并非自取，乃承父母之命而来，夫也不良，竟遭惨死，吾不能不为之痛惜也。守仁亲建大功，几为宵小所构，酿成冤狱，幸有太监张永，为之斡旋，岂忠可格天，彼苍不忍没其功，乃出张永以调护之耶？吾谓守仁智足达权，其心固忠，其忠非愚，故尚得明哲保身，否则不为岳武穆、于少保也几希。

第二十回

教场校射技擅穿杨
古沼观渔险遭灭顶

却说武宗在南京受俘，本可即日回銮，但武宗南巡的本旨，实为着南朝金粉，羡慕已久，因此托词亲征，南来游幸，哪里肯指日回京？况路过扬州时，先由太监吴经，采选处女寡妇，供奉行在，武宗正乐得左拥右抱，图个尽欢；并生平最爱的刘娘娘，又载与俱南，体心贴意，般般周到，那时武宗安心行乐，还记得什么京师？有时觉得闲暇，即带着数骑，出外打猎。尝猎扬州城西，留宿上方寺，甚是满意。嗣后成为习惯，屡出驰逐。亏得这位刘娘娘，爱主情深，婉言劝阻，每经武宗出游，往往轻装随去。算一个女监督。武宗也不忍拂意，但身旁带着刘妃，未便东驰西骤，只好往各处寺观，游憩了事。所赐幢幡锦绣，梵贝夹册，悉署威武大将军名号，及刘娘娘的姓氏，或竟写着刘夫人。江彬等扈跸南京，巴不得武宗留着，多一日好一日，他好蹧蹋妇女，凌辱官民。

太监张忠，安边伯许泰，因前旨未曾取消，竟率京军赴江西，沿途逞着威风，任情勒索，且不必说，及到了南昌，与守仁相见，傲慢无礼。守仁却殷勤款待，备尽东道情谊，忠、泰毫不知感。还有给事中祝续，御史章纶，随军司事，望风附势，日与兵士等，造作蜚语，诬蔑守仁，由朝至暮，各呼守仁姓名，谩骂不绝。有时守仁出署，兵士等故意冲道，预备彼此争闹，可以乘隙启衅。守仁一味包容，非但置之不较，反且以礼相待。兵士无法，只好退去。守仁又密遣属吏，潜诚市人，令将所有妇女，暂徙乡间，免生事端。一面安排牛酒，犒赏京军。许泰闻信，先往阻止，并饬军士勿受。守仁乃遍张揭帖，略称北军远来，离乡作客，自有各种苦处，本省居民，以主待宾，务宜尽礼，如有狎侮等情，察出勿贷。居民本敬服守仁，看了揭帖，无不唯命是从，因此与北军相处，格外退让。*守仁以柔道待人，确是良法，但亦由平日爱民，民皆奉命唯谨，故不致惹祸。*守仁每出，遇见北军长官，必停车慰问，亲切异常。北军有病，随时给药，北军病殁，厚给棺葬。看官！你想人非木石，遭此优待，宁有不知感激的道理？*插此数语，可见张忠、许泰不得齿列人类。*大众统相语道："王都堂待我有恩，我等何忍犯他？"自此南昌城内，恰安静了许多。

会值冬至节日，居民新经丧乱，免不得祭奠亡魂，酹酒举哀。北军触景生悲，动了思家的念头，纷纷求归。张忠、许泰，概不准请，军士多出怨声，忠、泰佯若不闻，反欲往教场校阅。令出如山，谁敢不遵？先期这一日，由忠、泰赍书抚署，邀请守仁率军到场。守仁复书照允，越日昧爽，守仁带着江西军，先往教场候着。约阅片时，方见张忠、许泰，策马而来，后面随着的兵士，不下万人。守仁鞠躬相迎，忠、泰才下马答礼。三人步至座前，分了宾主，依次坐下。许泰开言道："今日天高气爽，草软马肥，正是试演骑射的时候。所有南北将士，统是军国干城，现在叛乱初平，惩前毖后，应互相校射，以示扬激，这也是我辈带兵官，彼此应尽的职务。"言毕，呵呵大笑。守仁暗想，昨日书中，只称校阅京军，并未叙及南北校射，今日到了教场，骤提出"校射"二字，明明是乘我未备，有意刁难。且罢！我自有对待的方法，何必多忧？*忠、泰两人的暗计，借此叙出。*随即答道："伯爵不忘武备，显见忠忧，但敝处所有精锐，统已遣派出去，分守要区，现今在城的兵弁，多半老弱，恐不堪一较呢。"张忠微哂道："王都堂何必过谦？如逆藩宸濠，聚众十万，横行江湖，阁下调集劲旅，奉行天讨，闻捷书上面，报称宸濠起事，只有三十五日，便即荡平。这三十五日内，与宸濠交战，想不过十多日，若非兵精将勇，哪有这般迅速哩？"*三十五日平逆，亦借张忠口中补叙，唯张忠所言，看似誉扬，实多讽刺。*守仁道："只全仗皇上的威灵，诸公的教导，守仁何力之有？"许泰道："一誉一谦，谈至何时？虚言不如实验罢。"遂传令校射，军士已鹄候多时，闻了令，即在百步外张着靶子，先请江西军射箭。守仁道："主不先宾，自然由京军先射呢。"京军闻言，当下选出善射的数十人,接连发矢,十箭内约中七八箭,铜鼓声冬冬不绝,张忠也连声喝采,自觉面上生光。许泰却笑着道:"十得七八,总算有数箭未中,不能算做什么精呢。"京军射毕,自然轮到江西军。江西军弓马生疏,不过十中四五,张忠不禁失笑道:"强将手下无弱兵,为什么这般没用?"当面奚落。许泰道:"有了强将,兵弱何妨?"守仁恰神色不变,便道:"我原说不堪一较,两公休怪!"张忠又接口道:"许公谓有了强将,兵不妨弱,想王都堂总有神技呢。"许泰道:"王都堂能射箭么?"愈逼愈紧。守仁道:"射法略知一二,唯素习文事,未娴武技,还祈两公原谅!"许泰道:"既知射法,何妨试箭?"守仁道:"班门之下,怎敢弄斧?"张忠道:"有斧可弄,何畏班门?"两人一吹一唱,逼得守仁无词可答,遂奋身离座道:"两公有命,敢不敬从,就此献丑便了。"言已,就走将下去,呼随从带马过来,当即一跃上马,先跑了一回蹚子,到了箭靶竖着,留神一瞧,然后返辔驰回,就众人发矢的位置,取了弓,拔了箭,不慌不忙,拈弓搭矢,左手如抱婴儿,右手如托泰山,喝一声着,那箭已放了出去,不偏不倚,正中红心。南北军士,齐声喝采,铜鼓声亦震得异响。一箭甫中,一箭复来,巧巧与第一支箭,并杆竖着,相距仅隔分毫。鼓声又震,喝采愈高。守仁跃下马来,拈着第三支箭,侧身续射,这一箭射去,正对准第二支箭杆,飕的一声,将第二支箭,送了出去,这箭正插入第二支箭原隙内。王公固擅绝技,文笔亦自不群。大众睹此奇异,没一个不踊跃欢呼,连鼓声都无人听见。守仁尚欲再射,不防背后有人拊着,急忙返顾,乃是安边伯许泰,便道:"献丑了,献丑了。"许泰道:"都堂神箭,不亚当年养由基,怪不得立平叛逆,我等已领教过了,就此歇手罢。"原来忠、泰两人,总道守仁是个文官,没甚武艺,可以借端嘲笑,谁知他竟有这般技射,这还不过出人意料;偏是守仁射中一箭,北军也同声喝采,声震远迩。于是张忠在座,密语许泰道:"我军都输服他了,如何是好?"许泰闻言,即下座止住守仁,教他休射。守仁正好借此收场,遂撤队而归。守仁与忠、泰告别时,见两人面色,很是怏怏,不觉肚中暗笑。回署以后,过了一天,便闻忠、泰有班师消息,再阅一宵,果然两人同来辞行。守仁免不得设着盛筵,临歧钱别。总计忠、泰驻兵江西,共历五月有余,假肃清余孽为名,蟠据南昌,其实是叛党早歼,不劳再剿;北军并没有出城,只有忠、泰两人,捕风捉影,罗织平民,无辜株连,没收财产,人民受他荼毒,不知凡几。待至班师令下,相率归去,真是人心喜悦,如去芒刺,这且搁下不题。

　　且说武宗驻跸南京，游行自在，大有乐不思蜀的形景。江彬又乘机怂恿，劝武宗游幸苏州，下浙江，抵湖湘。武宗在京时，尝闻苏州多美女，杭州多佳景，正欲亲往一游，饱看景色，闻着彬言，适中下怀。自正德十四年冬季至南京，至十五年正月，尚未言归，反饬群臣议行郊礼。此时大学士梁储、蒋冕等，亦随驾出行，接奉诏敕，谓郊礼一行，回銮无日，万不可依诏定议，乃极力谏阻。疏至三上，始得邀准。就是游幸苏、浙，倒也罢议，唯总不肯回銮。悠悠忽忽，过了半年，尚没有还京音信。但闻江彬倚势作威，驱役官民，如同走狗，成国公朱辅，因事忤彬，罚他长跪军门，才得了事。独魏国公徐鹏举，徐达七世孙。邀彬赴宴，中门不启，又不设座中堂，顿时惹动彬怒，大声问故。鹏举恰正襟拱手道："从前高皇帝曾幸私第，入中门，坐中堂，此后便将中门封闭，中堂也同虚设，没人再敢僭用的。今蒙将军辱临，怎敢亵慢？但若破了故例，便与大逆相等，恐将军也不愿承受哩。"彬听了此言，明知鹏举有心为难，但是"高皇帝"三字，抬压出来，如何抵抗得过？只好变嗔作喜，自认无知，勉勉强强地饮了数杯，即行告别。还有南京兵部尚书乔宇，守正不阿，彬尝遣使索城门锁钥，宇独正言拒绝，大旨以门钥一项，关系甚大，从前列祖列宗的成制，只令守吏掌管，虽有诏敕，不敢奉命。彬闻报无法，只得罢休。有时彬矫旨需索，宇又必请面复始行。究竟伪难作真，臣难冒君，任你江彬如何摆布，也不免情虚畏罪，自愿取消。直道事人也有好处。宇又倡率九卿台谏，三次上章，请即回銮。武宗召彬与商，彬请下诏严谴，武宗踌躇道："去年在京师时，加罪言官，未免太甚，今日何可再为？不如由他去罢。"彬乃嘿然。武宗只谕令各官，尽心治事，稍迟数日，便当回銮云云。各官接到此旨，没奈何再行恭候。过了一月，仍旧不见动静，唯行宫里面，屡有怪异传闻，或说有物如猪首，下坠御前，或说武宗寝室中，悬着人首，谣言百出，人情汹汹。大学士梁储语蒋冕道："春去秋来，再不回銮，恐生他变。况且谣诼纷纭，多非佳兆，我辈身为大臣，怎忍坐视？"蒋冕道："不如伏阙极谏，得请乃已。"梁储允诺，即于夜间缮疏，至次日，两人跪伏行宫外，捧着奏章，带哭带号，约历两三时，方有中官出来，把奏章取去。又阅一时，由中官传旨令退，两人叩首道："未蒙准奏，不敢退去。"中官又入内代奏，武宗乃宣谕还京，两人方起身退出，即令扈从人等，筹备还跸事宜。又越数日，诸事都已备妥，申请启跸。武宗还想延挨，忽闻宸濠在狱，有谋变消息，乃起程北归。

　　是夕武宗亲祭龙江，驻跸仪征，次日至瓜州地面，大雨时行，暂就民家避雨。待雨过天霁，乃从瓜州渡江，临幸金山，遥望长江一带，气象万千，很觉快慰。隔了一日，登舟南渡，幸故大学士杨一清私第，饮酒赋诗，载赓迭和，又流连了两三日。一清从容婉谏，请武宗速回京师。武宗才离了杨宅，向扬州进发。到了宝应地界，有一巨浸，名叫泛光湖，武宗见湖光如镜，游鱼可数，不禁大喜道：“好一个捕鱼的地方。”遂传旨停舟。扬州知府蒋瑶，正来接驾，武宗即命备办网罟等物。蒋瑶不敢违慢，即日照办，呈交御船。偏偏太监邱得，有意索贿，一味挑剔，甚至召责蒋瑶，把他锁系起来。蒋瑶无奈，只好浼人疏通，奉了厚赂，方得销差脱罪。清官碰着贪竖，还有何幸？武宗命宫人侍从等，抛网湖心，得鱼较多的有赏，得鱼过少的则罚。大家划着坐船，分头下网，武宗开舱坐观，但见三三五五，揽网取鱼，不觉心旷神怡，流连忘倦，约历半日，各舟方摇荡过来，纷纷献鱼。武宗按着多寡，颁了赏赐，大众拜谢，乃下令罢渔。嗣见进献的鱼中，有一鱼长可数尺，暴睛巨口，比众不同，随即戏说道：“这鱼大而且奇，足值五百金。”江彬在侧，正恨蒋瑶未奉例规，此例安在？邱得已经妄索，江彬又要寻隙，正是好官难为。即启奏道：“泛光湖得来巨鱼，应卖与地方有司。”武宗准奏，着将巨鱼送与蒋瑶，守取价值复命。弄假成真，无非儿戏。过了一时，蒋瑶亲来见驾，叩首已毕，即从怀中取出簪珥等物，双手捧呈道：“臣奉命守郡，不敢妄动库银，搜括臣家所有，只有臣妻佩带首饰，还可上应君命，充做银钱，此外实属无着，只得束身待罪。”武宗笑道：“朕要此物做什么，适才所说，亦不过物归原主，应给赏银。你既没有余资，便作罢论。你所携来各物，仍赏与你妻去罢！”蒋瑶叩谢。可见武宗并非残虐，不过逢场作戏，喜怒任情而已，所有不法行为，俱为宵小导坏。武宗又道：“闻此地有一琼花观，究竟花状如何？”蒋瑶顿首道：“从前隋炀帝时，尝到此赏玩琼花，至宋室南渡，此花憔悴而死，今已绝种了。”武宗怏怏道：“既无琼花，可有另外的土产么？”蒋瑶道：“扬州虽号繁华，异产却是有限。”武宗道：“苎麻白布，不是扬州特产吗？”蒋瑶不敢多言，只好叩头道：“臣领命了。”武宗命退，瑶即返署，备办细布五百匹，奉作贡物，比较鱼价如何？武宗方下旨开船。

　　从扬州行抵清江浦，重幸太监张阳家，设宴张灯，征歌选色，君臣共乐，接连三日。武宗问张阳道：“朕过泛光湖，观鱼自适，颇足快意，清江浦是著名水乡，谅亦有湖沼大泽，足以取鱼。"张阳奏对道："此间有一积水池，是汇集涧溪各流，水势甚深，鱼族繁衍，或者可以布网呢。"武宗喜道："你可先去预备网罟，朕择明日观渔。"张阳领旨，即去办就。到第二日，武宗带着侍从，即往积水池滨，瞧将过去，层山百叠，古木千章，环抱一沼，颇似洞壑清幽，别具一种雅致。武宗语张阳道："这池占地不多，颇觉幽静，但欲取鱼，不能驾驶大船，只好用着渔舟呢。"张阳道："池中本有小舟，可以取用。"武宗道："在哪里？"张阳道："多泊在外面芦苇中。"武宗道："知道了。"当下舍陆登舟，行不一里，果见两岸蒙茸，泊有渔船。武宗命侍从等，各驾小舟，四散捕鱼。武宗瞧了一会，不觉兴发，也拟改乘渔船，亲自捕鱼。张阳道："圣上不便亲狎波涛。"武宗道："怕什么？"遂仗着威武，跃登小舟，有太监四名，随着下船。二太监划桨，二太监布网，渐渐地荡入中流。那水中适有白鱼一尾，银鳞灿烂，晔晔生光，武宗道："这鱼可爱，何不捕了它去？"二太监领命张网，偏偏这鱼儿刁滑得很，不肯投网，网到东，鱼过西，网到西，鱼过东，网来网去，总不能取。武宗懊恨起来，竟从舟中取出鱼叉，亲自试投，不防用力太猛，船势一侧，扑咚扑咚数声，都跌落水中去了。小子有诗咏道：

千金之子不垂堂，况复宸躬系万方。

失足几成千古恨，观鱼祸更甚如棠。

未知武宗性命如何，且至下回续详。

有文事者必有武备，孔子所谓我战必克是也。王守仁甫立大功，即遭疑谤，幸能通变达机，方得免咎。至忠、泰校射，独令试技，夫身为大将，宁必亲执弓刀，与人角逐，诸葛公羽扇纶巾，羊叔子轻裘缓带，后世且盛称之，何疑于守仁？然此可为知者言，难与俗人道也。迨迭发三矢，无不中鹄，宵小庶无所借口矣，此文事武备之所以不容偏废也。武宗任情游幸，偏爱渔猎，泛光湖观鱼，尚嫌未足，积水池捕鱼，且欲亲试，岂得鱼数尾，便足为威武大将军耶？未懔冯河之戒，几酿灭顶之凶，假令无王守仁之先平叛逆，而欲借张忠、许泰辈随驾亲征，其不蹈建文之覆辙者鲜矣。然则武宗不覆于鄱阳湖，仅溺于积水池，受惊成疾，返徂豹房，其犹为幸事乎。

第二十一回

返豹房武宗晏驾
祭兽吻江彬遭囚

却说武宗坠入水中，险些儿被水淹死，幸亏操舟的两太监，曾在京内太液池中，习惯泅水，虽遭覆溺，毫不畏惧，亟游近武宗身旁，将武宗手脚握住，推出水面。各舟闻警齐集，才将武宗挽入舟中。还有两太监入水，用力挣扎，也经旁人救起。唯武宗生平，并未经过游泳，并且日日纵欲，元气甚亏，寒秋天气，又是凛冽，所以身虽遇救，已是鼻息细微，人事不省了。*威武大将军，乃不堪一溺么？* 那时御舟中曾带着御医，赶紧用着方法，极力施救，武宗才把池水吐出，渐渐苏醒，只元气总难挽回，龙体从此乏力。大学士杨廷和等，请速还京，武宗也觉倦游，遂传旨速归。轻舟荡漾，日行百里，不数日即抵通州，随召各大臣集议，处置宸濠。杨廷和等上言，请如宣宗处高煦故例，御殿受俘，然后议刑。独江彬谓应即诛逆，免滋他患。武宗正恐宸濠为变，北还时，每令濠舟与御舟，衔尾行驶，以防不测。至是用江彬言，遂令宸濠自尽。濠死后乃令燔尸，越三日，始还京师，大耀军容，*首逆已死，耀军何为？* 辇道东西，列着许多兵士，盔甲森严，戈铤并耀，各逆党一并牵至，令他两旁跪着。尚书陆完，都督钱宁，统因逆案牵连，做了矮人，大家褫去上身衣服，赤条条地反缚两手，背上悬揭白帜，大书姓名罪状。还有逆党眷属，不问男妇长幼，都是裸体反接，挨次跪着。武宗戎装跨马，立正阳门下，阅视良久，才将附逆著名的奸党，饬令正法，悬首竿上，延长数里，余犯仍回系狱中，武宗方策马入内，还憩豹房。后来钱宁伏法，陆完谪戍，只太监萧敬，独运动张忠，愿出二万金，买了一个性命。*钱可通灵。*余党多瘐毙狱中，不消细说。

　　武宗以亲征凯旋，复降特旨，令定国公徐光祚，驸马都尉蔡震，武定侯郭勋，祭告宗庙社稷。越数日，又补行郊祀大典。武宗只好亲自主祭，驾至天坛，循例行礼，初次献爵，由武宗跪拜下去，不觉心悸目晕，支撑不住，侍臣连忙扶掖，半晌方起，哇的一声，吐出一口鲜血，自觉腥秽难当，浑身发颤，再也不能成礼了。当下委着王公，草草毕祭，自己乘着安舆，返入大内。转眼间已是残年，爆竹一声除旧，桃符万户更新，武宗因病体未痊，饬免朝贺。一病数月，又届季春，月朔适遇日食，阴霾四塞，都人士料为不祥，唯江彬等越加骄恣，竟矫传上旨，改西官厅为威武团营，自称兵马提督，所领边卒，也是狐假虎威，桀骜愈甚。都下恟惧，不知所为。武宗卧病豹房，懵然罔觉，经御医尽心调治，日进参苓，终不见效。*真元耗损，还有何救？*司礼监魏彬，密询御医，统已摇首，乃走至内阁，语大学士杨廷和道："皇上不豫，医力已穷，不如悬赏巨金，求诸草泽。"廷和闻着，知他言中有意，*是何意思？请看官一猜。*沉吟一会，方启口道："御医久侍圣躬，必多经验，譬如人生伦序，先亲后疏，亲近的人，关系痛痒，自然密切，疏远的人，万不能及。据我想来，总须亲近的人，靠得住呢。"*哑谜中已表大旨。*魏彬唯唯而去。过了两日，武宗病愈沉重，自知不起，从昏昏沉沉中，偶然醒来，开眼一瞧，见太监陈敬、苏进两人，侍着左右，便与语道："朕疾至此，已不可救了，可将朕意传达太后，此后国事，当请太后宣谕阁臣，妥为商议便了。"言至此，气不相续，喘息良久，复太息道："从前政事，都由朕一人所误，与你等无涉，但愿你等日后谨慎，毋得妄为！"*武宗已知自误，则此次顾命，应即召大臣入嘱，何为仅及中官？况逢恶长非，全出若辈，乃云与他无涉，可见武宗至死，尚是未悟。*陈敬、苏进，齐声遵旨，俟武宗安睡后，才去通报张太后。待张太后到了豹房，武宗已不能言，唯眼睁睁地瞧着太后，淌下几点泪珠儿。太后尚含泪慰问，谁知他两眼一翻，双脚挺直，竟自归天去了，寿仅三十一岁。*笔下俱含刺意。*

　　太后亟召杨廷和等至豹房，商议立储事宜。廷和请屏去左右，方密禀太后道："江彬不臣，势将谋变，若闻皇上晏驾，必且迎立外藩，挟主兴兵，为祸不浅。请太后先事预防呢！"太后道："如此奈何？"廷和道："现只有秘不发丧，先定大计。

此处耳目甚近，不如还至大内，好作计较。"太后闻言，也不及悲恸，即刻乘辇还宫。廷和随入宫中，略行筹议，便即赴阁。太监谷大用及张永，亦入阁探信。廷和道："皇上大渐，应立皇储。"张永道："这是目前最要的事情。"廷和即袖出祖训，宣示诸人道："兄终弟及，祖训昭然。兴献王长子，系宪宗孙，孝宗从子，皇帝从弟，按照次序，当然继立。"梁储、蒋冕、毛纪等，齐声赞成道："所言甚是，就这般办罢！"张永、谷大用，亦无异言，乃令中官入启太后。廷和等至左顺门，排班候旨。忽见吏部尚书王琼，率九卿入左掖门，厉声道："立储岂是小事？我为九卿长，乃不使与闻么？"廷和等也无暇与辩，琼亦自觉没趣，正懊怅间，中官已传宣遗诏，及太后懿旨，颁诏群臣。遗诏有云：

> 朕绍承祖宗丕业，十有六年，有辜先帝付托，唯在继统得人，宗社生民有赖。皇考孝宗敬皇帝亲弟兴献王长子厚熜，聪明仁孝，德器夙成，伦序当立。遵奉祖训兄终弟及之文，请于皇太后与内外文武群臣，合谋同辞，即日遣官迎取来京，嗣皇帝位，恭膺大统。

群臣览此遗诏，方知武宗已经宾天，大家都相惊失色。只因遗诏已下，帝统有归，即欲辩论，也是无益，乐得含忍过去。吏部尚书王琼，也只好一言不发，随进随退罢了。*还算见机。* 廷和等返入内阁，一面请命太后，遣谷大用、张永等，往豹房奉移梓宫，入殡大内，一面议遣官迎兴世子入都。明朝故例，奉迎嗣主，必须由中贵勋戚，及内阁一人偕行。勋戚派定寿宁侯张鹤龄，及驸马都尉崔光，中官派定谷大用、张锦，部臣派定礼部尚书毛澄，唯所有阁员，除廷和外，要算梁储、蒋冕二人，资望最优。廷和方握政权，无暇出使，蒋冕是廷和帮手，若遣他出去，转令廷和势孤。廷和暗中属意梁储，只怕他年老惮行，默默地想了一会，方顾着梁储道："奉迎新主，例须派一阁员，公本齿德兼尊，应当此任，但恐年高道远，未便首途呢。"*故意反激。* 储奋然道："国家最大的政事，莫如迎主，我虽年老，怎敢惮行呢？"廷和大喜，遂遣发各人去讫。

是时国中无主，全仗廷和一人主持。廷和复入白太后，请改革弊政。太后一一照允，遂托称遗旨，罢威武团练诸营，所有入卫的边兵，概给重资遣归，黜放豹房番僧，及教坊司乐人；遣还四方所献妇女；停不急工役；收宣府行宫金宝，悉归内库。还有京城内外皇店，一并撤销。原来武宗在日，曾令中官开设酒食各肆，称为皇店，店中借酒食为名，罗列市戏妓歌，及斗鸡逐犬等类，非常热闹。武宗时往店中游冶，至必微服，醉或留髡。中官且借店纳贿，官民为之侧目。补笔不漏。至是统令停罢，中外大悦。

独有一个倔强鸷悍，睥睨宫闱的贼臣，闻了此事，甚是不乐，看官不必细问，便可知是提督兵马的江彬。彬自改组团营，日在外面办事，无暇入宫，就是武宗晏驾，他也尚未得闻，忽奉饬罢团营，及遣归边卒的遗诏，不禁动色道："皇上已宾天么？一班混帐大臣，瞒得我好紧哩。"这正所谓晓得迟了。适都督李琮在侧，便进言道："宫廷如此秘密，疑我可知。为总戎计，不如速图大事，幸而成功，富贵无比，万一不成，亦可北走塞外。"为江彬计，确是引此策最佳。彬犹豫未决，即邀许泰商议。泰亦颇费踌躇，徐徐答道："杨廷和等敢罢团营，敢遣边卒，想必严行预备，有恃无恐，提督还应慎重为妙。"有此一言，江彬死了。彬答道："我不作此想，但未知内阁诸人，究怀何意？"许泰道："且待我去一探，何如？"彬乃点首。

泰即与彬别，驱马疾驰，直抵内阁，巧巧遇着杨廷和。廷和毫不慌忙，和颜与语道："许伯爵来此甚好，我等因大行皇帝，仓猝晏驾，正在头绪纷繁，欲邀诸公入内，协同办事，偏是遗诏上面，罢团营，遣边兵，种种事件，均仗公与江提督，妥为着叠，所以一时不敢奉请呢。"许泰道："江提督正为此事，令兄弟前来探问，究系军国重事，如何裁夺？"廷和道："奉太后旨，已去迎立兴世子了。来往尚需时日，现在国务倥偬，全无把握，请伯爵往报江公，可能一同偕来，商决机宜，尤为欢迎。"罢兵事归诸遗诏，立储事归诸太后，自己脱然无累，免得许泰多疑。许泰欣然允诺，告别而去。着了道儿。廷和料他中计，即招司礼监魏彬，及太监张永、温祥，共入密室，促膝谈心。事事靠着中官，可见阉人势力，实是不小。廷和先开口语彬道："前日非公谈及，几误大事。现已嗣统有人，可免公虑。但尚有大患未弭，为之奈何？"魏彬道："说了御医，便谈伦序，可见我公亦事事关心。借魏彬口中，补出前次哑谜，文可简省，意不渗漏。今日所说的大患，莫非指着水木旁么？"仍用半明半暗之笔。廷和尚未及答，张永接口道："何不速诛此獠？"快人快语。廷和道："逆瑾伏法，计出张公，今又要仰仗大力了。"张永微笑。廷和又将许泰问答一节，详述一遍，复与张永附耳道："这般这般，可好么？"又用虚写法。永点首称善，转告魏彬、温祥，两人俱拍手赞成。计议已定，当即别去。魏彬遂入启太后，禀报密谋，太后自然允议。

过了一日，江彬带着卫士，跨马前来，拟入大内哭临。魏彬先已候着，即语彬道："且慢！坤宁宫正届落成，拟安置屋上兽吻，昨奉太后意旨，简派大员及工部致祭，我公适来，岂不凑巧么？"江彬闻着，很是欢喜，便道："太后见委，敢不遵行。"魏彬入内一转，即赍奉懿旨出来，令提督江彬及工部尚书李鐩，恭行祭典等语。江彬应命，改着吉服，入宫与祭。祭毕退出，偏遇着太监张永，定要留他宴饮。都是狭路相逢的冤鬼。江彬不便固辞，随了他去。即在张永的办事室内，入座飞觞。想是饯他死别。才饮数巡，忽报太后又有旨到，着即逮彬下狱。彬掷去酒杯，推案即起，大踏步跑了出去，驰至西安门，门已下钥，慌忙转身北行，将近北安门，望见城门未闭，心下稍宽，正拟穿城出去，前面忽阻着门官，大声道："有旨留提督，不得擅行。"彬叱道："今日何从得旨！"一语未了，守城兵已一齐拥上，将他揪翻，紧紧缚住。彬尚任情谩骂，众兵也不与多较，只把他胡须出气。彬骂一声，须被拔落一两根；彬骂两声，须被拔落三五根；待彬已骂毕，须也所剩无几了。倒是个新法儿。彬被执下狱，许泰亦惘惘到来，刚被缇骑拿住，也牵入狱中。还有太监张忠，及都督李琮等，亦一并缚到，与江彬亲亲昵昵，同住图圄。一面饬锦衣卫查抄彬家，共得金七十柜，银二千二百柜，金银珠玉，珍宝首饰，不可胜计。又有内外奏疏百余本，统是被他隐匿，私藏家中。刑部按罪定谳，拟置极刑，只因嗣皇未到，暂将此案悬搁，留他多活几天。既而兴世子到京，入正大位，乃将谳案入奏，当即批准，由狱中牵出江彬，如法捆绑，押赴市曹，凌迟处死。李琮为江彬心腹，同样受刑。钱宁本拘系诏狱，至是因两罪并发，一同磔死。又有写亦虎仙，亦坐此伏诛。唯张忠、许泰，待狱未决，后来竟夤缘贵近，减死充边，这也是未免失刑呢。了结江彬党案。

闲话休表，且说杨廷和总摄朝纲，约过一月有余，每日探听迎驾消息，嗣接谍报，嗣皇已到郊外了，廷和即令礼官具仪。礼部员外郎杨应魁，参酌仪注，请嗣皇由东安门入，居文华殿，择日即位，一切如皇太子嗣位故例。当由廷和察阅，大致无讹，遂遣礼官赍送出郊，呈献嗣皇。兴世子看了礼单，心中不悦，顾着长吏袁崇皋说道："大行皇帝遗诏，令我嗣皇帝位，并不是来做皇子的，所拟典礼未合，应行另议。"礼官返报廷和，廷和禀白太后，由太后特旨，令群臣出郊恭迎，上笺劝进。兴世子乃御行殿受笺，由大明门直入文华殿，先遣百官告祭宗庙社稷，次谒大行皇帝几筵，朝见皇太后。午牌将近，御奉天殿，即皇帝位，群臣舞蹈如仪。当下颁布诏书，称奉皇兄遗命，入奉宗祧，以明年为嘉靖元年，大赦天下，是谓世宗。越三日，遣使奉迎母妃蒋氏于安陆州，又越三日，命礼臣集议崇祀兴献王典礼，于是群喙争鸣，异议纷起，又惹起一场口舌来了。正是：

多言适启纷争渐，贡媚又来佞幸臣。

欲知争论的原因，且从下回详叙。

武宗在位十六年，所行政事，非皆暴虐无道，误在自用自专，以致媚子谐臣，乘隙而入，借巡阅以便游幸，好酒色以致荒亡，至于元气屏弱，不克永年，豹房大渐之时，尚谓误出联躬，与群小无涉，何始终不悟至此？或者因中涓失恃，恐廷臣议其前罪，矫传此命，亦未可知，然卧病数月，自知不起，尚未禀白母后，议立皇储，置国家大事于不问，而谓甚自悟祸源，吾不信也。若夫江彬所为，亦不得与董卓、禄山相比，不过上仗主宠，下剥民财，逞权威，斥忠直，暴戾恣睢已耳。迨罢团营而营兵固安然，遣边卒而边卒又安然，未闻哗噪都中，谋为陈桥故事，然则彬固一庸碌材也。杨廷和总揽朝纲，犹必谋诸内侍，方得诛彬，内侍之势力如此，奚怪有明一代，与内侍同存亡乎？观于此而不禁三叹云。

第二十二回

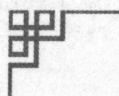

议典礼廷臣聚讼
建斋醮方士盈坛

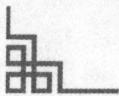

却说世宗即位，才过六日，便诏议崇祀兴献王，及应上尊号。兴献王名厚杬，系宪宗次子，孝宗时就封湖北安陆州。正德二年秋，世宗生兴邸，相传为黄河清，庆云现，瑞应休征，不一而足。恐是史臣铺张语，不然，世宗并无令德，何得有此瑞征？至正德十四年，兴献王薨，世宗时为世子，摄理国事，三年服阕，受命袭封。至朝使到了安陆，迎立为君，世子出城迎诏，入承运殿开读毕，乃至兴献王园寝辞行，并就生母蒋妃前拜别。蒋纪呜咽道："我儿此行，入承大统，凡事须当谨慎，切勿妄言！"世子唯唯受教。临行时，命从官骆安等驰谕疆吏，所有经过地方，概绝馈献，行殿供帐，亦不得过奢。至入都即位，除照例大赦外，并将正德间冒功鬻爵，监织榷税诸弊政，尽行革除。所斥锦衣内监旗校工役等，不下十万人。京都内外，统称新主神圣，并颂杨廷和定策迎立的大功。世宗遣使迎母妃，并起用故大学士费宏，授职少保，入辅朝政，朝右并无异议。只尊祀兴献王一节，颇费裁酌。礼部尚书毛澄，因事关重大，即至内阁中，向杨廷和就教。廷和道："足下不闻汉定陶王、宋濮王故事么？现成证据，何妨援引？"毛澄诺诺连声，立刻趋出，即大会公卿台谏诸官，共六十余人，联名上议道：

　　窃闻汉成帝立定陶王为嗣，而以楚王孙景后定陶，承其王祀，师丹称为得礼。今上入继大统，宜以益王子崇仁，益王名祐槟，宪宗第六子。主后兴国，其崇号则袭宋英宗故事，以孝宗为考，兴献王及妃为皇叔父母，祭告上笺，称侄署名，而令崇仁考兴献，叔益王，则正统私亲，恩礼兼尽，可为万世法矣。

　　议上，世宗瞧着，勃然变色道："父母名称，可这般互易么？"言已，即令原议却下，着令再议，时梁储已告老归里，唯蒋冕、毛纪，就职如故，与大学士杨廷和坚持前议，重复上疏，大旨："以前代君主，入继宗祧，追崇所生，诸多未合。唯宋儒程颐，议尊濮王典礼，以为人后者谓之子，所有本生父母，应与伯叔并视，此言最为正当。且兴献祀事，今虽以益王子崇仁为主，他日仍以皇次子为兴国后，改令崇仁为亲藩。庶几天理人情，两不相悖了。"世宗览到此疏，仍是不怿，再命群臣博考典礼，务求至当。杨廷和等复上封章，谓："三代以前，圣莫如舜，未闻追崇瞽瞍。三代以下，贤莫如汉光武，未闻追崇所生南顿君。唯陛下取法圣贤，无累大德。"这疏竟留中不报。毛澄等六七十人，又奏称："大行皇帝，以神器授陛下，本与世及无殊。不过昭穆相当，未得称世。若孝庙以上，高曾祖一致从固，岂容异议？兴献王虽有罔极深恩，总不能因私废公，务请陛下顾全大义！"世宗仍然不纳。唯追上大行皇帝庙号，称作武宗，把崇祀濮王典礼，暂且搁起。适进士张璁，入京观政，欲迎合上旨，独自上疏道：

　　朝议谓皇上入嗣大宗，宜称孝宗皇帝为皇考，改称兴献王为皇叔父，王妃为皇叔母者，不过拘执汉定陶王、宋濮王故事耳。夫汉哀宋英，皆预立为皇嗣，而养之于宫中，是明为人后者也。故师丹、司马光之论，施于彼一时犹可。今武宗皇帝，已嗣孝宗十有六年，比于崩殂，而廷臣遵祖训，奉遗诏，迎取皇上入继大统，遗诏直曰兴献王长子，伦序当立，初未尝明著为孝宗后，比之预立为嗣，养之宫中者，较然不同。夫兴献王往矣，称之为皇叔父，鬼神固不能无疑也。今圣母之迎也，称皇叔母，则当以君臣礼见，恐子无臣母之义。礼长子不得为人后，况兴献王唯生皇上一人，利天下而为人后，恐子无自绝父母之义。故皇上为继统武宗而得尊崇其亲则可，谓嗣孝宗以自绝其亲则不可。或以大统不可绝为说者，则将继孝宗乎？继武宗乎？夫统与嗣不同，非必父死子立也。汉文帝承惠帝之后，则弟继；宣帝承昭帝之后，则以兄孙继。若必强夺此父子之亲，建彼父子之号，然后谓之继统，则古当有称高伯祖皇伯考者，皆不得谓之统矣。臣窃谓今日之礼，宜别为兴献王立庙京师，使得隆尊亲之孝，且使母以子贵，尊与父同，则兴献王不失其为父，圣母不失其为母矣。

世宗览到此疏，不禁心喜道："此论一出，我父子得恩义两全了。"即命司礼监携着原疏，示谕阁臣道："此议实遵祖训，拘古礼，尔等休得误朕！"杨廷和将原疏一瞧，便道："新进书生，晓得什么大体！"言已，即将原疏封还。司礼监仍然持入，还报世宗。世宗即御文华殿，召杨廷和、蒋冕、毛纪入谕道："至亲莫若父母，卿等所言，虽有见地，但朕把罔极深恩，毫不报答，如何为子？如何为君？今拟尊父为兴献皇帝，母为兴献皇后，祖母为康寿皇太后，卿等应曲体朕意，毋使朕为不孝罪人呢！"区区尊谥，未必果为大孝。廷和等不以为然，但奉召入殿，不便当面争执，只好默默而退。待退朝后，复由三阁臣会议，再拟定一篇奏疏，呈入上览，略云：

皇上圣孝，出于天性，臣等虽愚，夫岂不知？礼谓所后者为父母，而以其所生者为伯叔父母，盖不唯降其服而又异其名也。臣等不敢阿谀将顺，谨再直言渎陈！

疏入不报。给事中朱鸣阳、史于光，及御史王溱、卢琼等，又交章劾璁，其词云：

臣等闻兴献王尊号，未蒙圣裁，大小之臣，皆疑陛下垂省张璁之说耳。陛下以兴献王长子，不得已入承大统，虽拘长子不得为人后之说，璁乃谓统嗣不同，岂得谓会通之宜乎？又欲别庙兴献王于京师，此大不可。昔鲁桓僖宫灾，孔子在陈闻火，曰其桓僖乎？以非正也。如庙兴献王于京师，在今日则有朱熹两庙争较之嫌，在他日则有鲁僖跻闵之失，乞将张璁斥罚，以杜邪言，以维礼教，则不胜幸甚！

各疏次第奏入，世宗一味固执，始终不从。嗣兴献王妃蒋氏，已到通州，闻朝议欲考孝宗，不禁愤恚道："是我亲生的儿子，奈何谓他人父？谓他人母？"妇人尤觉器小。并谕朝使道："尔等受职为官，父母等犹承宠诰，我子为帝，兴献王的尊称，至今未定，我还到京去做什么？"说至此，竟呜呜咽咽地哭将起来。描摹尽致。朝使等奉命恭迎，瞧着这般形状，反致不安，只好入报世宗。世宗闻报，涕泣不止，入禀张太后，情愿避位归藩，奉母终养。也会做作。张太后一面慰留，一面饬阁臣妥议，杨廷和无可奈何，始代为草敕，略言"朕奉圣母慈寿皇太后懿旨，慈寿皇太后即张太后，武宗五年，以宸镭平定，上太后尊号曰慈寿。以朕缵承大统，本生父兴献王宜称兴献帝，母宜称兴献后。宪庙贵妃邵氏称皇太后，即兴献王母。仰承慈命，不敢固违"云云。在廷和的意思，以为这次礼议，未合古训，只因上意难违，不得已借母后为词，搪塞过去，显见得阁臣礼部，都是守正不阿，免得后人訾议了。谁知张璁得步进步，又上《大礼或问》一书，且谓："议礼立制，权出天子，应奋独断，揭父子大伦，明告中外。"于是世宗又复心动。适值礼官上迎母礼仪，谓宜从东安门入，世宗不待瞧毕，即将原议掷还。礼官再行具议，改从大明东门，世宗意仍未怿，竟奋笔批示道："圣母至京！应从中门入，谒见太庙。"总算乾纲奋断。这批示颁将下来，朝议又是哗然。朝臣也徒知聚讼。大众都说："妇人无入庙礼。太庙尊严，更非妇人所宜入。"那时张璁又来辩论道："天子虽尊，岂可无母？难道可从偏门出入么？古礼妇三日庙见，何尝无谒庙礼？九庙祭祀，后亦与祭，怎得谓太庙不宜入呢？"张璁之议，虽是拘泥，然廷议更属不通，无怪为张璁所扼。世宗又饬锦衣卫安排仪仗，出迎圣母。礼部上言，请用王妃仪仗，世宗不听，乃备齐全副銮驾，迎母自中门入都，谒见太庙。杨廷和以璁多异议，心甚快快，遂授意吏部，出除南京主事。璁虽南去，世宗已先入璁言，复颁下手诏，拟于兴献帝后，加一"皇"字。杨廷和等复上疏谏阻，世宗概置不理。巧值嘉靖元年正月，清宁宫后殿被火，廷和等趁这机会，奏称"宫殿被灾，恐因兴献帝后加称，未安列圣神灵，特此示儆"云云。给事中邓继曾，亦上言："天有五行，火实主礼，人有五事，火实主言。名不正即言不顺，言不顺即礼不兴，所以有此火灾。"恐怕未必。世宗颇为感惧，乃勉徇众请，称孝宗为皇考。慈寿皇太后为圣母，兴献帝后为本生父母，暂将"皇"字搁起。称孝宗帝后为继父母，称兴献帝后为本生父母，两言可决，于义最协，聚讼何为乎？

　　过了两月，因世宗册后陈氏，特上两宫尊号，称慈寿皇太后为昭圣慈寿皇太后，武宗皇后为庄肃皇后，皇太后邵氏为寿安皇太后，兴献后为兴国太后，萱荫同春，天桃启化，好算是两宫合德，一室太和。老天无意做人美，偏偏寿安皇太后邵氏，生起病来，医药无效，竟尔崩逝。这位邵太后本宪宗贵妃，为兴献王母，兴王就藩，母妃例不得行，仍住宫中。<u>所以不必奉迎。</u>及世宗入继大统，邵年已老，双目失明，喜孙为帝，摸世宗身，自顶至踵，欢笑不绝。至是得病归天，世宗仍欲祔葬茂陵，<u>即宪宗墓。</u>屡下廷议。礼官不敢固争。杨廷和等上疏，只托言："祖陵久窆，不应屡兴工作，惊动神灵。"世宗不纳，决意祔葬，只别祀奉慈殿罢了。礼部尚书毛澄，以议礼未协，忧恚成疾，抗疏乞休，至五六次，未邀允准。既而疾甚，又复申请，乃准奏令归。澄匆匆就道，舟至兴济，竟致谢世。先是澄在部时，申议大礼，世宗尝遣中官谕意，澄奋然道："老臣虽是昏耄，要不能隳弃古礼，只有归去一法，概不与闻便了。"<u>以道事君，不合则去，毛澄有焉。</u>唯世宗颇器重毛澄，虽再忤旨，恩礼不衰。及闻澄病殁道中，犹加惋悼，赠为少傅，谥曰文简，这且休表。

且说世宗改元以后，除廷议大礼，纷纷争论外，甘肃、河南、山东数省，亦迭有乱警。甘肃巡抚许铭，与总兵官李隆不睦，隆唆部兵殴杀许铭，居然作乱。世宗起用陈九畴为佥都御史，巡抚甘肃，按验铭事，诛隆及叛党数人，才得平靖。河南、山东的乱事，系由青州矿盗王堂等，流劫东昌、兖州、济南，杀指挥杨浩。有旨限山东将吏，即日荡平，将吏等恐遭严谴，分道逐贼，贼不便屯聚，流入河南。嗣经提督军务右都御史俞谏，调集两畿、山东、河南各军，悉力围剿，方把流贼一律扫除。<u>录此两事，以昭事实，否则嘉靖初年，岂竟除议礼外，无他事耶？</u>

嘉靖二年夏季，西北大旱，秋季南畿大水，世宗未免忧惧。太监崔文，奏称修醮可以禳祸，乃召见方士邵元节等，在宫中设立醮坛，日夕不绝。香花灯烛，时时降召真仙；锣钹幢幡，处处宣扬法号。又拣年轻内监二十人，改服道装，学诵经忏等事，所有乾清宫、坤宁宫、西天厂、西番厂、汉经厂、五花宫、西暖阁、东次阁等，次第建醮，几将九天阊阖，变作修真道院。大学士杨廷和代表阁臣，吏部尚书乔宇代表部臣，俱请斥远僧道，停罢斋醮。给事中刘最，又劾崔文引进左道，虚糜国帑诸罪状，乞置重典。世宗非但不从，且谪最为广德州判官，作为惩一儆百的令典。杨廷和、乔宇等，只好睁着双眼，由他醮祀。最被谪出京，崔文犹憾最不已，嗾使私人芮景贤，诬奏一本，内称刘最在途，仍用给事中旧衔，擅乘巨舫，苛待夫役。顿时激动帝怒，立将最逮还京师，拘系狱中，已而革职充戍。<u>世宗之刚愎自用，于此益见。</u>给事中郑一鹏，目击时弊，心存救国，因抗疏力谏道：

臣巡光禄，见正德十六年以来，宫中自常膳外，鲜有所取。迩者祷祀繁兴，制用渐广，乾清、坤宁诸宫，各建斋醮，西天、西番、汉经诸厂，至于五花宫、西暖阁、东次阁，亦各有之。或日夜不绝，或间日一举，或一日再举，经筵俱虚设而无所用矣。伤太平之业，失天下之望，莫此为甚。臣谓挟此术者，必皆魏彬、张锐之余党，囊以欺先帝，使生民涂炭，海内虚耗，先帝已误，陛下岂容再误？陛下急诛之远之可也。伏愿改西天厂为宝训厂，以贮祖宗御制诸书；西番厂为古训厂，以贮五经子史诸书；汉经厂为听纳厂，以贮诸臣奏疏；选内臣谨畏者，司其管钥。陛下经筵之暇，游息其中，则寿何至不若尧舜？治何至不若唐虞乎？臣虽愚钝，千虑不无一得，敢乞陛下立停斋祀，放归方士，如有灾祸，由臣身当之。谨此具奏！

世宗览奏，方批答道："天时饥馑，斋祀暂且停止。"未几又颁内旨，令中官提督苏杭织造。杨廷和以监织已罢，仍命举行，实为弊政，当即封还敕旨，直言谏阻，世宗大为不悦。自世宗入都即位，廷和以世宗英敏，虽值冲年，颇足有为，自信可辅导太平，所以军国重事，不惮谏诤。及大礼议起，先后封还御批凡四次，执奏几三十疏，世宗虽示优容，意中已是衔恨；内侍遂从中挑衅，只说他跋扈专恣，无人臣礼，蟊贼未除，终为国害。说得世宗不能不信。至谏阻织造一事，大忤上意。廷和乃累疏乞休，正在君臣相持的时候，那南京刑部主事桂萼，忽遥上封章，请改称孝宗为皇伯考，兴献帝为皇考，兴国太后为圣母，并录侍郎席书，员外郎方献夫二疏以闻。为此一奏，复惹起一番争执，几乎兴起大狱来了。小子有诗咏道：

甘将唇舌作干戈，可奈无关社稷何。
一字争持成互斗，谁知元气已销磨？

毕竟桂萼所奏，有何理由，且看下回详叙。

明自太祖得国，至于武宗，盖已更十主矣。除景帝祁钰，因变即位外，皆属父子相传，无兄终弟及者。唯武宗崩后，独无子嗣，当时岂无武宗犹子，足承统绪，而必迎立世宗，惹起大礼之议，此实杨廷和等之第一误事也。世宗既已入嗣，于孝宗固有为后之义，然以毛里至亲，改称叔父叔母，于情亦有未安。诚使集议之初，即早定本生名号，加以徽称，使世宗得少申敬礼，则张璁等亦无由乘间进言；乃必强词争执，激成反对，此尤杨廷和等之第二误事也。不宁唯是，廷和等身为大臣，既因议礼龃龉，隐忤帝意，则此后宵小进谗，政令未合，亦无自绳愆纠谬，格正君心。盖君臣之际，已启嫌疑，虽有正论，亦难邀信。如斋醮一事，明为无益有损之举，而世宗惑于近言，以致遂非拒谏，其情弊已可见矣。故世宗之刚愎自用，不无可议，而吾谓激成世宗之刚愎者，杨廷和等实主之焉。

第二十三回

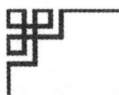

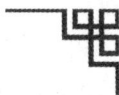

伏朝门触怒世宗
讨田州诱诛岑猛

却说南京主事桂萼，与张璁同官，璁至南京，与萼相见，谈及礼议，很是不平。萼极力赞成璁说，且主张申奏。适闻侍郎席书，及员外郎方献夫，奏称以孝宗为皇伯，兴献帝为皇考，俱由阁臣中沮，不得上达。萼乃代录两疏，并申明己意，运动京官，代为呈入。当由世宗亲阅，其词云：

臣闻古者帝王事父孝故事天明，事母孝故事地察，未闻废父子之伦，而能事天地主百神者也。今礼官以皇上与为人后，而强附末世故事，灭武宗之统，夺兴献之宗，夫孝宗有武宗为子矣，可复为立后乎？武宗以神器授皇上矣，可不继其统乎？今举朝之臣，未闻有所规纳者何也？盖自张璁建议，论者指为干进，故达礼之士，不敢遽言其非。窃念皇上在兴国太后之侧，慨兴献帝弗祀三年矣，而臣子乃肆然自以为是，可乎？臣愿皇上速发明诏，循名考实，称孝宗曰皇伯考，兴献帝曰皇考，而别立庙于大内，兴国太后曰圣母，武宗曰皇兄，则天下之为父子君臣者定。至于朝议之谬，有不足辩者，彼所执不过宋濮王议耳。臣按宋臣范纯仁告英宗曰："陛下昨受仁宗诏，亲许为仁宗子，至于封爵，悉用皇子故事，与入继之主不同。"则宋臣之论，亦自有别。今皇上奉祖训，入继大统，果曾亲承孝宗诏而为之乎？则皇上非为人后，而为入继之主明矣。然则考兴献帝，母兴国太后，可以质鬼神俟百世者也。臣久欲上请，乃者复得见席书、方献夫二臣之疏，以为皇上必为之惕然更改，有无待于臣之言者。乃至今未奉宸断，岂皇上偶未详览耶？抑二臣将上而中止耶？臣故不敢爱死，再申其说，并录二臣原疏以闻。

　　世宗读一句，点一回首，读数句，把首连点数次，直至读毕，方叹赏道："此疏关系甚大，天理纲常，要仗他维持了。"遂下廷臣集议。尚书汪俊，正承乏礼部，会集文武众臣二百余人，并排莩议，世宗不听。给事中张翀等三十二人，御史郑本公等三十一人，又复抗章力论，以为当从众议。世宗斥他朋言乱政，诏令夺俸。修撰唐皋，上言宜考所后以别正统，隆所生以备尊称。后经内旨批驳，说他模棱两可，亦夺俸半年。汪俊等见帝意难回，乃请于兴献帝后，各加"皇"字，以全徽称。世宗尚未惬意，召桂萼、张璁，还京与议，并因席书督赈江淮，亦并召还。杨廷和见朝政日非，决意求去，世宗竟准他归休。言官交章请留，俱不见答。嗣遇兴国太后诞辰，敕命归朝贺，宴赏有加。至慈寿太后千秋节，独先期饬令免贺，修撰舒芬，疏谏夺俸，御史朱淛、马明衡、陈逅、季本，员外郎林惟聪等，先后奏请，皆遭谴责。原来兴国太后入京时，慈寿太后，犹以藩妃礼相待，兴国太后甚为失望。及世宗朝见，太后情亦冷淡，因此世宗母子，力遏众议，必欲推重本生，把兴献帝后的尊称，驾出孝宗帝后的上面，才出胸中宿忿。补叙此段，可见世宗母子，全出私情。都御史吴廷举，恐璁萼等入都，仍执前说，乃请饬诸生及耆德大臣并南京大臣，各陈所见，以备采择。璁、萼复依次上疏，申明统嗣不同的理由。璁且谓今议加称，不在皇与不皇，实在考与不考，世宗很是嘉纳。即召大学士蒋冕、毛纪、费宏等，谕加尊号，并议建室奉先殿侧，祀兴献帝神主。冕启奏道："臣愿陛下为尧舜，不愿陛下为汉哀。"又是隔靴搔痒之谈。世宗变色道："尧舜之道，孝悌而已，这两语非先贤所常称么？"冕等无词可答，只好唯唯而退。世宗遂敕谕礼部，追尊兴献帝为本生皇考恭穆献皇帝，上兴国太后尊号为本生圣母章圣皇太后。又谓"朕本生父母，已有尊称，当就奉先殿侧，别立一室，奉安皇考神主，聊尽孝思"云云。礼部尚书汪俊又上议道：

　　皇上入奉大宗，不得祭小宗。为本生父立庙大内，从古所无。唯汉哀帝尝为共王立庙京师，师丹以为不可。臣意请于安陆庙增饰，为献皇帝百世不迁之庙，俟后袭封兴王子孙，世世奉享。陛下岁时遣官祭祀，亦足以伸至情矣。宁必建室为乎？乞即收回成命，勿越礼训！

世宗一概不纳，只促令鸠工建室，限日告成。俊遂乞休，奉旨切责，准令免官，遗缺命席书继任。书未到京，由侍郎吴一鹏权署部事。既而一鹏受命，与中官赖义等，迎主安陆。一鹏上疏奏阻，并不见纳，只好束装就道，迎主入京。时已建室工竣，即就室安主，名为观德殿。大学士蒋冕，以追尊建室，俱由世宗亲自裁决，未经内阁审定，不由得愤愤道："古人谓有官守，有言责，不得其职，便可去位。我备员内阁，不能匡救国事，溺职已甚，还要在此何用？"因连疏求罢。世宗以詹事石珤，素与廷和未协，拟引他入阁，赞成大礼，乃听冕致仕，即命珤为吏部尚书，兼文渊阁大学士，入预机务。珤入阁后，偏不肯专意阿容，一切政论，多从大体。适户部侍郎胡瓒，上言大礼已定，席书督赈江淮，实关民命，不必征取来京。珤亦以为言，并请停召璁、萼二人。世宗不得已准奏，饬璁、萼仍回原任。时璁、萼已奉召启程，途中闻回任消息，意大沮丧，乃复合疏上呈，极论两考为非是。且云"'本生'二字，对所后而言，若非将二字除去，则虽称皇考，仍与皇叔无异。礼官有意欺君，臣等愿来京面质"等语。世宗得疏后，心又感动，复令二人入都。璁、萼遂兼程至京，既入都门，闻京官与他反对，势甚汹汹，欲仿先朝马顺故事，激烈对待。萼惧不敢出，璁避居数日，方才入朝。退朝后恐仇人狙击，不敢走回原路，悄地里溜出东华门，避入武定侯郭勋家。勋为郭英五世孙。勋与璁晤谈，意见颇合，允为内助。偏偏给事中张㟧等，连章劾璁、萼及席书、方献夫等，乞即正罪。有旨报闻。㟧取群臣弹章，汇送刑部，令预拟璁等罪名。尚书赵鉴，私语㟧道："若得谕旨，便当扑杀若辈。"㟧大喜而退，免不得与同僚谈及。哪知一传十，十传百，竟被深宫闻悉，切责㟧、鉴，并擢璁、萼为翰林学士，方献夫为侍讲学士。璁、萼与献夫，恐众怒难犯，奏请辞职，世宗不许。学士丰熙，修撰舒芬、杨慎、廷和子。张衍庆，编修王思等，均不愿与璁、萼同列，各乞罢归，有诏夺俸。给事中李学曾等，御史吉棠等，上疏申救，俱遭谴谪，甚至下狱。还有南京尚书杨旦、颜颐寿、沈冬魁、李克嗣、崔文奎，及侍郎陈凤梧，都御史邹文盛、伍文盛等，复以为言，又被内旨斥责。员外薛惠，著《为人后解》，力驳璁、萼奏议，也被世宗察知，逮系狱中。当下恼动了尚书乔宇，竟抗疏乞休，略言"内降恩泽，先朝辄施诸佞倖小人，士大夫一经参预，即为清议所不容。况且翰苑清华，学士名贵，乃令萼、璁等居此，小人道长，君子道消，何人愿与同列？臣已老朽，自愧无能，愿赐罢黜，得全骸骨"云云。世宗责他老悖，听他归田。于是萼、璁两人，以臆说得售，益发兴高采烈，条陈十三事，差不多有数千言。小子述不胜述，但将十三条的大纲，列表如下：

（一）三代以前，无立后礼；（二）祖训亦无立后明文；（三）孔子射于瞿圃，斥为人后者；（四）武宗遗诏，不言继嗣；（五）礼无本生父母名称；（六）祖训俾称天子为伯叔父；（七）汉宣帝、光武，俱为其父立皇考庙；（八）朱熹尝论定陶事为坏礼；（九）古者迁国载主；（十）祖训皇后治内，外事无得干预；（十一）皇上失行寿安皇太后三年丧；（十二）新颁诏令，决宜重改；（十三）台官连名上疏，势有所迫，非出本心。

这十三条纲目，奏将上去，世宗非常称赏，立遣司礼监传谕内阁，除去册文中"本生"字样。大学士毛纪，力持不可。世宗御平台，召毛纪等面责道："此礼决当速改，尔辈无君，欲使朕亦无父么？"毛纪等免冠趋退。世宗遂召百官至左顺门，颁示手敕，更定章圣皇太后尊号，除去"本生"字样，正名圣母，限四日恭上册宝。百官不服，会同九卿、詹事、翰林、给事、六部、大理、行人诸司，上章力争。疏凡十三上，俱留中不报。尚书金献民、少卿徐文华倡言道："诸疏留中，必改称孝宗为皇伯考了，此事不可不争。"吏部右侍郎何孟春道："宪宗朝，议慈懿太后徽号，及合葬典礼，亏得先臣伏阙力争，才得邀准，今日又遇此举了。"杨慎道："国家养士百余年，仗节死义，正在今日。"言之太过。编修王元正，给事中张㵉亦齐声道："万世瞻仰，在此一举，今日如不愿力争，应共击勿贷。"当下大集群僚，共得九卿二十三人，翰林二十二人，给事二十人，御史三十人，诸司郎官及吏部十二人，户部三十六人，礼部十二人，兵部二十人，刑部二十七人，工部十五人，大理寺属十二人，都跪伏左顺门，大呼高皇帝孝宗皇帝不置。世宗居文华殿，闻声才悉，即遣司礼监谕令退去，群臣跪伏如故。尚书金献民道："宰辅尤宜力争，如何不至？"即遣礼部侍郎朱希周，传报内阁。大学士毛纪、石㻋，亦赴左顺门跪伏。自辰至午，屡由中官谕退，终不肯去。世宗大怒，命锦衣卫收系首事，得丰熙、张翀、余翱、余宽、黄待显、陶滋、相世芳、毋德纯八人，一律下狱。杨慎、王元正乃撼门大哭，一时群臣齐号，声震阙廷。几同病狂。世宗愈怒，索性一不做，二不休，命尽录诸臣姓名，拘住马理等一百三十四人。唯大学士毛纪、石㻋，尚书金献民，侍郎何孟春等，勒令退归待罪。越数日，谪戍首事八人，四品以上夺俸，五品以下予杖，编修王相等十六人，因杖受伤，先后毕命。死得不值。大学士毛纪，请宥伏阙诸臣罪，被世宗痛责一番，说他要结朋奸，背君报私，纪遂致仕而去。世宗遂更定大礼，称孝宗为皇伯考，昭圣皇太后为皇伯母，献皇帝为皇考，章圣皇太后为圣母。嗣是修献皇帝实录，立献皇帝庙于京师，号为世庙，并命席书至京，编成《大礼集议》，颁示中外。到了嘉靖五年，章圣皇太后谒见太庙及世庙，大学士费宏、石㻋，力谏不从，费宏入阁后，未尝出言规谏。至是才闻力谏，想是饭盆已满了。反被璁、萼等暗中进谗，害得他不能不去。自是辅臣丧气，引为大戒，终世宗朝，内阁大臣，大半委蛇朝右，无复强谏了。明朝气运，亦将衰亡了。再越二年，即嘉靖七年。《大礼集议》成，由世宗亲制序文，改名为《明伦大典》，刊布天下，且追论前议礼诸臣罪状，明降敕文道：

大学士杨廷和，谬主濮议，尚书毛澄，不能执经据礼，蒋冕、毛纪，转相附和，乔宇为六卿之首，乃与九卿等官，交章妄执，汪俊继为礼部，仍从邪议，吏部郎中夏良胜，胁持庶官，何孟春以侍郎掌吏部，煽惑朝臣，伏阙喧呼，朕不为已甚，姑从轻处。杨廷和为罪之魁，以定策国老自居，门生天子视朕，法当戮市，特宽宥削籍为民。毛澄病故，追夺前官。蒋冕、毛纪、乔宇、汪俊，俱已致仕，各夺职闲住。何孟春情犯特重，夏良胜酿祸独深，俱发原籍为民。其余南京翰林科道部属大小臣衙门各官，附名入奏，或被人代署，而己不与闻者，俱从宽不究。其先已正法典，或编戍为民者不问。尔礼部揭示承天门下，俾在外者咸自警省。

议罪以后，应即议功。以张璁为吏部尚书，兼文渊阁大学士。桂萼为礼部尚书，兼武英殿大学士。两人私自称庆，喜出望外，且不必说。

唯当变礼筑庙的时候，田州指挥岑猛作乱，免不得劳动王师，出定乱事。田州为广西土司，诸族聚处，岑氏最大，自称为汉岑彭后裔。明初，元安抚总管岑伯颜以田州归附，太祖嘉他效顺，特设田州府，令伯颜知府事。四传至猛，与思恩知府岑濬构衅。濬亦猛族，互争雄长。濬攻陷田州，猛遁走得免。都御史总督广西军务潘蕃，发兵诛濬，把思恩、田州两府，统改设流官，降猛千户，东徙福建。正德初年，猛赂刘瑾，得复为田州府同知，兼领府事，招抚遗众，觊复祖职。嗣从征江西流贼，所至侵掠，唯以流贼得平，叙功行赏，进授指挥同知。猛尚未满意，遂怀怨望。先是猛尝纳贿有司，自督府以下，俱为延誉。至受职指挥，未得复还原官，他想从前贿赂，多系虚掷，不如仗着兵力，独霸一方，免得趋奉官府，耗费金银。自是督府使至，骄倨相待，使人索贿，分毫不与，甚且侵夺邻境，屡为边患。巡抚都御史盛应期，奏猛逆状。请兵讨猛，尚未得报。应期以他事去官，都御史姚镆继任，甫至广西，即再疏请剿。得旨允准，乃檄都指挥沈希仪、张经、李璋、张佑、程鉴等，率兵八万，分五道进兵。别令参议胡尧元为监军，总督军务。猛闻大军入境，情殊惶急，不敢交战，竟出奔归顺州。归顺州知州岑璋，系猛妇翁，猛不喜璋女，与璋有嫌，**想是同姓为婚之故**。至此急不暇择，乃率众往投。姚镆闻猛奔归顺，悬赏通缉，又恐璋为猛妇翁，不免助猛，因召沈希仪问计。希仪道："猛与璋虽系翁婿，情不相洽，末将自有计除猛，约过数旬，必可报命。"**胸有成竹，不待多言。**姚镆甚喜，即令他自去妥办。希仪至营，与千户赵臣商议。臣与璋本来熟识，闻希仪言，愿往说璋，令诱猛自效。希仪即遣赴归顺，两下相见，寒暄甫毕，璋即设宴款臣，臣佯为不悦。璋再三诘问，臣终不言。璋心益疑，挽臣入内，长跪问故。臣潸然泣下，**这副急泪，从何处得来？**璋亦流泪道："要死就死，何妨实告。"**中计了。**臣又嗫嚅道："我为故人情谊，所以迂道至此，但今日若实告足下，足下得生，我反死了。"璋大惊道："君果救我，我决不令君独死。"言毕，指天为誓。臣乃语璋道："邻境镇安，非与君为世仇么？今督府悬赏缉猛，闻猛匿君处，特令我往檄镇安，出兵袭君。我不言，君死；我一出口，君必为自免计，我死。奈何奈何？"璋顿首谢道："请君放心。猛娶吾女，视同仇雠，我正欲杀他，恐他兵众，所以迟迟。若得天兵相助，即日可诛猛了。猛子邦彦，现守隘口，我先遣千人为内应，君可驰报大营，发兵往攻，内外夹击，邦彦授首，杀猛自容易呢。"臣大喜而返，报知希仪，即夕往攻邦彦。果然内应外合，把邦彦的头颅，唾手取来。猛闻邦彦被杀，惊惶得了不得。璋反好言劝慰，处猛别馆，日没供张，环

沈希仪斩敌

侍美女，令他解闷图欢。猛忧喜交集，日与美女为乐，比故妇何如？问及大兵，诡称已退。至胡尧元等到了归顺，檄索猛首，璋乃持檄示猛道："天兵已到，我不能庇护，请自为计。"一面递与鸩酒，猛接酒大骂道："堕你狡计，还有何说？"遂将鸩酒一口饮下，霎时毒发，七窍流血而死。璋斩下猛首，并解猛佩印，遣使驰报军前，诸将乃奏凯班师。猛有三子，邦彦败死，邦佐、邦相出亡，所有猛党陆绥、冯爵等俱被擒，唯卢苏、王受遁去。隔了一年，卢苏、王受，又纠众为乱，陷入田州城，正是：

芟夷未尽枝犹在，烽燧才消乱又生。

毕竟乱事能否再平，且至下回续表。

大礼议起，诸臣意气用事，以致世宗忿激，称宗祔庙，世宗固不为无失，而群臣跪伏喧呼，撼门恸哭，亦非善谏之道。事君数，斯辱矣，岂学古入官之士，尚未闻圣训耶？杨慎谓仗节死义，张翀谓万世瞻仰，几若兴邦定国，全赖此谏，试问于伏阙纷争之后，有何裨益？即令世宗果听其言，亦未必果能兴邦、果能定国也。明代士大夫，积习相沿，几成锢疾，卒之廷议愈滋，君心愈愎，有相与沦胥而已。田州一役，小丑跳梁，剿平固易。唯岑猛之被赚于妇翁，与世宗之被惑于本生父母，两两相对，适成巧偶，是亦文中之映合成趣者也。故善属文者，无兴味索然之笔。

第二十四回

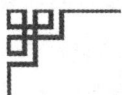

胡世宁创议弃边陲
邵元节祈嗣邀殊宠

却说卢苏、王受，系岑猛余党，既陷田州，并寇思恩。右江一带，人情汹汹，或说岑猛未死，或说猛党勾结安南，已陷思恩州，正是市中有虎，杯影成蛇。姚镆力不能制。飞檄调兵，藩臬诸司，与镆有隙，又倡言"猛实未诛，镆为所绐"等语。御史石金闻悉，遂劾镆攘剿无策，轻信罔上，惹得世宗动怒，饬革镆职，授王守仁为兵部尚书，总督两广军务，往讨田州，一面即用御史石金为巡按，同赴广西。守仁到任，闻苏、受二寇，势焰颇盛，遂与石金商议，改剿为抚。乃使人招谕田州，令来谢罪。苏、受疑惧，不敢径至。守仁复遣使与誓，决不相欺。苏、受乃盛兵自卫，来辕赴约。经守仁开诚告诫，二人踊跃罗拜，自缚待罪。守仁数责罪状，各杖数十，才谕归俟命。已而驰入苏、受营中，抚定叛众，乃缮疏遥陈，略言"田州外捍交趾，纵使得克，别置流官，亦恐兵弱财匮，易生他变，且岑氏世效边功，欲治田州，仍非岑氏子孙不可。现请降府为州，以猛子邦相为吏目，署行州事，设巡检司十九处，令苏、受等为巡检。唯思恩府未曾被陷，仍设流官，命他统辖田州。邦相以下，悉遵约束"云云。朝旨报可。守仁遂依疏处置，田州以安。

嗣守仁自田州还省，父老遮道攀辕，禀称断藤峡瑶，又复猖獗，盘踞三百余里，大为民害。守仁乃留住南宁，佯为罢遣诸军，示不再用，暗中却檄令卢苏、王受，嘱他攻断藤峡，立功自赎。苏、受奉守仁令，潜军突出，连破断藤峡诸寨，诛匪首，散胁从，藤峡复宁。守仁上苏、受功，赏赉有加。唯尚书桂萼，令乘机取交趾，守仁不应，桂萼遂劾守仁征抚交失，停止奖谕。未几守仁得疾，表乞骸骨，且举郧阳巡抚林富自代，朝命尚未复颁，守仁因病日加重，不及待命，离任竟归，行至南安，一瞑长逝。桂萼复说他擅离职守，请世宗毋予恤典，且停世袭。**失志则夤缘当道，得志则媢嫉同僚，这是小人通病。**独江西军民，素怀守仁德惠，灵輀所经，无不缟素哭临，香花载道，哀奠盈郊。直道尚在人心，忠魂亦堪自慰。至穆宗隆庆初年，始追谥文成。守仁系浙江余姚人，曾读书阳明洞中，当时号为阳明先生。平生学问，出入道佛，总旨以儒教为归。尝谓知是行的主要，行是知的工夫，知是行始，行是知终，人须知行合一，方为真道学。这数语，是阳明先生的学说，门徒多遵守不衰。就是海外日本国，也靠着阳明遗绪，实力奉行，才有今日。**极力赞扬，不没大儒。**这且不暇细表。

且说世宗践阼，曾逮兵部尚书王琼下狱，谪戍榆林，复起彭泽为兵部尚书，陈九畴为佥都御史，巡抚甘肃，这次黜陟，实因西番一役，王琼陷害彭、陈，经给事中张九叙追劾琼罪，才有此番变换。九畴到了甘州，适值土鲁番酋纠众入寇，由九畴督兵力御，战败满速儿，追至肃州，又与肃州总兵官姜盔，夹击一阵，杀死敌将火者他只丁，寇众仓皇遁去。边民哗传满速儿已死，九畴亦依据谣传，拜表奏捷。**未免卤莽。**明廷正遣尚书金献民，都督杭雄，统兵西讨，闻九畴得胜，寇已败退，乃自兰州折还。谁知满速儿依然无恙，西归后，休养了两三年，又遣部将牙木兰，出据哈密，并侵及沙州、肃州。世宗闻警，又起用前都御史杨一清，总制三边。一清至是三为总制，温诏褒美，比他为郭子仪。土鲁番闻一清威名，颇也知惧，稍稍敛迹。一清请权事招抚，先令他缴还哈密城印。既而一清奉召入阁，以尚书王宪代任，宪仍用一清计，遣使往谕土鲁番，命悔过伏罪，归还哈密。满速儿置诸不理。

会大礼议起，大学士杨廷和去位，廷和与彭泽、陈九畴等，本来莫逆，就是大礼申议，泽亦附同廷和，联名抗奏。廷和既去，泽亦乞休。张璁、桂萼，方仇廷和，恨不得将廷和党与，一网打尽，至土鲁番再据哈密，遂上书论西番事，谓："哈密不靖，自彭泽赂番求和始。彭泽复用，自杨廷和引党集权始。今日人才，实唯王琼可用。除王琼外，无人可安西鄙了。"世宗正信任璁、萼，唯言是从，遂复召王琼为兵部尚书，代王宪总制三边。琼既被召，即奏言满速儿未尝战死，陈九畴诳报蒙君，金献民党同欺上，俱应复按问罪。还有百户王邦奇，亦上疏弹劾陈九畴、金献民，以及杨廷和、彭泽等，说得痛激异常。再经张璁、桂萼两人，火上添油，自然激动世宗，立降手诏数百言，遣官逮九畴、献民下狱。璁、萼拟九畴坐斩，献民夺籍，杨廷和、彭泽，俱应加罪。谳案将成，独刑部尚书胡世宁，不肯照署，上言"九畴误信谣传，妄报贼死，罪固难免，但常奋身破贼，保全甘、肃二州，功足抵罪，应从轻议"云云。世宗乃命将九畴减死，谪戍极边，削夺献民、彭泽原官。只廷和未曾提及，总算涵容过去。所谓不为已甚，想即在此。

先是九畴在甘肃，力言土鲁番不可抚，宜闭关绝贡，专固边防。世宗尝以为然，因令将贡使拘系，先后凡数十人。及九畴得罪，琼督三边，竟遣还旧俘，且许通贡。满速儿气焰愈骄，遣部将牙木兰入据沙州，并限令转拔肃州。牙木兰转战愆期，致遭满速儿严责，并欲定罪加刑。牙木兰大惧，率阖帐兵二千，老稚万人，奔至肃州，叩关乞降。满速儿以讨牙木兰为辞，纠合瓦剌部众，入犯肃州。副使赵载，游击彭濬，发兵截击，复得牙木兰为助，审知敌人虚实，一场鏖斗，杀得他旗靡辙乱，马仰人翻。满速儿知机先走，还幸保存性命，越年复遣使贡狮，且赍呈译书，愿以哈密城易牙木兰。琼据实奏报，并欲从他所请。世宗饬群臣会议，或言哈密难守，不必索还，或言哈密既还，理宜设守。詹事霍韬，主张保守哈密，尚书胡世宁，主张弃置哈密，两人所议，各有理由，小子依次录述。霍韬议案有云：

置哈密者，离西北之郊以屏藩内郡，或难其守，遂欲弃之，将甘肃难守，亦弃不守乎？太宗之立哈密，因元遗孽，力能自立，借虚名以享实利，今嗣王绝矣，天之所废，谁能兴之？唯于诸戎中求雄力能守城印，戢部落者，因而立之，毋规规忠顺后可也。议亦有见。

胡世宁的议案，独云：

先朝不惜弃大宁、交趾，何有于哈密？哈密非大宁交趾比也。忠顺后裔，自罕顺以来，狎比土鲁番，且要索我矣。国初封元孽和宁、顺宁、安定俱为王，安定又在哈密之内，近我甘肃，今存亡不可知，一切不问，而议者独言哈密，何也？臣愚谓宜专守河西，谢哈密，无烦中国使，则兵可省而饷不虚糜矣。牙木兰本一番将，非我叛臣，业已归正，不当遣还，唐悉恒谋之事可鉴也。牙木兰固不应遣还，哈密亦岂可遽弃？

世宗瞧着两议，却以世宁所说，较为得当，一面命王琼熟计详审，再行复奏。琼再疏仍申前议，又经张璁等议定，留牙木兰不遣，移置诸戎于肃州境内。自是哈密城印，及哈密主拜牙郎，悉置不问，哈密遂长沦异域，旋为失拜烟答子米儿马黑木所据，并服属土鲁番，唯按年入贡明廷。土鲁番失一牙木兰，遂乏健将，满速儿虽然桀骜，却也不能大举，有时或通贡使，有时贡使不至，明廷也无暇理睬，但教河西无事，便已庆幸得很了。舌战甚勇，兵战甚弱，历朝衰季，统蹈此弊。

且说张璁、桂萼用事后，原有阁臣，先后致仕。御史吉棠，请征还三边总制杨一清，借消朋党。世宗乃召一清入阁，张璁亦欲引用老臣，以杜众口，遂力举故大学士谢迁。迁不肯就征，经世宗遣官至家，持敕令起，抚按又敦促上道，不得已入京拜命。迁年已七十有九，居位数月，即欲乞归。世宗加礼相待，每遇天寒，饬免朝参。除夕赐诗褒美，勉勉强强的过了一年，再三告病，方准归休。归后三年乃殁，予谥文正。唯一清在阁稍久，即与璁、萼有隙，给事中孙应奎，疏论一清及璁、萼优劣，乞鉴三臣贤否，核定去留。王准、陆粲，与应奎同官，独劾奏璁、萼引用私人，日图报复，威权既盛，党羽复多，若非亟行摈斥，恐将来为患社稷，贻误不浅了。世宗乃免璁、萼官。詹事霍韬，尝与璁、萼约同议礼，及见两人去职，攘臂说道："张、桂既行，势且及我，我难道坐视不言么？"遂为璁、萼讼冤，且痛诋一清，说他嗾使王准、陆粲，诬劾璁、萼。并云："臣与璁、萼，俱因议礼见用，璁、萼已去，臣不能独留。"为这一疏，世宗又念及张璁前功，立命召还，贬王准为典史，陆粲为驿丞。说起"议礼"两字，世宗便不能不袒护，可知霍韬之言，无非要挟，居心实不可问矣。韬再劾一清，世宗令法司会集廷臣，核议一清功罪，张璁却佯乞宽假。看官！你想此时的杨一清，还有什么颜面？一疏乞休，再疏待罪。世宗准予致仕，一清即日出都。可巧故太监张永病死，永弟容代为介绍，求一清作墓志铭。一清与永为旧交，情不能却，至撰成后，免不得受些馈礼。偏被张璁闻知，暗嘱言官劾奏，竟坐一清受赃夺职。一清还家，得知此信，不禁忿恨道："我已衰年，乃为孺子所卖，真正令人气死。"果然不到数月，背上生一大疽，流血而亡。又阅数年，始复故官，寻又追谥文襄，但身已早殁，何从再知，也不过留一话儿罢了。一清也自取其咎。

瑨既复用，萼亦召还，两人仍然入阁，参预机务。适世宗有意变法，拟分祭天地日月，建立四郊，商诸张瑨，瑨不敢决。给事中夏言援引周礼，奏请分祭，大合世宗意旨，瑨亦顺水推舟，力赞言议。有几个主张合祭的，尽被驳斥。霍韬反抗最烈，竟致逮系。韬本与瑨、萼毗连，此时何不党附？遂命建圜丘、方丘于南北郊，以二至日分祭，建朝、日、夕、月坛于东西郊，以春分、秋分日分祭。郊祀已定，复更定孔庙祀典，定孔子谥号为至圣先师，不复称王，祀宇称庙不称殿，用木主不用塑像。以叔梁纥为孔子父，颜路、曾晳、孔鲤，为颜、曾、子思父，别就大成殿后，增筑一堂，祀叔梁纥，配以颜路、曾晳、孔鲤。是从献皇帝庙附会出来。所有祀仪，比郊天减轻一级，以汉后苍，隋王通，宋欧阳修、胡瑗、蔡元定从祀。御制正孔子祀典说，宣付史馆，又行禘祭，定配享，作九庙，改太宗庙号为成祖，尊献皇帝庙号为睿宗，升安陆州为承天府，种种制度，无非粉饰铺张，与国家治乱，毫无干涉呢。

桂萼再入阁后，在位年余，没甚议论，嗣因病乞归，未几即死。唯张瑨规定各制，极蒙宠眷。瑨因犯帝嫌名，奏请改易，世宗手书"孚敬"二字，作为瑨名。世宗名厚熜，与张瑨之瑨，偏旁不同，瑨乃自请改名，无非贡谀而已。廷臣因他得宠，相率附和，不敢生异。只夏言方结主知，与孚敬分张一帜，一切制作，多由夏言解决，世宗很是信从，孚敬反为减色，因此屡欲倾言，暗加谗间。谁料世宗反祖护夏言，斥责孚敬，孚敬无法，致仕而去。世宗命侍郎翟銮，尚书李时，先后入阁，升任夏言为礼部尚书。翟、李两人，遇着大政，必与言商。言虽未预闻阁务，权力且出阁臣上，李时、翟銮，不过备位充数罢了。

世宗因在位十年，尚无皇嗣，复拟设醮宫中，令夏言充醮坛监礼使，侍郎湛若水、顾鼎臣充迎嗣导引官，文武大臣，逐日排班进香。世宗亦亲诣坛前，虔诚行礼。主坛的大法师，便是前文所叙的邵元节。元节系贵溪人氏，幼得异人范文泰传授龙图龟范的真诠，自言能呼风唤雨，驱鬼通仙。世宗闻他大名，征召入京，叩问仙术，元节只答一个"静"字诀，静字以外，便是"无为"二字。世宗甚为称赏，敕封真人。未几命他祷雪，果然彤云密布，瑞雪纷飞。想是凑巧。看官！你想世宗到了此时，尚有不竭诚敬信么？当下加号致一真人，饬领金箓醮事，给玉金银象印各一枚，秩视二品，并封元节师元泰为真人，敕在都城建真人府，糜费巨万，两年始成，由夏言作记勒碑，赠田三十顷，供府中食用，遣缇骑四十人，充府中扫除的役使，真个是敬礼交加，尊荣备至。到了祈嗣设醮，当然由邵真人登坛，主持坛事，朝诵经，夕持咒，差不多有一两年。偏偏后宫数十，无一宜男。监察御史喻希礼，乞赦免议礼得罪诸臣，世宗大怒道："希礼谓朕罪诸臣，致迟子嗣么？"立命将希礼谪戍。编修杨名，劾奏邵元节言近无稽，设醮内府，尤失政体，又遭世宗怒斥，下狱戍边。元节以祈嗣无效，暂乞还山。且上言皇上心诚，不出一二年，定得圣嗣。世宗大喜，使中官至贵溪山中，督造仙源宫，俾资休养。宫既成，元节入朝辞行，世宗设筵饯别，凄然问道："真人此去，何时再得相见？"元节用指轮算，欣然答道："陛下多福多寿，兼且多男，草莽下臣，来谒圣躬？当不止一二次呢。"后来看似有验，吾总谓其偶中耳。世宗道："吾年已三十，尚无子嗣，他日如邀神佑，诞育一二，便已知足，何敢多求呢？"元节道："陛下宽心，试看麟趾螽斯，定多毓庆，那时方知所言不谬了。"言毕，举拂即行，飘然而去。

说也奇怪，元节出京数十日，后宫的阎贵妃，居然有娠。倏忽间又是数月，世宗因贵妃得产，还需祈祷，乃遣锦衣千户孙经，赍敕往召。元节奉命登程，舟至潞河，又有中使来迎，相偕入京。世宗在便殿召见，慰劳有加，即赐彩蟒衣一袭，并阐教辅国王印。次日再命设坛，世宗格外虔诚，沐浴斋戒，才诣坛前祷祀，但见香烟凝结，佳霭氤氲，大家说是庆云环绕，非常瑞征。世宗亦信为天赐。过了三日，阎妃分娩，果得石麟，群臣排班入贺。世宗道："这都是致一真人的大功呢。"慢着。遂加授元节为礼部尚书，给一品服俸，赐白金文绮宝冠，法服貂裘，并给元节徒邵启为等禄秩有差。元节果有道术，岂肯拜受虚荣？文成五利之徒，何足道乎？大修金箓醮于立极殿，凡七日夜，作为酬神的典礼。小子有诗叹道：

> 得嗣宁从祈祷来，胡为迷信竟难回？
> 卢生以后文成继，秦汉遗闻剧可哀。

皇嗣已生，后事果属如何，且看下回申叙。

弃大宁，弃交趾，并弃哈密，此皆明代衰微之兆。昔也辟国百里，今也蹙国百里，可为世宗咏矣。况封疆之寇未除，中央之争已起，陈九畴有御番才，乃为张璁所倾陷，代以王琼，满速儿请以哈密易牙木兰，竟欲勉从所请，胡世宁主张不遣，是矣，然必谓哈密可弃，得毋太怯。我退一步，寇进一步，玉关以外，从此皆戎，较诸明初之威震四夷，能毋生今昔之感耶？世宗不察，反日改祀典，藻饰承平，至于设坛修醮，礼延方士，祷雪而雪果降，祈嗣而嗣又生，世宗之迷信，由是深矣，然亦安知非一时之侥幸耶？国家将亡，必有妖孽，吾谓邵元节辈，亦妖孽类也。

第二十五回

绕法坛迓来仙鹤
毁行宫力救真龙

　　却说世宗既得皇嗣，取名载基，益信方士有灵，非常宠信。自是道教盛行，佛教衰灭，菩萨低眉，不能不让太上老君，独出风头。*涉笔成趣*。巧值大兴隆寺被灾，御史诸演，揣摩上意，奏请顺天心，绝异端。夏言又请除禁中佛殿，原来明宫里面，有大服千善殿神佛，藏有金银佛像，及各种器具，相传系元代敕建，至明未毁。世宗得夏言奏章，即命偕武定侯郭勋、大学士李时，先去察视。言等奉命入殿，殿中所列，无非是铜铸的如来，金装的观音，以及罗汉、韦驮、弥勒佛等类，恰也习见不鲜，没甚奇异。及步入最后一殿，但见壁上的厪灰，半成污垩，檐前的蛛网，所在纵横，殿门关得甚紧，兽环上面，衔着大锁，锁上所积尘垢，差不多有数寸厚。当问殿中住持，索取锁钥，住持谓中有怪异，不宜轻启。夏言怒叱道："我等奉旨而来，怕什么妖怪不妖怪？"住持不得已，呈上钥匙，哪知钥已生锈，插入锁心，仍然推启不动。夏言更命侍役击断大锁，启门入内。门内黝黑深邃，差不多似酆都城，各人鱼贯进殿。凝神细瞧，并不见有丈六金身，庄严佛像，只有无数的奇形鬼怪，与那漆鬟粉脸的女像，抱腰亲吻，含笑斗眉；最看不过去的，是有数男像及数女像，统是裸着身体，赤条条一丝不挂，彼此伏着地上，作那交媾情状。秘戏图无此媟亵，欢喜神竟尔穷形。夏言不禁愤愤道："佛门清净，乃有这等秽事么？"言毕，即与郭、李两人，一并出来，入廷复旨，直陈不讳，且请把所有的异像，瘗诸中野，不得渎留。世宗道："既有这般邪移，应一律销毁，免得愚民无知，发掘供奉。"世宗识见，颇过夏言。随即发遣工役，尽行拆毁，把各种支离偶像。一一销熔，共得一万三千余斤。还有金函玉匣，内贮佛首佛牙等，统共毁去。殿宇遗址，改筑慈庆、慈宁宫，奉两宫太后居住，这也不消细说。

唯皇子载基，才生两月，忽然间生了绝症，竟至夭逝，想是诸佛作祟。世宗不胜哀悼。幸王贵妃又复怀孕。足月临盆，生下一男，取名载壑。接连是杜康妃、卢靖妃各生一男，杜妃子名载垕，便是后来的穆宗，卢妃子名载圳，后封景王，就国安陆，继迹兴藩。世宗连得二子，方减悲怀，只把那亡儿载基，赐谥哀冲，称为哀冲太子罢了。死了一子，生了三子。毕竟祈祷有灵。后来世宗又得四子，一名载玠，一名载暗，一名载祠，一名载珮，俱系妃嫔所出，并皆夭亡。看官听着世宗八子，统出妃嫔，想正宫皇后，当然是无子呢。小子查阅明史，世宗共有三后：第一后是陈氏，前文亦曾叙过，陈后性颇褊狭，一日与世宗同坐，张、方二妃进茗，世宗见二妃手似柔荑，握视不释，后投盂遽起，触怒天颜，大声呵斥。后适怀妊，坐是堕胎，惊悸成疾，一病即崩。第二后就是张妃，妃既继位中宫，从夏言议，亲蚕北郊，嗣又率六宫嫔御，听讲章圣女训，倒也有些淑德，不知何事忤了世宗，竟于嘉靖十三年废居别宫。十五年谢世，明史上未曾叙及被废情由，小子也不敢杜撰。第三后乃是方氏，世宗久无子嗣，用张孚敬言，广选淑女，为毓嗣计，即选方氏、郑氏、王氏、阎氏、韦氏、沈氏、卢氏、沈氏、杜氏九人，同册为九嫔。强依古礼。张后被废，方氏以九嫔首选，继立为后。旧制立后，第谒内庙，世宗独援庙见礼，率方氏谒太庙及世庙，仍本张孚敬议。颁诏天下，饬命妇入朝中宫。统计世宗册立三后，要算立方后时，礼节最繁，但玄鸟降祥，偏锡下陈，这也是命中注定，不能勉强呢。这一段叙明各后，万不能省。世宗以正宫无出，理应立长，遂于嘉靖十八年，立子载壑为太子，封载垕为裕王，载圳为景王。载壑事见后文，姑且慢表。

单说世宗既信任邵元节，屡命设醮，其时四方道流，趋集都下，江西龙虎山中的张天师，名叫彦頨，亦入都谒见。世宗与他谈论道法，他以"清心寡欲"四字为对，元节所对只三字，彦頨所对有四字，宗旨相去不远，应足齐名。颇合上意，遂加封为正一嗣教真人，赐金冠、玉带、蟒衣、银币，留居京邸，令与元节分坛主事。元节多一敌手。坛场铺设，尤为繁备，上下共计五层：下一层，按照五方位置，分建红黄蓝皂白五色旗；第二层，统是苍松翠柏扎就的亭台曲槛；第三层，有八十一名小太监，各穿法服，手执百脚长幡，按方排立；第四层，陈列钟鼓鼎彝等物；第五层上面，方是正坛，金童玉女，列队成行，四面环着香花，中央爇着巨烛，上供三清等像，青狮白象，跃跃欲生，香烟袅绕九霄中，清磬悠扬三界上。这位正一真人张天师彦𩔗，*备叙名号，扬中寓抑。*戴金冠，系玉带，服蟒衣，手秉象简，通诚祷告。世宗就坛行拜叩礼，只听张天师口中，念念有词，呼了几十回天尊，诵了两三次祝文，忽觉炉内香烟，冉冉上升，氤氲不散，凝成祥云；巧值红日当空，与那缥缈的云烟，映照成采，红黄蓝白，回环交结，坛下文武各官，都说是卿云纠缦，捧日光华。世宗瞧着，亦很觉奇异，正在惊喜交集的时候，又听得空中嘹亮，声婉且清，举头上眺，恰有一双白鹤，从采云深处，回翔而下，绕坛翻跹，三匝后，依旧冲天飞去。*真耶幻耶？*此时的世宗愈信仙人指化，望空拜谢。待至还朝，百官齐声称贺，三呼万岁。世宗益喜，赏赐张天师彦𩔗，金帛无算。彦𩔗遂请还山，世宗挽留不住，乃遣中使送归。天师归后，不意住宅被火，由中使复奏，忙发内帑万金，重与建筑。*想无仙源宫，故意纵火索偿。*给事中黄臣谏阻道："从前栾巴、郭宪，喷酒止火，彦𩔗果有道力，何致回禄临门？请陛下不必代治！"世宗不听。天师遂坐享华厦，禄养逍遥。未几天师病死，世宗命如列侯例，厚给恤典，且为之叹息数日。

已而世宗南幸承天，*即安陆州。*谒见显陵，*即献皇帝墓。*邵元节在京中，患病不从。病且死，语门徒邵启为道："我将逝世不能再赴行在，一见皇上，但烦你转达行辕，我死后，陶典真可继我任。"言讫即逝。邵启为谨遵师命，驰讣行在，世宗方驻跸裕州，闻报大恸。*哭他什么？世宗若果聪明，应知仙人也要病死，更宜破涕为笑。*亲书手谕，颁发礼部，所有营葬恤典，如伯爵例，并命中官护丧归籍。一面召陶典真至行在，加给禄俸，令他扈跸南行。

典真南冈人，一名仲文，少时为黄冈县掾吏，性喜神仙方术，尝在罗田万玉山中，练习符箓，颇得微验。邵元节微时，曾与往来。元节得宠，念着友谊，代为疏通，得除授辽东库大使，秩满至京，往谒元节，免不得恭维数语。元节叹道："你初次到京，哪知我的苦处？我年已老迈，精力欠佳，屡次上表乞归，偏是皇上不准，留我在京，演授法事，我实是力不能了。*神仙也怕吃力么？*现在宫中兴妖作怪，惊惶得了不得，委我祷禳，我尤日夕无暇，你来此正好，替我出力，我也可以息肩了。"仲文道："果承荐举，尚有何说。"当下寄寓真人府内，由元节入宫面禀，愿荐仲文自代，世宗自然准奏。仲文仗着道法，即日至宫中驱禳，焚符讽咒，祷告了三日三夜，果然妖氛不起，怪异潜踪。究竟这宫中有妖无妖，有怪无怪，据《明宫轶闻》，谓有黑气为祟，漫如浓烟，又每夜闻木鱼声，一宫娥颇有胆力，闻声夜起，到处细听，但闻怪声出自阶下，便用小石为记，待至黎明，面奏世宗，当命人移阶掘土，挖至数尺，果有木鱼一具，质已朽腐，投诸烈火，有绿烟一缕上冲，气甚臭恶，袅袅不绝。嗣经仲文入禳，黑眚消灭，禁掖平安。世宗虽颇信重仲文，但总道是元节传授，所以有此法力，灵效非常。及元节临终，复荐仲文，当即记着前事，立命召至，令他从行。

到了卫辉，时当白昼，天日清和，春光明媚，事见嘉靖十八年二月中。世宗心舒意惬，对景流连。猛然间有一阵旋风，从西北来，吹得驾前的节旄，都在竿头盘绕，沙飞石走，马鸣声嘶，护驾的官吏，都吓得面如土色。世宗忙召见仲文，问这旋风，主何朕兆？仲文跪奏道："臣已推算过了，今夜防有火灾。"不知从何术推测，想是俗语所谓瞎门遁呢。世宗惊道："既有火灾，应该醮禳。"仲文道："劫数难逃，禳亦无益。况行道仓猝，一时亦不及设坛呢。"世宗道："这却如何是好？"仲文道："圣驾应有救星。料亦无妨。唯请陛下饬令扈从，小心保护为要。"世宗点首。是夕黄昏，便令扈从等人，熄灯早睡，又饬值夜役，分头巡逻，不得怠慢。戒令已毕，世宗才入御寝，亦吹熄灯烛，早早就寝安眠。谁知睡到夜半，行宫后面，忽然火起，熊熊焰焰，顷刻烛霄，宫中扈从各人，骤遇火灾，统是仓皇失措，夺门乱窜。又奈这火从外面烧入，竟将各门挡住，仿佛是祝融、回禄，代守宫门。宫内窜出各吏役，逃命要紧，管不及有火没火，统从火堆中越过，不是焦头烂额，也被燎发燃眉，有几个应罹火劫的，受着几阵浓烟，已皆晕倒，烧得乌焦巴弓。世宗本有戒心，闻外面是哔剥声，慌忙起床，启户一瞧，已是红光满目，照胆惊心，当有内监等前来扈驾簇拥而出，不防外面已成火圈，无路可走，只好重行退还。世宗因仲文言，自知无碍，便语内侍道："休要惊慌！朕躬自有救星。"道言未绝，门外已有人抢入，不及行君臣礼，忙将世宗背在身上，从烟焰稍淡处，冲将出去，走至宫外，俱幸无伤，才将世宗息下。世宗瞧着，乃是锦衣卫指挥使陆炳。炳顿首问安，世宗亦慰谕道："非卿救朕，朕几葬身火窟了。但陶卿曾谓朕有救星，不料救星就是卿呢。"正说着，陶仲文亦踉跄奔至，须眉多被焚去。世宗与语道："卿何故也遭此灾？"仲文道："陛下命数，应罹小灾，臣适默祷，以身相代，所以把些须惊恐，移至臣身。陛下得安，臣何惜这须眉呢。"**吾谁欺，欺天乎？**世宗大喜。及火势已熄，回视行宫，已成焦土，检查吏役，伤亡了好几百人，世宗命循例抚恤。授仲文为神霄保国宣教高士，给予诰敕印绶，特准携带家属，随官就任。**仙眷安可拆开？**及至承天，谒显陵毕，命作新宫，以章圣太后合葬。是时章圣太后已崩，世宗有意南祔，所以南巡承天，阅视幽宫。至此南祔议决，才还京师。是年九月，奉葬章圣太后于显陵。世宗又送葬南下，不消细说，唯世宗南巡时，曾命太子监国，**四岁小儿，何知监国？**至还都后，陶仲文又进清净养心的道诀，**身为人君，一日二日万几，如何清净？**世宗甚是信从。一日临朝，谕廷臣道："朕欲命太子监国一二年，俾朕在宫摄养，康强身体，再行亲政。"廷臣都错愕相顾，不知所对。太仆卿杨最，心中很是反对，因见廷臣无言，也只得暂时含忍，待退朝后，恰抗疏上奏道：

臣入朝时，闻圣谕由东宫监国，暂得静修，此不过信方士之言，为调摄计耳。夫尧舜性之，汤武身之，非不知修养可以成仙，以不易得也。不易得所以不学，岂尧舜之世无仙人？尧舜之智不知学哉？孔子谓老子犹龙，龙即仙也，孔子非不知老子之为仙，不可学也，不可学岂易得哉？臣闻皇上之谕，始则惊而骇，继则感而悲，犬马之诚，唯望陛下端拱穆清，恭默思道，不迩声色，保复元阳，不期仙而自仙，不期寿而自寿。若夫黄白之术，金丹之药，皆足以伤元气，不可信也，幸陛下慎之！

为这一疏，大忤帝意，竟下诏逮最下狱，饬镇抚司拷讯。最不胜拷掠，瘐毙狱中。**冤哉！枉也。**随进陶仲文为忠孝秉一真人，领道教事；寻加少保礼部尚书，晋授少傅，食一品俸。**半官半道，煞是可笑。**还有方士段朝用，交结武定侯郭勋，谓能化器物为金银，当将所化银杯，托勋进奉。世宗称为天授，立封朝用为紫府宣忠高士，即将所献银杯，荐享太庙，加郭勋禄米百石，嗣复加封翊国公。嗣是东宫监国，说虽不行，唯世宗常不视朝，日事斋醮，工作烦兴。给事中顾存仁、高金、王纳言，皆以直谏得罪。监察御史杨爵，忍耐不住，竟上疏直陈五大弊：（一）由郭勋奸蠹，任用肆

明世宗出警入跸图

毒；（二）由工作不休，朘民膏血；（三）由朝御希简，经筵旷废；（四）由崇信方术，滥加保傅；（五）由阻抑言路，忠荩杜口。看官！你想这五大弊，都是世宗视为美政，瞧着此奏，能不震怒异常么？当下逮狱拷掠，血肉狼藉，死了一夜，方得苏醒。主事周天佐，御史浦铉，上疏论救。皆下狱受刑，先后瘐死。因此群臣相戒，无敢再言。时大学士张孚敬，屡进屡出，于嘉靖十八年卒于家，世宗尚追悼不已，赠职太师。李时亦已病终，礼部尚书监醮使夏言，升任武英殿大学士；导引官顾鼎臣，升任文渊阁大学士。两人最得帝宠，所有建醮时的荐告文，尝由两人主稿，创用青藤纸书朱字，称为青词。青词以外，又有歌功颂德的诗章，亦多属两人手笔。顾鼎臣进步虚词七章，夏言进修醮诗，有"宫烛荧煌太乙坛"等句，均为世宗所称赏。内外官吏，彼此相效，盛称祥瑞，侈颂承平，风气一开，谀词竞进，遂引出一个大奸贼来。*应首回奸贼专权。前此如江彬诸人，未尝不奸，但未及若人耳。*正是：

> 方外诸人刚获宠，朝中巨猾又专权。

欲知奸贼为谁，待下回详述情由。

邵元节以外，有张彦頨，张彦頨以外，又有陶仲文，何仙人之多耶？或谓卿云绕日，白鹤绕坛，史策流传，非尽虚语。至若旋风示兆，果遇火灾，陶真人独能先觉，陆指挥即是救星，就令君非世宗，亦安得不为之敬信者？不知人君抚有天下，应以福国利民为本务，国而治，不言瑞而瑞自至；民而安，不求福而福自来。否则瑞反为妖，福转伏祸，宁有济耶？况乎法坛之鹤，宁知非彦頨之预储，故示灵应；行宫之毁，安知非仲文之纵火，借践妖言。古今来之欺世惑民者，往往如此，非必其果有异术也。本回陆续叙写凡方士之售欺，与世宗之受欺，尽在言中，明眼人自能知之，宁待明示乎？

第二十六回

遭宫变妃嫔罹重辟
跪榻前父子乞私情

却说嘉靖中年，有一位大奸臣，乘时得志，盘踞要津，秉政二十余年，害得明朝元气，剥削殆尽，几乎亡国败家。这奸臣姓甚名谁？就是分宜人严嵩。大忠大奸，俱用特笔。弘治年间，嵩举进士，有术士替他相面，说他后当大贵，但有饿纹入口，恐至枵腹亡身。嵩笑道："既云大贵，又云饿毙，显见得自相矛盾，不足深信呢。"严嵩以进士成名，独不闻周亚夫故事耶？嗣是浮沉宦乡，没甚出色。他遂变计逢迎，多方运动，竟得了尚书夏言的门路，就职南京，洊任至吏部尚书。会值夏言入阁，遂调嵩入京，就任礼部尚书，所有一切礼仪，无不仰承上旨，深合帝心。又因建坛设醮，屡现庆云，遂仗着历年学问，撰成一篇《庆云赋》，呈入御览。世宗从头至尾的阅读一遍，觉得字字典雅，语语精工，就是夏、顾两大臣的青词，亦似逊他一筹，免不得击节称赏。未几，又献《大礼告成颂》，越觉镂金琢玉，摛藻扬芬，世宗遂大加宠眷，所有青词等类，概令严嵩主笔。夏、顾二人，转因此渐渐失宠。顾鼎臣不该遭祸，竟于嘉靖十九年，得病逝世，追赠太保，居然生荣死哀，完全过去。确是幸免。唯夏言自恃勋高，瞧不起这位严尚书，且因严嵩进阶，都由自己一手提拔，所以待遇严嵩，几与门客相等。严嵩与言同乡，科第比言为早，因须仗言援引，不得不曲意迎承。谁知言竟一味骄倨，意气凌人，嵩遂暗暗怀恨，不过形式上面，尚是格外谦恭。是谓奸臣。一日，置酒邀言，赍柬相请，言竟谢绝。嵩复自至夏第，入门求见，言复不出。
这般做作，无怪速死。 嵩不得已长跪阶前，手展所具启帖，和声朗诵，委婉动人，言乃
回嗔作喜，出来应酬，遂偕嵩赴宴，兴尽乃归。言以为嵩实谦抑，坦然不疑。俗语说
得好："明枪易躲，暗箭难防。"严嵩是个阴柔险诈的人物，**"阴柔险诈"四字，真是**
严嵩的评。 受了这等暗气，哪有不私图报复？凑巧翊国公郭勋，与言有隙，嵩遂与勋
相结，设计害言。先是言加封少师，特进光禄大夫上柱国，并蒙赐银章，镌"学博才
优"四字，得密封白事。自世宗至承天谒陵，郭勋、夏言、严嵩等，俱扈驾随行，谒
陵已毕，嵩请表贺，言请俟还京再议。世宗竟从嵩请，遽御龙飞殿求贺。嵩遂揣摩意
旨，与郭勋暗伺言隙，一再进谗，顿时恼了世宗，责言傲慢不恭，追缴银章手敕，削
夺勋阶，勒命致仕。既而怒意渐解，复止言行，把银章手敕，一并赏还。言知有人构
陷，上疏谢恩，内有"一志孤立，为众所忌"二语，世宗复下诏切责。言再疏申谢，
并乞归休，有旨不许。会昭圣太后病逝，世宗饬群臣酌议服制，言报疏未惬帝意，且
间有讹字，复遭严旨驳斥。原来昭圣太后张氏，自世宗称为伯母后，奉待寖薄。后弟
昌国公张鹤龄，及建昌侯张延龄，以僭侈逾制，为人所讦，先后下狱。张太后至席藁
待罪，请免弟死，世宗不从。鹤龄瘐死狱中，延龄长系待决。张太后忿恚致疾，竟尔
告终。世宗意欲减轻服制，偏夏言以礼相绳，仓猝间又缮错一二字，遂被世宗指毛索
瘢，斥为不敬。言只好推称有疾，以致昏谬贻愆。世宗复勒令归田，言奉命将行，诣
西苑斋宫叩辞。世宗又动了怜念，令还私第治疾，徐俟后命。**夏言经此播弄，尚复恋**
栈，岂必除死方休耶？ 张太后的丧葬，草草完事，就是世宗父子，亦不过持服数日，便
算了结。张延龄竟致弃市。**第知尊敬父母，未及锡类之仁，安得为孝？插入张氏情事，以明**
世宗之负心。

　　时言官交劾郭勋，勋亦引疾乞假。京山侯崔元新得主眷，入直内苑，世宗与语
道："郭勋、夏言，皆朕股肱，为什么彼此相妒呢？"元踌躇未答。世宗又问勋有何
疾？元答道："勋实无疾，但忌夏言，言若归休，勋便销假了。"世宗为之颔首。御
史等闻这消息，又联名劾勋，有诏令勋自省，并将原奏发阅，勋辩语悖慢，失人臣
礼。给事中高时，乃尽发勋贪纵不法十数事，遂下勋锦衣狱。勋既得罪，言复被召入
直。法司审谳勋案，多由言暗中指授，狱成议斩。世宗尚有意宽贷，饬令复勘，不意
复勘一次，加罪一次，复勘两次，加罪两次，一个作威作福的翊国公，不被戮死，也

被搒死，盈廷称快。只严嵩失一帮手，未免心中怏怏。

明代冠制，皇帝与皇太子冠式，用乌纱折上巾，即唐朝所称的翼善冠。世宗崇尚道教，不戴翼善冠，独戴香叶冠，嗣命制沉水香冠五顶，分赐夏言、严嵩等。夏言谓非人臣法服，却还所赐。严嵩独遵旨戴着，且用轻纱笼住，借示郑重。世宗遂嫉言亲嵩，适当日食，因诏称："大臣慢君，以致天象告儆，夏言慢上无礼，着即褫职，所有武英殿大学士遗缺，令严嵩补授！"这诏颁发，嵩遂代言入阁，跃登相位。时嵩年已六十余，不异少壮，朝夕入直西苑椒房，未尝一归洗沐，世宗大悦，赐嵩银章，有"忠勤敏达"四字。寻又陆续赐匾，遍悬嵩第，内堂曰延恩堂，藏书楼曰琼翰流辉，修道阁曰奉玄之阁，大厅上面独擘窠大书"忠弼"二字，作为特赏。嵩遂窃弄威柄，纳贿营私。长子世蕃，得任尚宝司少卿，性尤贪黠，父子狼狈为奸，朝野侧目。世宗之所谓忠者，得毋由是。

嘉靖二十一年十月，宫中竟闹出谋逆的大变来。谋逆的罪首，乃是曹妃宫婢杨金英，一个宫婢，也入国史中，传播百世，可谓值得。原来世宗中年，因求储心切，广置妃嫔，内有曹氏，生得妍丽异常，最承宠爱，册为端妃。每遇政躬有暇，必至端妃宫内，笑狎尽欢，后宫佳丽三千人，三千宠爱在一身，差不多有这般情形。修道者固如是耶？端妃侍婢杨金英，因侍奉未周，屡触上怒，几欲将她杖死，还是端妃替她缓颊，才把性命保全，金英未知感恩，反且衔恨。可巧雷坛告成，世宗往祷雷神，还入端妃宫中，同饮数杯，酒酣欲睡，眠倒榻上，竟入黑甜。端妃替他覆衾，放下罗帏，恐怕惊动睡梦，因轻闭寝门，趋至偏厢去了。不料杨金英觑着闲隙，悄地里挨入寝门，侧耳细听，鼾声大起，她竟放着胆子，解下腰间丝带，作一套结，揭开御帐，把带结套入帝颈，正在用力牵扯，突闻门外有履舄声，不禁脚忙手乱，掷下带子，抢出门外。看官听着！这门外究系何人？原来是另一宫婢，叫作张金莲。又是一个救星。金莲正从寝门经过，偷视门隙，见金英解带作结，不知有什么勾当，她本欲报知端妃，转思金英是端妃心腹，或由端妃遣入，亦未可知，不如速报皇后，较为妥当。主意已定，遂三脚两步地趋至正宫，禀称祸事。方皇后闻言大惊，忙带着宫女数名，随金莲赶入西宫，也不及报知端妃，竟诣御榻前探视，揭帐一瞧，见世宗颈中，套丝带一条，惊得非同小可，忙用手向口中一试，觉得尚有热气，心下始放宽三分，随即检视带结，幸喜是个活结，不是死结。看官，这杨金英既欲弑帝，何以不用死结，恰用活结呢？小子想来，料系世宗命不该绝，杨金英忙中致误。所以带结不牢，当用力牵扯时，反将带结扯脱一半，又经张金莲觑破，不及再顾，所以世宗尚未毕命。方后将带解去，端妃才闻报进来，这时候的方皇后，瞧着端妃，不由得柳眉倒竖，凤眼圆睁，用着猛力，将丝带掷向端妃面上，并厉声道："你瞧！你瞧！你敢做这般大逆事么？"平时妒意，赖此发泄。端妃莫名其妙，只吓得浑身乱抖，还算张金莲替她辩明，说是杨金英谋逆，方后即令内侍去捕金英，一面宣召御医，入诊世宗。至御医进诊，金英已是拿到，方后也不及审问金英，先由御医诊视帝脉，说是无妨，立即用药施治。果然世宗苏醒转来，手足展舒，眉目活动；唯项间为带所勒，虽未伤命，究竟咽喉被逼，气息未舒，一时尚不能出言。方后见世宗复生，料知无碍，便出外室严讯金英。金英初尚抵赖，经金莲质证，无从狡辩，只好低首伏罪。偏方后不肯罢手，硬要问她主谋。金英一味支吾，待至用刑胁迫，恰供出一个王宁嫔。方后遂命内监张佐，立将王宁嫔牵至，也不问她是虚是实，即用宫中私刑，打她一个半死。随召端妃入问道："逆犯金英，是你的爱婢，你敢与她通同谋逆，还有何说？"端妃匍伏地上，诉明冤屈。方后冷笑道："皇上寝在何处，你还想推作不知么？"便命张佐道："快将这三大罪犯，拖将出去，照大逆不道例，凌迟处死便了。"拔去眼中钉，快意何如？端妃闻言，魂灵儿已飞入九霄，几至不省人事，及惊定复苏，还想哀求，已被张佐牵出宫外。可怜她玉骨冰肌，徒落得法场寸磔，暴骨含冤。为美人恃宠者鉴。王宁嫔及杨金英，依例极刑，不消细说。世宗病痊，忆着端妃的情爱，遍诘宫人，都为称冤，哀悼不置。嗣是与后有隙，至嘉靖二十六年，大内失火，世宗方居西内，闻着火警，竟向天自语道："莫谓仙佛无灵，看那厮妒害好人，今日恐难逃天谴呢。"宫人请往救方后，世宗默然不答。及火已扑熄，接到大内禀报，皇后为火所伤，抱病颇重，世宗亦不去省视，后竟病殁。已而世宗又追悼亡后，流涕太息道："后尝救朕，朕不能救后，未免负后了。"又要追悔，愈见哀怒无常。乃命以元后礼丧葬，亲定谥法，号为孝烈，预名葬地曰永陵，这是后话慢表。

　　且说世宗既遭宫变，并将杨金英族属，逮诛数十人，遂以平定宫变，敕谕内阁道"朕非赖天地鸿恩，鬼神默佑，早为逆婢所戕，哪有今日？朕自今日始，潜心斋被，默迓天庥，所有国家政事，概令大学士严嵩主裁，择要上闻。该大学士应曲体朕心，慎率百僚，秉公办事"等语。严嵩接到此谕，欢喜得了不得，遇事独断，不问同僚，内外百司，有所建白，必先启嵩，然后上闻。嵩益贪婪无忌，恃势横行。大学士翟銮，以兵部尚书入阁办事，资望出严嵩上，有时与嵩会议，未免托大自尊，嵩竟因此挟嫌，阴嗾言官，疏论翟銮，并劾銮二子汝俭、汝孝，与业师崔奇勋，亲戚焦清，同举进士及第，营私舞弊，情迹昭然。世宗震怒，命吏部都察院查勘。翟銮上疏申辩，语多侵及严嵩，世宗益怒道："銮被劾待勘，尚敢渎陈么？他二子纵有才学，何至与私人并进，显见得是有情弊呢。"遂饬令翟銮父子削籍，并将崔奇勋、焦清，俱斥为民。**一场欢喜一场空。**又有山东巡按御史叶经，尝举发严嵩受赇事，嵩弥缝得免，怀恨在心，适经在山东监临乡试，试毕呈卷，嵩摘录卷中文字，指为诽谤。**欲加之罪，何患无辞？**世宗遂逮经入京，加杖八十，创重而死。试官周矿，提调布政使陈儒，皆坐罪谪官。御史谢瑜、喻时、陈绍，给事中王鳇、沈良才、陈垲，及山西巡抚童汉臣，福建巡按何维柏等，皆以劾嵩得罪，嵩自是气焰益横。世宗命吏部尚书许瓒，礼部尚书张璧，入阁办事，各授为大学士，嵩看他们不在眼中，仍然独断独行，不相关白。瓒尝自叹道："何故夺我吏部，令我仰人鼻息？"遂上疏乞休，并言"嵩老成练达，可以独相，无烦臣伴食"云云。**明是讥讽语。**嵩知瓒意，亦上言"臣子比肩事主，当协力同心，不应生嫌，往岁夏言与郭勋同列，互相猜忌，殊失臣道，臣嵩屡蒙独召，于理未安，恐将来同僚生疑，致蹈前辙，此后应仿祖宗朝蹇夏三杨故事，凡蒙召对，必须阁臣同入"等语。**以假应假，然是好看。**两疏皆留中不报。世宗自遭宫变后，移居西内，日求长生，郊庙不亲，朝讲尽废，君臣常不相见，只秉一真人陶仲文，出入自由，与世宗接见时，辄得旁坐，世宗呼为先生而不名。严嵩尝贿托仲文，凡有党同伐异的事件，多仗他代为陈请，一奸一邪，表里相倚，还有何事再应顾忌？不过大明的国脉，被他斫丧不少呢。

既而张璧去世，许瓒以乞去落职，严嵩竟思独相，不意内旨传出，复召回夏言入阁，尽复原官。言奉诏即至，一入阁中，复盛气凌嵩，**既去何必再来？且盛气如故，不死何待？**一切批答，全出己意，毫不与嵩商议。就是嵩所引用的私人，多半驱逐，嵩欲出词袒护，都被言当面指摘，反弄得嗫不敢声。御史陈其学，以盐法事劾论崔元，及锦衣都督陆炳，**炳时已升都督。**世宗发付阁议。言即拟旨，令二人自陈。二人惶惧，径造嵩家乞救。嵩摇手道："皇上前尚可斡旋，夏少师处不便关说，两位只去求他罢了。"二人没法，先用三千金献纳夏第，言却金逐使，吓得二人束手无策，又去请教严嵩。嵩与附耳数语，二人领教出门，即至夏言处请死，并长跪多时，苦苦哀吁。言乃允为转圜，二人才叩谢而出。*夏言已中嵩计。*嗣因嵩子世蕃，广通贿路，且代输户转纳钱谷，过手时任情剥蚀，悉入贪囊，事被夏言闻悉，拟即参奏。有人报知世蕃，世蕃着急，忙去求那老子设法。严嵩顿足道："这遭坏了！老夏处如何挽回！"世蕃闻言，急得涕泪交下，毕竟严嵩舐犊情深，踌躇半晌，方道："事在燃眉，我也顾不得脸面了。好儿子！快随我来。"*真是一个好儿子。*世蕃应命，即随嵩出门驾舆，竟趋夏第，请见夏少师。名刺投进，好半日传出话来，少师有病，不能见客。严嵩听着，拈须微笑，*曲摹奸态。*袖出白银一大锭，递与司阍道："烦你再为带引，我专为候病而来，并无他事。"阍人见了白镪，眉开眼笑，乐得做个人情，*天下无难事，总教现银子。*一面却说道："丞相有命，不敢不遵，但恐敝主人诘责，奈何？"严嵩道："我去见了少师，自有话说，请你放心，包管与你无涉。"阍人及导他入内，直至夏言书室。言见嵩父子进来，不便呵斥阍人，只好避入榻中，佯作病状，蒙被呻吟。严嵩走至榻前，低声动问道："少师政体欠安么？"夏言不应。*乐得摆架子。*连问数声，方见言露首出来，问是何人？严嵩报明姓名，言佯惊道："是室狭陋，奈何亵慢严相？"说着，欲欠身起来。嵩忙道："嵩与少师同乡，素蒙汲引，感德不浅，就使嘱嵩执鞭，亦所甘心，少师尚视嵩作外人么？请少师不必劳动，尽管安睡！"*言甘心辣。*言答道："老朽多病，正令家人挡驾，可恨家人不谅，无端简慢严相，老朽益难以为情。"嵩复道："此非尊价违慢，实因嵩闻少师欠安，不遑奉命，急欲入候，少师责我便是，休责尊价。但少师昨尚康强，今乃违和，莫非偶冒寒气么？"言长吁道："元气已虚，又遇群邪，群邪一日不去，元气一日不复，我正拟下药攻邪哩。"*分明是话中有话。*严嵩一听，早已觉着，急挈着世蕃，扑的一声，跪将下去。世蕃又连磕响头，惊得夏言起身不及，忙道："这……这是为着何事，快快请起！"嵩父子长跪如故，接连是流泪四行，差不多似雨点一般，坠将下来。*好一个老法儿。*小子有诗讥严嵩父子道：

> 能屈能伸是丈夫，奸人使诈亦相符。
>
> 试看父子低头日，谁信将来被厚诬？

未知夏言如何对付，请看官续阅下回。

　　本回以严嵩为主，夏言及世宗为宾，内而方后、曹端妃等，外而翟銮、叶经、许瓒等，皆宾中宾也。世宗与夏言，皆以好刚失之，世宗唯好刚故，几罹弑逆之变。夏言唯好刚故，屡遭构陷之冤。独严嵩阴柔险诈，象恭滔天，世宗不能烛其恶，夏言反欲凌以威，此皆为柔术所牢笼，堕其术中而不之悟，无惑乎为所播弄也。宫变一节，虽与严嵩无关，而世宗因此潜居，使严嵩得以专柄，是不啻为嵩添翼。端妃屈死，而严氏横行，天何薄待红颜，而厚待奸相乎？吾故谓本回所叙，处处注意严嵩，余事皆随笔销纳，项庄舞剑，意在沛公，观此文而益信神妙矣。

第二十七回

复河套将相蒙冤
扰都门胡虏纵火

　　却说严嵩父子，跪在夏言榻前，泪珠似雨点一般，洒将下来，*妇女惯会落泪，不意堂堂宰相，也与妇女相等，故孔子谓小人女子，皆为难养。*夏言再三请起，严嵩道："少师若肯赏脸，我父子方可起来。"夏言明知为参奏事，恰不得不问着何故？严嵩方将来意说明，世蕃又磕头哀求，自陈悔过。夏言笑道："这事想是误传了，我并无参劾的意思，请贤桥梓一概放心！"严嵩道："少师不可欺人。"夏言道："大丈夫一言既出，驷马难追，尽管放心起来，不要折煞我罢！"*言必践信，原是君子所为，但施诸小人，未免失当。*严嵩父子，方称谢而起。彼此又谈数语，方才告别。夏言只说了"恕送"二字，依旧拥被坐着。*架子太大。*严嵩归家，暗想世蕃虽得免劾，总不免受言所辱，意中很是怀恨，日与同党阴谋，设计害言。言却毫不及觉。有时言与嵩入直西苑，世宗屡遣左右宫监，伺察二人动静，*无非好猜。*与言相遇，言辄傲然不顾，看他似奴隶一般；转入嵩处，嵩必邀他就座，或相与握手，暗中便把黄白物，塞入宫监袖中。*本是偷来物，何足爱惜？*看官！你想钱可通神，何人不爱此物？得人钱财，替人消灾，自然在世宗面前称赞严嵩的好处。那夏言不但没钱，还要摆着架子，逞些威风，大家都是恨他，背地里常有怨声，世宗问着，还有何人与言关切，略短称长？而且设醮的青词，世宗视为非常郑重，平日所用，必须仰仗二相手笔，言年渐衰迈，又因政

172

务匆忙，无非令幕客具草，糊糊涂涂地呈将上去，世宗每看不入眼，弃掷地上。嵩虽年老，恰有儿子世蕃帮忙，世蕃狡黠性成，善能揣摩帝意，所撰青词，语语打入世宗心坎中，世宗总道是严嵩自撰，所以越加宠幸。只世蕃仗着父势，并没有改过贪心，仍旧伸手死要，严嵩倒也告诫数次，偏世蕃不从，嵩恐夏言举发，上疏遣世蕃归家。世宗反驰使召还，加授世蕃太常寺少卿。世蕃日横，嵩因见主眷日隆，索性由他胡行罢了。这且慢表。

且说嘉靖三年，大同五堡兵作乱，诱鞑靼部入寇，虽经金都御史蔡天祐等，抚定叛众，只鞑靼兵屡出没塞外。鞑靼势本中衰，至达延可汗嗣立，达延可汗系脱古思帖木儿六世孙。颇有雄略，统一诸部，自称大元大可汗，复南下略河套地，奄有朔漠，分漠南漠北为二部。漠北地封幼子札赉尔，号为喀尔喀部，漠南地分封子孙，令次子巴尔色居西部，赐名吉囊。亦作济农。"吉囊"二字，是副王的意思。嫡孙卜赤居东部，号为察哈尔部，达延汗殁，卜赤嗣为可汗，巴尔色亦病死，子究弼哩克袭父遗职，移居河套，为鄂尔多斯部的始祖，巴尔色弟俺答，居阴山附近，为土默特部的始祖，彼此不相统属。未几究弼哩克又死，俺答并有二部，势日强盛，与究弼哩克子狼台吉，屡寇明边。明将发兵抵御，互有胜负。约略叙明。嘉靖二十五年，兵部侍郎曾铣，总督陕西三边军务，锐意图功，辄有杀获。且建议规复河套，上书力请道：

寇居河套，侵扰边鄙，今将百年。出套则寇宣大三关，以震畿服；入套则寇延、宁、甘、固，以扰关中，深山大川，势固在彼而不在我。臣枕戈汗马，切齿痛心，窃尝计之：秋高马肥，弓劲矢利，彼聚而攻，我散而守，则彼胜；冬深水枯，马无宿藁，春寒阴雨，壤无燥土，彼势渐弱，我乘其敝，则中国胜。臣请以锐卒六百，益以山东枪手二千，多备矢石，每当秋夏之交，携五十日之饷，水陆并进，乘其无备，直捣巢穴。材官驺发，炮火雷击，则彼不能支。岁岁为之，每出益励，彼势必折，将遁而出套之恐后矢。俟其远出，然后因祖宗之故疆，并河为塞，修筑墩隍，建置卫所，处分戍卒，讲求屯政，以省全陕之转输，壮中国之形势，此中兴之大烈也。夫臣方议筑边，又议复套者，以筑边不过数十年计耳。复套则驱斥凶残，临河作阵，乃国家万年久远之计，唯陛下裁之！

这疏呈入，有旨下兵部复议。兵部以筑边复套，俱系难事，两事相较，还是复套为难，筑边较易，请先事筑边，缓图复套。世宗转问夏言，言独请如铣议。世宗乃颁谕道："河套久为寇据，乘便侵边，连岁边民，横遭荼毒，朕每宵旰忧劳，可奈边臣无策，坐视迁延，没一人为朕分忧。今侍郎曾铣，倡议复套，志虑忠纯，深堪嘉尚，但作事谋始，轻敌必败，着令铣与诸边臣，悉心筹议，务求长算。兵部可发银三十万两与铣，听他修边饷兵，便宜调度，期践原议，勿懈初衷！"<small>叙入此谕，见得世宗初意，本从铣奏。</small>铣得谕后，自然募集士卒，添筑寨堡，忙碌了好几月，督兵出寨，击退寇众，斩馘数十人，获牛马橐驼九百有五十，械器八百五十余件，上表奏捷。世宗按功增俸，并赐白金纻币有差。曾铣遂会同陕西巡抚谢兰，延绥巡抚杨守谦，宁夏巡抚王邦瑞，及三镇总兵，协议复套方略，且条陈机要，附上营阵八图，世宗很是嘉纳。奏下，兵部尚书王以旗等，亦见风使帆，复陈曾铣先后奏请，均可施行云云。

会值大内失火，方后崩逝，<small>应上回。</small>世宗颇加戒惧，命释杨爵等出狱，一面诏求直言。那时阴贼险狠的严嵩，得了机会，疏陈："灾异原因，由曾铣开边启衅，误国大计所致。夏言表里雷同，淆乱国事，应同加罪惩处，借迓天庥。"<small>东拉西扯，毫没道理。</small>嵩疏一上，廷臣遂陆续上本，大都归咎铣、言两人。<small>明明是严嵩主使。</small>世宗竟背了前言，别翻一调，谕言"逐贼河套，师果有名否？兵食果有余，成功可必否？一曾铣原不足惜，倘或兵连祸结，涂炭生灵，试问何人负责"等语。<small>大人说错话，话过便是这等举动。</small>这谕一下，中外多诧异不置。接连是罢夏言官，逮铣诣京，出兵部尚书王以旗，凡从前与议复套官吏，分别惩罚。<small>世宗自问应否加罚？</small>一番攘外安内的政策，片刻冰消。

这严嵩心尚未足。定要借着此事，害死夏言，方肯罢休。先是咸宁侯仇鸾，<small>仇钺子。</small>镇守甘肃，素行贪黩，为铣所劾，逮入京师下狱。鸾与嵩本是同党，嵩遂从中设法，暗令子世蕃替鸾草疏，辩诉冤屈，并诬铣克扣军饷，纳贿夏言，由言继妻父苏纲过付，确凿无讹。世宗到此，也未尝彻底查究，便饬法司谳案，援照交结近侍律，斩铣西市，妻子流二千里。铣有智略，颇善用兵，性尤廉洁，死后家无余资，都人俱为称冤，唯严嵩以下一班走狗，扳倒曾铣，就是扳倒夏言。铣既坐斩，言自然不能免罪了。当下有诏逮言，言才出都抵通州，闻铣已定谳，吃一大惊，从车上跌下，忍痛唏嘘道："这遭我死了。"在途次缮着奏疏，痛诋严嵩，略谓："仇鸾方系狱中，皇上降谕，未及二日，鸾何从得知？此必严嵩等诈为鸾疏，构陷臣等。严嵩静言庸违似共工，谦恭下士似王莽，奸巧弄权，父子专政，似司马懿，臣的生命，在严嵩掌握，唯圣恩曲赐保全。"你从前何不预劾？至此已是迟了。疏才缮定，缇骑已到，即就逮至京，把缮好的奏折，浼人呈入，世宗不理，无非是掷向地上。命刑部援曾铣律，按罪论死。尚书喻茂坚，颇知夏言的冤情，因世宗信嵩嫉言，不便替他诉冤，只好将议贵议能的条例，复陈上去，请将言罪酌减。世宗览毕，愤愤道："他应死已久了，朕赐他香叶冠，他不奉旨，目无君上，玩亵神明，今日又有此罪，难道还可轻恕么！"尚记得香叶冠事，然是可笑。随批斥茂坚，说他不应包庇。嵩闻刑部主张减罪，恐言或从此得生，正拟再疏架害，一步不肯放松，小人之害人也如此。适值俺答寇居庸关，边报到京，遂奏称居庸告警，统是夏言等主张复套，以致速寇。这道奏章，仿佛是夏言的催命符，竟由世宗准奏，置言重辟，言妻苏氏流广西，从子主事克承，从孙尚宝丞朝庆，尽行削籍。于是严嵩得志，独揽大权，世宗虽自南京吏部，召入张治，命为礼部尚书，兼文渊阁大学士，并命李本为少詹事，兼翰林院学士，两人入阁，一个是疏不间亲，一个是卑不敌尊，无非是听命严嵩，唯唯诺诺罢了。也是保身之道，否则即被逐出。

　　且说俺答入寇居庸，因关城险阻，不能得手，便移兵犯宣府，把总江瀚，指挥董旸，先后战死，寇遂进逼永宁。大同总兵官周尚文，督师截击，仗着老成胜算，杀败寇众，戮一渠帅，俺答乃仓皇遁去。严嵩父子，与尚文又有宿憾，屡图倾陷，幸喜边患方深，世宗倚重尚文，未遭谗害。哪知天不假年，将星遽陨，死后应给恤典，偏被严嵩中沮，停止不行。给事中沈束，上书代请，忤了严嵩，奏请逮狱。束妻张氏，留住京师，无论风霜雨雪，总是入狱探望，所有狱中费用，全仗十指的针绣，易钱缴纳，狱卒颇也加怜，不忍意外苛索。小卒犹怀悲感，大相偏要行凶。张氏一日上书道：

　　臣夫家有老亲，年已八十有九，衰病侵寻，朝不计夕。臣妾欲归奉舅，则夫之饘粥无资，欲留奉夫，则舅又旦夕待尽。辗转思维，进退无策，臣愿代夫系狱，令夫得送父终年，仍还赴系，实唯陛下莫大之德，臣夫固衔感无穷，臣妾亦叨恩靡既矣。

　　这疏求法司代呈，法司亦悚然起敬，附具请片，一并呈入。偏偏世宗不许，原来世宗深嫉言官，每以廷杖遣戍，未足深创，特命他长系狱中，为惩一儆百计，且令狱卒日夕监囚，无论语言食息，一律报告，就是戏言谐语，亦必上闻。沈束一系至十八年，但闻狱檐上面，鹊声盈耳，束谩语道："人言鹊能报喜，我受罪多年，何来喜信？可见人言都是无凭呢。"这句话，报入大内，世宗忽记起张氏哀词，竟心动起来，当命将沈束释狱。夫妇跟跄回家，江山依旧，景物全非，老父已病死数年了。两人号啕恸哭，徙棺安葬，不消细叙。

单表周尚文病殁大同，朝旨令张达补授，俺答闻边将易人，复来犯塞。达有勇无谋，与副总兵林椿，带着边兵，出关接仗。两下里恶战一场，彼此各死伤多人，敌兵已经退去。达偏穷追不舍，中途遇伏，马蹶被戕。林椿麾兵往救，不及衣甲，也被敌兵攒刺，受了重伤，毙于非命。这是有勇无谋的坏处。俺答召集全部人马，大举入犯，边疆尤震。严嵩得仇鸾厚贿，竟代为保举，赦出狱中，授大同总兵官。鸾至大同，适值俺答到来，吓得手足无措。悔不如安居狱中。还是养卒时义、侯荣，替鸾设法，赍着金帛，往赂俺答，求他移寇他塞，勿犯大同。俺答得了贿赂，遗还剑矟，作为信据，允准移师，还算有情。遂东沿长城，至潮河川南下，直抵古北口。都御史王汝孝，悉众出御，俺答佯退，别遣精骑绕出黄榆沟，破墙而入。汝孝部下，不意敌兵猝至，相率惊溃，俺答遂掠怀柔，围顺义，长驱疾走，径达通州，巡按顺天御史王忬，先日至白河口，将东岸舟楫，悉数拢泊西岸，不留一艘，因此寇众大至，无舟可渡，只得傍河立寨，潜分兵剽掠昌平，蹂躏诸陵，奸淫劫夺，不可胜纪。

是时京城内外，已紧急地了不得，飞檄各镇勤王，分遣文武大臣各九人，把守京城九门，一面诏集禁军，仔细检阅，只有四五万人，还是一半老弱残兵，不足御敌。看官听说！自武宗晏驾后，禁军册籍，多系虚数，所有兵饷，尽被统兵大员没入私囊，有几个强壮兵丁，又服役内外提督及各大臣家，一时不能归伍，所以在伍各兵，不是老疾，就是疲弱，一闻寇警，统是哭哭啼啼，一些儿没有勇气。都御史商大节，受命统兵，只得慷慨誓师，虚言激励，兵民闻言思奋，颇也愿效驰驱。大节命各至武库，索取甲仗，不料各兵去了转来，仍然是赤手空拳。大节问明缘故，大众答道："武库中有什么甲械？不过有破盔数十顶，烂甲数百副，废枪几千杆罢了。"大节叹道："内使主库，弄到这般情形，教我如何摆布呢？"言下，沉吟了一会，复顾大众道："今日事在眉急，也说不得许多了，你等且再至武库，拣了几样，拿来应用，待我奏请圣上，发帑赶制，可好么？"实是没法，只好搪塞。大众含糊答应，陆续退去。大节据实奏报，有旨发帑金五千两，令他便宜支付。大节布置数日，还是不能成军。幸是年适开武科，四方应试的武举人，恰也来的不少，便由大节奏准应敌，才得登陴守城。过了两天，俺答已潜造竹筏，饬前队偷渡白河，约有七百骑，入薄京城，就安定门外的教场，作为驻扎地。京师人心愈恐。世宗又久不视朝，军事无从禀白，廷臣屡请不应，礼部尚书徐阶，上书固请，方亲御奉天殿，集文武百言议事。谁知登座以后，并不闻有什么宸谟，只命徐阶严责百官，督令战守罢了。想是仗着天神保护，不必另设军谋。百官正面面相觑，可巧侍卫入报，大同总兵官仇鸾，及巡抚保定都御史杨守谦，统率本部兵到京，来卫皇畿了。世宗道："甚好。仇鸾可为大将军，节制各路兵马，守谦为兵部侍郎，提督军务。兵部何在？应即传旨出去。"昏头磕脑，连兵部尚书都不认识。兵部尚书丁汝夔，忙跪奉面谕，世宗竟退朝入内去了。汝夔起身出外，私叩严嵩，应该主战主守。严嵩低语道："塞上失利，还可掩饰，都下失利，谁人不晓？你须谨慎行事，寇得饱掠，自然远飏，何必轻战？"恰是好计，但如百姓何？汝夔唯唯而别。嗣是兵部发令，俱戒轻举。杨守谦以孤军力薄，亦不敢战，相持三日，俺答复至，竟麾众纵火，焚毁城外庐舍，霎时间火光烛天，照彻百里，正是：

> 寇众突来唯肆掠，池鱼累及尽遭殃。

未知京城能否保守，且至下回交代。

复套之议，曾铣创之于先，夏言赞之于后，固筹边之胜算也。河套即蒙古鄂尔多斯地，东西北三面，俱濒黄河，南与边城相接，黄河自北折南，成一大圈，因称河套。其地灌溉甚便，土壤肥美，俗有"黄河百害，只富一套"之说，设令乘机规复，发兵屯垦，因地为粮，倚河结寨，岂非西北之一大重镇耶？世宗初从铣议，后入嵩言，杀道济而自坏长城，死得臣而遂亡晋毒，一误再误，何其昏愦若此？及俺答入塞，直薄京城，朝无可恃之将帅，营无可用之兵戎，乃犹安居西内，至力请而后出，出亦不发一言，徒因仇鸾、杨守谦两人，入京勤王，即畀大权，身为天子，乃胸无成算，一至于此乎？读此回，令人作十日恶。

第二十八回

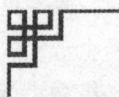

追狡寇庸帅败还
开马市荩臣极谏

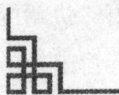

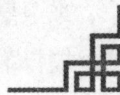

　　却说俺答率众到京，沿途大掠，又放起一把无名火来，将京城外面的民居，尽行毁去。百姓无家可住，东逃西散，老的小的，多半毙命。年纪少壮的，遇着寇众，不是被杀，就是被掳。内中有一半妇女，除衰老奇丑外，尽被这班鞑奴，牵拉过去，任情淫污。最有姿色的几人，供俺答受用，轮流取乐。大将军仇鸾，本畏俺答，因听时义、侯荣言，讨好朝廷，勉强入援，既至京师，哪敢与俺答对仗？只得仍遣时义、侯荣，再去说情。两人至俺答营，见俺答踞坐胡床，左右陪着妇女数人，统是现成掳掠，临时妻妾，<small>平常妇女，得做番王临时妻妾，也算交运。</small>两人也顾不得什么气节，只好跪叩帐下。俺答道："你来做什么？想是又把金币送我，倒难为你主人好意。"<small>眈眈逐逐，无非为了金帛。</small>时义道："大王欲要金币，也是不难，但深入京畿，震动宫阙，恐我皇上动疑，反不愿颁给金币了。"俺答道："我并不愿夺你京城，我只教互市通贡，每岁得沾些利益，便可退兵。"<small>可见俺答原无大志。</small>时义道："这也容易，谨当归报便了。"两人返报仇鸾，鸾闻帝意主战，一时却不敢上闻。俺答待了三日，并无信息，乃遣游骑至东直门，闯入御厩，掠得内监八人，还至虏营。俺答也不去杀他，反将他一律释缚，好言抚慰道："烦你等作个传书邮，我有一书，寄与你主便是。"说罢，便将书信取出，交与八人。八人得了命，出了番帐，奔回东直门，入城禀见世宗，呈上番书。书中大意，无非是要求互市，请通贡使，结末有如不见从，休要后悔等语。世宗阅罢，便至西苑，召见大学士严嵩、李本，尚书徐阶，出书使视道："卿等以为何如？"严嵩瞧着来书，语多恫吓，暗想此事颇不易解决，依他也不是，不依他也不是，当下眉头一皱，计上心来，便启奏道："俺答上书求贡，系关系礼部的事情，陛下可详问礼部。"火烧眉毛，轻轻扑去。礼部尚书徐阶，听了嵩言，暗骂道："老贼！你要嫁祸别人么？"心中一忖，也即启奏道："求贡事虽属臣部掌管，但也须仰禀圣裁。"你推我，我推别人，徐阶也会使刁。世宗道："事关重大，大家熟商方好哩。"阶踌躇半晌，方道："现在寇患已深，震惊陵庙，我却战守两难，不便轻举，似应权时允许，聊解眉急。"世宗道："他若果肯退去，皮币珠玉，俱不足惜。"阶复道："若只耗费些皮币珠玉，有何不可？但恐他得步进步，要索无厌，为之奈何？"世宗蹙额道："卿可谓远虑了，唯目前寇骑近郊，如何令退？"阶又道："臣却有一计在此。俺答来书，统是汉文，我只说他汉文难信，且没有临城胁贡的道理，今宜退出边外，别遣使赍呈番文，由大同守臣代奏，才可允行。他若果然退去，我却速调援兵，厚集京畿，那时可许则许，不可许，便与他交战，不为他所窘了。"此言只可欺小孩。世宗点头称善，命阶照计行事。

阶即遣使往谕，嗣得俺答复书，务须照准，令以三千人入贡，否则将添兵到此，誓破京师。阶见此书，先召百官会议，并宣布俺答来书，各官瞠目伸舌，莫敢发言。忽有一人高声道："我意主战，不必言和。"徐阶瞧将过去，乃是国子司业赵贞吉，便问道："君意主战，有何妙策？"贞吉道："今日若许入贡，他必拣选精骑三千，即刻入城，阳称通贡，阴图内应，内外夹攻，请问诸公如何抵敌？就使他诚心通好，无意外的变故，也是一场城下盟，堂堂中国，屈辱敌人，宁不羞死！"也是一番虚骄语。检讨毛起接口道："何人不知主战？但今日欲战无资，只好暂许要求，邀使出塞，然后再议战备。"贞吉叱道："要战便战，何必迟疑！况寇众狡诈异常，岂肯听我诱约么？"徐阶见两下龃龉，料知不能决议，索性起座而去，自行入奏。

是夕城外火光，越加猛烈，德胜、安定两门外，统成焦土，世宗在西内遥望，只见烟焰冲霄，连夜不绝，不禁搔首顿足，只唤奈何。内侍也交头接耳，互述日间廷议情状，适被世宗闻知，问明详细，即令宣诏赵贞吉入对。贞吉奉命即至，由世宗颁给纸笔，饬他条陈意见。贞吉即援笔直书，大旨"以寇骑凭陵，非战不可，陛下今日，宜亲御奉天门，下诏罪己。追奖故总兵周尚文，以励边帅；释放给事沈束出狱，以开言路；饬文武百司，共为城守；并宣谕各营兵士，有功即赏，得一首功，准赏百金，捐金数万，必可退敌"云云。**虽似理直气壮，亦嫌缓不济急。**这疏一上，世宗颇也感动，立擢贞吉为左椿坊左谕德，兼河南道监察御史，饬户部发银五万两，宣谕行营将士。唯贞吉所请追励各条，仍未举行。是时俺答已纵掠八日，所得过望，竟整好辎重，向白羊口而去。有旨饬仇鸾追袭，鸾无奈，发兵尾随敌后，谁料敌兵竟返斾来驰，吓得仇鸾胆战心惊，急忙退步。部兵亦霎时溃散，等到敌兵转身，徐徐出塞，然后收集溃卒，检点人数，已伤亡了千余人。鸾反在途中枭斩遗尸，得八十余级，只说是所斩虏首，献捷报功，世宗信以为真，优诏慰劳，并加鸾太保，厚赐金帛。

京中官吏，闻寇众退去，互相庆贺。**丑不可耐。**不意有严旨下来，饬逮尚书丁汝夔、都御史杨守谦下狱。原来京城西北，多筑内臣园宅，自被寇众纵火，免不得一并延烧。内臣入奏世宗，统说是丁、杨二人，牵制将帅，不许出战，以致烽火满郊，惊我皇上，伏乞将二人治罪，为后来戒。**都把皇帝做推头，这叫作肤受之愬。**世宗闻言大怒，所以立刻传旨，将二人逮系起来。汝夔本受教严嵩，才命各营停战，至此反致得罪，连忙嘱着家属，向嵩乞救。嵩语来人道："老夫尚在，必不令丁公屈死。"来人欢谢去讫。嵩驰入见帝，谈及丁汝夔，世宗勃然变色道："汝夔负朕太甚，不杀汝夔，无以谢臣民。"这数语吓退严嵩，只好踉跄趋出，不发一言。至弃市诏下，汝夔及守谦，同被绑至法场，汝夔大哭道："贼嵩误我！贼嵩误我！"言未已，刀光一下，身首两分。守谦亦依次斩首，毋庸细述。

过了一日，又有一道中旨颁下，着逮左谕德赵贞吉下狱。看官听说！这赵贞吉因奏对称旨，已得超擢，如何凭空得罪呢？先是贞吉廷议后，盛气谒嵩，嵩辞不见。贞吉怒叱阍人。说他有意刁难，正在吵嚷的时候，忽有一人走入，笑语贞吉道："足下何为？军国重事，慢慢地计议就是了。"贞吉视之，乃是严嵩义子赵文华，官拜通政使，不禁愤恨道："似你等权门走狗，晓得什么天下事？"言毕，悻悻自去？**文华原不足道，贞吉亦属太傲。**文华也不与多辩，冷笑而入，当即报知严嵩，嵩仇恨益甚。至俺答已退，遂奏称："贞吉大言不惭，毫无规画，徒为周尚文、沈束游说，隐谤宸聪。"这句话又激起世宗的怒意，遂命将贞吉拘系数日，廷杖一顿，谪为荔波典史。

当贞吉主战时，廷臣俱袖手旁观，莫敢附和，独有一小小官吏，位列最卑，恰朗声道："赵公言是。"吏部尚书夏邦谟，张目注视道："你是何等官儿，在此高论？"那人即应声道："公不识锦衣经历沈炼么？由他自己报名，又是一样笔墨。公等大臣，无所建白，小臣不得不说。炼恨国家无人，致寇猖獗，若以万骑护陵寝，万骑护通州军饷，再合勤王军十余万，击寇惰归，定可得胜，何故屡议不决呢？"邦谟道："你自去奏闻皇上，我等恰是无才，你也不必同我空说。"炼益愤愤，竟拜表上陈，世宗全然不理。炼闷闷不乐，纵酒佯狂。一日，至尚宝丞张逊业处小饮，彼此纵论国事，谈及严嵩，炼停杯痛骂，涕泪交颐。既晚归寓，余恨未平，慨然太息道："自古至今，何人不死？今日大奸当国，正忠臣拼死尽言的时候，我何不上书痛劾？就是致死，也所甘心。"计划已定，遂研墨展毫，缮就奏牍道：

昨岁俺答犯顺，陛下欲乘时北伐，此正文武群臣，所共当勠力者也。然制敌必先庙算，庙算必当为天下除奸邪，然后外寇可平。今大学士严嵩，当主忧臣辱之时，不闻延访贤豪，谘询方略，唯与子世蕃，规图自便，忠谋则多方沮之，谄谀则曲意引之，索贿鬻官，沽恩结客，朝廷赏一人，则曰由我赏之；罚一人，则曰由我罚之，人皆伺严氏之爱恶，而不知朝廷之恩威，尚忍言哉！姑举其罪之大者言之：纳将帅之贿，以启边陲之衅，一也；受诸王馈遗，每事隐为之地，二也；揽御史之权，虽州县小吏，亦皆货取，致官方大坏，三也；索抚按之岁例，致有司递相承奉，而闾阎之财日削，四也；隐制谏官，俾不敢直言，五也；嫉贤妒能，一忤其意，必致之死，六也；纵子受贿，敛怨天下，七也；运财还家，月无虚日，致道途驿骚，八也；久居政府，擅权害政，九也；不能协谋天讨，上贻君父忧，十也。明知臣言一出，结怨权奸，必无幸事，但与其纵奸误国，毋宁效死全忠。今日诛嵩以谢天下，明日戮臣以谢嵩，臣虽死无余恨矣。

写至此，读了一遍，又自念道："夏邦谟恰也可恶，索性连他劾奏。"遂又续写数语，无非是吏部尚书夏邦谟，谄谀黩货，并请治罪等情。次日呈将进去，看官试想！一个锦衣卫经历，居然想参劾大学士及吏部尚书来，任你笔挟龙蛇，口吐烟云，也是没有效力。况世宗方倚重严嵩，哪里还肯容忍？严旨一下，斥他诬蔑大臣，榜掠数十，谪佃保安。同时刑部郎中徐学诗，南京御史王宗茂，先后劾嵩，一并得罪。学诗削籍，宗茂贬官。还有叶经、谢瑜、陈绍，与学诗同里同官，俱以劾嵩遭谴，时称为上虞四谏官。此外所有忤嵩各官，都当京察大计时，尽行贬斥，真个是一网打尽，靡有孑遗。

唯仇鸾党附严嵩，愈邀宠眷，适值吏部侍郎王邦瑞，摄兵部事，以营政久弛，疏请整饬，略谓"国初京营，不下七八十万，自三大营变为十二团营，又变为两官厅，逐渐裁并，额军尚有三十八万余人。今武备积弛，现籍止十四万，尚是虚额支饷，有名无实。近届寇骑深入，搜括各营，只有五六万人，尚且老弱无用，此后有警，将仗何人"等语。*何不叫中饱的官吏去？*世宗览奏，立命废止团营两官厅，仍复三大营旧制，创设戎政府，命仇鸾为总督，邦瑞为副。鸾既揽兵权，并欲节制边将，因请易置三辅重臣，以大同总兵徐珏驻易州，大同总兵署授徐仁，宣府蓟镇总兵李凤鸣、成勋，亦彼此互易。并选各边兵更番入卫，分隶京营。塞上有警，边将不得征集，必须报明戎政府，酌量调遣云云。世宗一律允准，将原奏发下兵部。王邦瑞以为不可，极力谏阻，*仇鸾所请，全是私意，即愚者亦知其非，世宗反深信之，邦瑞虽谏何益？*不意反受了一番斥责。且特赐仇鸾封记，令得密上封章，一切裁答，俱由内批发行，不下兵部。邦瑞又屡疏争辩，恼动世宗，竟令削职。邦瑞归去，仇鸾益无忌惮，扬言将大举北征，命户部遣使四出，尽括甫都及各省积贮，并催征历年逋赋，作为兵饷，所在苛扰。经礼部尚书徐阶，从中奏阻，始得稍寝。

既而俺答又有入寇消息，鸾忙令时义出塞，赍了金币，贿结俺答义子脱脱，情愿互市通贡，不可动兵。脱脱禀知俺答，俺答自然乐许，遂投书宣大总督苏祐，转致仇鸾。鸾与严嵩定议，每岁春秋两市，俺答进来的货物，无非是塞外的马匹，因此叫作马市。马市既开，命侍郎史道掌领。兵部车驾司员外郎杨继盛，独抗疏陈奏道：

> 互市者，和亲别名也。俺答蹂躏我陵寝，虔刘我赤子，而先之曰和，忘天下之大仇，不可一；下诏北伐，日夜征缮兵食，而忽更之曰和，失天下之大信，不可二；堂堂天朝，下与边寇互市，冠服倒置，损国家之重威，不可三；*此语未免自大恶习。*海内豪杰，争磨励待试，一旦委置无用，异时号召，谁复兴起？不可四；去岁之变，颇讲兵事，无故言和，使边镇将帅，仍自懈弛，不可五；边卒私通外寇，吏犹得以法裁之，今导之使通，其不勾结而危社稷者几希，不可六；盗贼伏莽，本摄国威，今知

朝廷畏寇议和，适启睥睨之渐，不可七；俺答往岁深入，乘我无备，备之一岁，仍以互市终，彼谓我尚有人乎？不可八；俺答狡诈，出没叵测，我竭财力而辇之边，彼或负约不至，即至矣，或阴谋伏兵突入，或今日市，明日复寇，或以下马索上直，或责我以他赏，或责我以苛礼，皆未可知也，不可九；此条所见甚是。岁帛数十万，得马数万匹，十年以后，帛将不继，不可十。凡为谬说者有五：不过曰吾外假马市以羁縻之，而内足修我武备，夫俺答何厌之有？吾安能一一应之？是终兆衅也，且吾果欲修武备，尚何借于羁縻？此一谬也。又或曰互市之马，足资吾军，夫既已和矣，无事战矣，马将焉用？且彼亦安肯损其壮马以予我，此二谬也。抑或曰互市不已，彼且朝贡，夫至于朝贡，而中国之捐资以奉寇益大矣，此三谬也。或且曰彼既利我，必不失信，亦思中国之所谓开市者，能尽给其众乎？不给则不能无入掠，此四谬也。或又曰兵为诡道，佳兵不祥，试思敌加我而我乃应之，胡谓佳兵？人身四肢皆痛痹，毒日内攻，而惮用药石，可乎？此五谬也。夫此十不可五谬，匪唯公卿大夫知之，三尺童子皆知之，而敢有为陛下主其事者，盖其人内迫于国家之深恩，则图幸目前之安以见效，外慑俺答之重势，则务中彼之欲以求宽。公卿大夫，知而不言，盖恐身任其责，而自蹈危机也。陛下宜振独断，发明诏，悉按言开市者。然后选将练兵，声罪致讨，不出十年，臣请得为陛下勒燕然之绩，悬俺答之首于藁街，以示天下后世。

世宗览到此疏，意颇感奋，下内阁及诸大臣集议，严嵩等不置可否，独仇鸾攘臂痛詈道："竖子目不识兵，乃说得这般容易。"遂自上密疏，力诋继盛。世宗意遂中变，遽下继盛锦衣狱，令法司拷讯。继盛持论不变，竟贬为狄道典史。小子有诗咏道：

> 朝三暮四等狙公，政令纷更太自蒙。
> 直谏翻遭严谴下，空令后世慨孤忠。

继盛既贬，马市大开，究竟俺答受驭与否，且至下回再详。

本回叙俺答入寇，以及议和互市，无非是幸臣误国，酿成寇患。夫俺答虽称狡诈，而未尝有入主中原之想，观其大掠八日，饱飏而去，可知赵贞吉之主战，未尝非策。果令宸衷独断，奋发有为，则岂竟不足却敌？于少保当土木之败，犹能慷慨誓师，捍守孤城，况俺答不及乜先，世宗权逾景帝，宁有不事半功倍乎？至若仇鸾之创开马市，取侮敌人，杨继盛抗疏极言，其于利害得失，尤为明畅，世宗几为感动，复因仇鸾密陈，以致中变，盖胸无主宰，性尤好猜，奸幸得乘间而入，而忠臣义士，反屡受贬戮，王之不明，岂足福哉？读屈原言而不禁同慨矣。

第二十九回

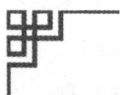

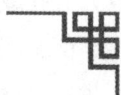

罪仇鸾剖棺正法
劾严嵩拼死留名

却说马市既开，由侍郎史道主持市事，俺答驱马至城下，计值取价，起初还不失信用，后来屡把羸马搪塞，硬索厚值，一经边吏挑剔，即哗扰不休。有时大同互市，转寇宣府；宣府互市，转寇大同；甚且朝市暮寇，并所卖的羸马，亦一并掠去。大同巡按御史李逢时，一再上疏，略称："俺答屡次入寇，与通市情实相悖，今日要策，唯有大集兵马，一意讨伐，请饬京营大将军仇鸾，赶紧训练，专事征讨，并命边臣合兵会剿，勿得隐忍顾忌，酿成大患。"兵部尚书赵锦，亦上言御寇大略，战守为上，羁縻非策。世宗乃令仇鸾督兵出塞，往讨俺答。

鸾本认严嵩为义父，一切行止，都由嵩暗中庇护，自总督京营后，权力与严嵩相埒，免不得骄傲起来，将严嵩撇诸脑后。严嵩怨他负恩，密疏毁鸾，鸾亦密陈严嵩父子贪横情状。凶终隙末，小人常态，至两下密疏，尤甚好看。世宗渐渐疏嵩，只命徐阶、李本等，入直西内，嵩不得与，其时张治已殁。嵩衔恨益甚。至是命鸾出兵，料知鸾是胆怯，因嗾使廷臣，请旨督促。看官！你想仇鸾身为大将，并未曾与外寇交绥，单靠着时义、侯宗等，买通俺答，遮盖过去，此刻奉命北征，真个要他打仗！他是无谋无勇，如何行军？况且有严嵩作对，老法儿统用不着，又不能托故不去，只好硬着头皮，祸纛出师。途中缓一日，好一日，挨一刻，算一刻。不料警报频来，边氛日恶，大同中军指挥王恭，战死管家堡，宁远备御官王相，又战死辽东卫。朝旨又严厉得很，把大同总兵徐仁、游击刘潭等拿问，巡抚都御史何思削籍。内外情事，都从仇鸾一边叙入，省却无数笔墨。俗语所谓兔死狐悲，物伤其类，益发令仇鸾短气。好容易行到关外，探听得俺答部众，驻扎威宁海，他居然想出一计，乘敌不备，掩杀过去。当下麾兵疾走，甫至猫儿庄，两旁胡哨陡起，霎时间走出两路人马，持刀挺戟，旋风般的杀来，仇鸾叫声不好，策马返奔，部兵见大帅一走，还有何心恋战？纷纷弃甲而逃，逃不脱的晦气人物，被敌兵切菜般地举刀乱砍。所有辎重等物，挟了便走，驴马等物，牵着便行，不消多少工夫，敌兵已去得无影无踪了。仇鸾逃了一程，才有侦骑来报，说是"俺答的游击队，在此巡弋，并非全部巨寇，请大帅不必惊慌"云云。仇鸾闻言，又惭又恨，叱退侦卒，驰入关中。挖苦仇鸾，笔锋似刀。

嗣是羞恚成疾，恹恹床褥，蓦地里生了一个背疽，痛不可忍，日夕呼号。本拟上表告辞，奈顾着大将军印绶，又是恋恋难舍，没奈何推延过去。偏是礼部尚书徐阶，密劾鸾罪，兵部尚书赵锦又奏称："强寇压境，大将军仇鸾，病不能军，万一寇众长驱，贻忧君父不小，臣愿率兵亲往，代鸾征讨。"说得世宗性急起来，颁诏兵部，以尚书不便轻出，令侍郎蒋应奎，暂摄戎政，总兵陈时，代鸾为大将军，唯这大将军印尚在仇鸾掌握，饬赵锦收还。鸾得报后，即日返京，养病私第。赵锦赍夜亲往，持诏取印，仇鸾已病不能起，闻得此信，"呵哟"一声，倒在榻上，顿时疽疮迸裂，鼻息悠悠。家人忙了手脚，急将仇鸾叫醒，鸾开目一瞧，禁不住流泪两行，至印信缴出，赵锦别去，鸾即断气而亡。保全首领，实是侥幸。

世宗已知仇鸾奸诈，遣都督陆炳，密查遗迹。炳素嫉鸾，尝侦悉鸾事，因恐没有案证，未敢上闻。会鸾旧部时义、侯荣等，已冒功授锦衣卫指挥等官，闻鸾病死，料难安居，竟出奔居庸关，意欲往投俺答，可巧被陆炳知悉，着急足驰至关上，投书关吏，请发兵查缉鸾党。冤冤相凑，时义、侯荣等人，叩关欲出，被关吏一并拘住，押解京师。当下法司审讯，诱供逼招，尽发鸾通房纳贿诸事。陆炳一一奏明，那时世宗大怒，暴鸾罪恶，剖鸾棺，戮鸾尸，并执鸾父母妻子，及时义、侯荣等，一体处斩。近报则在己身，远报则在妻孥。布告天下，立罢马市。俺答闻信，稍稍引去。世宗又命宣大总督苏佑，与巡抚侯钺、总兵吴瑛等，出师北伐。画蛇添足，未免多事。钺率万余人出塞，袭击俺答，又蹈仇鸾故辙。谁料被俺答闻知，设伏待着，侯侯钺兵至，伏兵四起，首尾夹击，杀死把总刘歆等七人，士卒死亡无算，钺等拼命逃还，才得保全性命。巡抚御史蔡朴，据实奏劾，留中不发。唯刘歆等死后恤典，总算命兵部颁发。既而俺答又犯大同，副总兵郭都出战，孤军无援，复遭战殁，乃逮侯钺至京，削籍为民。

世宗记恨仇鸾，尚是不置，因思杨继盛劾鸾遭贬，未免冤枉，遂召继盛还京，从典史四次迁升，复为兵部员外郎。严嵩与鸾有隙，以继盛劾鸾有功，也从中说项，改迁兵部武选司。继盛哪里知晓？就是知晓，恐也不肯感嵩。只是感激主知，亟图报国。抵任甫一月，即草疏劾嵩罪状，属稿未成，妻张氏入室，问继盛奏劾何人？继盛愤愤道："除开严嵩，还有哪个？"张氏婉劝道："君可不必动笔了，前时劾一仇鸾，被困几死，今严嵩父子，威焰熏天，一百个仇鸾，尚敌不过他，老虎头上搔痒，无补国家，转取祸戾，何苦何苦！"言亦近情。继盛道："我不愿与这奸贼同朝共事，不是他死，就是我死。"张氏道："君死无益，何若归休！"继盛道："龙逄、比干，流芳百世，我得从古人后，愿亦足了。你休阻我！"张氏知不可劝，含泪趋出。继盛草就奏疏，从头誊正，内论严嵩十大罪五奸，语语痛切，字字呜咽，正是明史上一篇大奏牍。小子节录下方，其词云：

方今在外之贼为俺答，在内之贼为严嵩。贼有内外，攻宜有先后，未有内贼不去，而外贼可除者。故臣请诛贼嵩，当在剿绝俺答之先。嵩之罪恶，除徐学诗、沈炼、王宗茂等，论之已详，然皆止论贪污之小，而未发其僭窃之大。去年春，雷久不声。占云："大臣专政。"夫大臣专政，孰有过于嵩者？又是冬，日下有赤色，占云："下有叛臣。"凡心背君者皆叛也。夫人臣背君，又孰有过于嵩者？如四方地震，与夫日月交食之变，其灾皆感应贼嵩之身，乃日侍左右而不觉，上天警告之心，亦恐殆且孤矣。臣敢以嵩之专政叛官十大罪，为陛下陈之！祖宗罢丞相，设阁臣备顾问，视制草而已。嵩乃俨然以丞相自居，百官奔走请命，直房如市，无丞相而有丞相权，是坏祖宗之成法，大罪一。陛下用一人，嵩曰："我荐也。"斥一人，曰："此非我所亲。"陛下宥一人，嵩曰："我救也。"罚一人，曰："此得罪于我。"群臣感嵩，甚于感陛下；畏嵩，甚于畏陛下。窃君上之大权，大罪二。陛下有善政，嵩必令子世蕃告人曰："主上不及此，我议而成之。"欲天下以陛下之善，尽归于己，是掩君上之治功，大罪三。陛下令嵩票拟，盖其职也，岂可取而令世蕃代之？题疏方上，天语已传，故京师有大丞相、小丞相之谣，是纵奸子之僭窃，大罪四。严效忠、严嵩厮役。严鹄，世蕃子。乳臭子耳，未尝一涉行伍，皆以军功官锦衣，两广将帅，俱以私党躐府部，是冒朝廷之军功，大罪五。逆鸾下狱，贿世蕃三千金，嵩即荐为大将，已知陛下疑鸾，乃互相排诋，以泯前迹，是引悖逆之奸臣，大罪六。俺答深入，击其惰归，大计也，嵩戒丁汝夔勿战，是误国家之军机，大罪七。郎中徐学诗，给事中厉汝进，俱以劾嵩削籍，厉汝进劾世蕃，窃弄父权，嗜贿张焰，嵩上疏自理，且求援中官，以激帝怒，遂廷杖削籍。内外之臣，中伤者何可胜计？是专黜陟之大权，大罪八。文武选拟，但论金钱之多寡，将弁唯贿嵩，不得不胺削士卒；有司唯贿嵩，不得不掊克百姓，毒流海内，患起域中，是失天下之人心，大罪九。自嵩用事，风俗大变，贿赂者荐及盗跖，疏拙者黜逮夷齐，守法度者为迂滞，巧弥缝者为才能，是败天下之风俗，大罪十。嵩有此十大罪，昭入耳目，以陛下之神圣而若不知者，盖有五奸以济之。知陛下之意向，莫过于左右侍从，嵩以厚贿结之，凡圣意所爱憎，嵩皆预知，以得遂其逢迎之巧，是陛下左右，皆嵩之间谍，其奸一。通政司为纳言之官，嵩令义子赵文华为之，凡疏到必有副本，送嵩与世蕃，先阅而后进，俾得早为弥缝，是陛下之纳言，乃嵩之鹰犬，其奸二。嵩既内外周密，所畏者厂卫之缉谤也，嵩则令世蕃笼络厂卫，缔结姻亲，陛下试诘彼所娶为谁氏女，立可见矣，是陛下之爪牙，乃嵩之瓜葛，其奸三。厂卫既已亲矣，所畏者科道言之也。嵩于进士之初，非亲知不得与中书行人之选，知县推官，非通贿不得与给事御史之列，是陛下之耳目，皆嵩之奴隶，其奸四。科道虽入其牢笼，而部臣如徐学诗之类，亦可惧也，嵩又令子世蕃，将各部之有才望者，俱网罗门下，各官少有怨望者，嵩得早为斥逐，是陛下之臣工，多嵩之心腹，其奸五。夫嵩之十罪，赖此五奸以济之，五奸一破，则十罪立见，陛下何不忍割一贼臣，顾忍百万苍生之涂炭乎？陛下听臣之言，察嵩之奸，或召问景、裕二王，令其面陈嵩恶，或询诸阁臣，谕以勿畏嵩威，重则置之宪典，以正国法，轻则谕令致仕，以全国体，内贼去而后外贼可除也。臣自分斧钺，因蒙陛下破格之患，不敢不效死上闻，冒渎尊严，无任悚惶待命之至！

世宗是时，正因众言官奏阻斋醮，下诏逮捕，继盛恐益触帝怒，将疏暂搁不上。更越十有五日，斋戒沐浴，才将此疏拜发。谁知朝上奏章，暮入诏狱，原来世宗览

188

奏,已是懊恨,立召严嵩入示。嵩见有召问二王语,遂启奏道:"继盛敢交通二王,诬劾老臣,请陛下明鉴!"**两语够了。**世宗益怒,遂饬逮继盛下狱,**岂不忆谏阻马市,其言已验耶?**命法司严讯主使。继盛道:"发言由我,尽忠亦由我,难道必待他人主使么?"法司问何故引入二王,继盛又厉声道:"满朝都怕严嵩,非景、裕二王,何人敢言?"**景、裕二王,皆世宗子。**法司也不再问,只说他诬毁宰臣,杖至百数,送交刑部。刑部尚书何鳌,受嵩密嘱,欲坐继盛诈传亲王令旨罪,即欲将他杖死,郎中史朝宾进言道:"奏疏中但说召问二王,并不说由亲王令旨,朝廷三尺法,岂可滥加么?"说得何鳌哑口无言,即去报达严嵩。严嵩确是厉害,竟立黜朝宾为高邮判官。又因奏中有严效忠、严鹄冒功情事,奉旨饬查,由世蕃自为辩草,送兵部武选司郎中周冕,嘱他依草上复。冕偏铁面无情,竟据实复奏道:

> 臣职司武选,敢以冒滥军功一事,为陛下陈之:按二十七年十月,据通政司状送严效忠,年十有六,考武举不第,志欲报效本部,资送两广听用。次年据两广总兵平江伯陈圭,及都御史欧阳必进,题琼州黎寇平,遣效忠奏捷,即援故事授锦衣卫镇抚。无何效忠病废,严鹄以亲弟应袭,又言效忠前斩贼首七级,例官加陛,遂授千户。及细察效忠为谁?曰:"嵩之厮役也。"鹄为谁?曰:"世蕃之子也。"不意嵩表率百僚,而坏纲乱纪,一至于此。今蒙明旨下本部查核,世蕃犹私创复草,架虚贻臣,欲臣依草复奏,天地鬼神,昭临在上,其草现存,伏望圣明特赐究正,使内外臣工,知有不可犯之法,国家幸甚!

这疏一入,朝右大臣,多为严嵩父子,捏一把冷汗,谁意严嵩竟有神出鬼没的手段,居然打通关节,传出中旨,说是周冕挟私捏造,朋比为奸,把他下狱削职,且擢世蕃为工部左侍郎,愈加优眷。**真正令人气煞。**一面再令法司严讯继盛。继盛披枷带索,由狱入廷,道旁人士,两旁聚观,见继盛身受重刑,各叹息道:"此公系天下义士,为何遭此荼毒?"又指着枷索,互相私语道:"奈何不将这种刑具,带在奸相头上,反冤屈了好人?"**公论难逃。**国子司业王材,听着舆论,往谒严嵩道:"人言也是可畏,相公何不网开一面,救出继盛?否则贻谤万世,也为我公不取哩。"王材本阿附严嵩,此番良心未泯,竟有此请,嵩颇有些悔悟,慨然答道:"我亦怜他忠诚，当替他代奏皇上，恕他一点便是。"王材唯唯而出。嵩即与子世蕃商议，世蕃道："不杀继盛，何有宁日？"杀了继盛，难道可长久富贵么？这所谓其父行劫，其子必且杀人。嵩迟疑半晌，复道："你也单从一时着想，不管着日后哩。"世蕃道："父亲若有疑心，何不商诸别人？"嵩点头道："你去与胡植、鄢懋卿一商，何如？"世蕃领命，即至鄢懋卿宅中，说明就里。懋卿道："这便叫作养虎贻患哩。尊大人缜密一生，今反有此迟疑，殊不可解。"世蕃道："我也这般说，家父必欲问君，并及胡公，我不能不到此一行。"顺父之命，还算孝思。懋卿道："老胡怕也不赞成哩！我去邀他前来，一决可否便了。"当下令家人去招胡植，植与懋卿同出入严门，自然闻召即至。彼此会叙，谈及杨继盛事，也与懋卿同一见解。世蕃即匆匆告别，即将两人所说，还报严嵩。严嵩道："既然众论一致，我也顾不得什么了。"一个儿子，两个私人，便好算作公论吗？自是决定主意，要杀继盛。可巧倭寇猖獗，赵文华出视海防，与兵部侍郎张经等，互有龃龉，文华妒功忌能，构陷经等，严嵩任意牵扯，将继盛一并列入，可怜这赤胆忠心的杨老先生，竟不免就义市曹。曾记继盛有一遗诗云：

浩气还太虚，丹心照千古。平生未报恩，留作忠魂补。

继盛妻张氏，闻夫将被刑，独上疏营救，愿代夫死。继盛尽忠，张氏尽义。正是：

巾帼须眉同一传，忠臣义妇共千秋。

张氏一疏，不可不录，待小子下回续述。

世宗因严嵩提挈仇鸾，遂假重柄，至于丧师辱国，讳败为胜，尚一无闻知，反加宠眷，是正可谓养痈贻患矣。迨夺大将军印绶，致鸾背疮溃裂，是不啻国家之痈疮溃裂耳。盖严、仇互攻，严贼之势，虽一时未至动摇，然譬之治病者，已有清理脏腑之机会。杨继盛五奸十大罪之奏，正千金肘后方也，暂不见用，而后来别除奸蠹，仍用此方剂治之，杨公虽死，亦可瞑目矣。且前谏马市，后劾严嵩，两疏流传，照耀简策，人以杨公之死为不幸，吾谓人孰无死，死而流芳，死何足惜？至若张氏一疏，附骥而传。有是夫并有此妇，明之所以不即亡者，赖有此尔。

第三十回

却外寇奸党冒功
媚干娘义儿邀宠

却说杨继盛妻张氏，本是个知书达礼的贤妇，前此知劾嵩无益，劝阻继盛，嗣因继盛不从，竟致待罪诏狱。世宗本不欲加戮，因被严嵩构陷，附入张经案内，遂将他一同处决，急得张氏痛切异常，誓代夫死，遂草疏上奏道：

臣夫谏阻马市，预伐仇鸾，曾蒙圣上薄谪，旋因鸾败，首赐湔雪，一岁四迁，臣夫衔恩图报，误闻市井之语，尚狃书生之见，妄有陈说，荷上不即加戮，俾从吏议。杖后入狱，割肉二斤，断筋二条，日夜笼箍，备诸苦楚，两经奏谳，并沐宽恩。今忽阑入张经疏尾，奉旨处决，臣仰唯圣德，昆虫草木，皆欲得所，岂惜一回宸顾，下逮覆盆？倘以罪重，必不可赦，愿即斩臣妾首，以代夫诛。夫生一日，必能执戈矛，御魑魅，为疆场效命之鬼，以报陛下。与沈束妻张氏一疏，前后相应，但沈束尚得全生，杨继盛竟致毕命，是亦有幸有不幸耳。

原来继盛入狱，有人送与蚺蛇胆一具，说是可解血毒。继盛却谢道："椒山自有肝胆，无须此物。"椒山即继盛别号。嗣经数次杖笞，体无完肤，两股上碎肉片片，累坠不堪，而且筋膜被损，愈牵愈痛。继盛咬住牙根，竟用了手爪，将腐肉挖去，又把饭盌磕碎，拾了磁片，割断股筋二条。*痛哉痛哉，我不忍闻。*所以张氏疏中，列入此语，冀动天听。可奈妇人不便伏阙，只好倩人代呈，那万恶死凶的严嵩，怎肯轻轻放过，令这奏疏呈入？张氏一片苦心，仍然白用，结果是法场流血，燕市沉冤。

但兵部侍郎张经等，如何被赵文华构陷，说来话长，待小子从头至尾，略述一遍。

中国沿海一带，向有倭寇出没。从前明太祖时，曾设防倭卫所，控遏海滨，及成祖年间，屡破倭兵，倭寇少戢。日本将军足利义满，遣使入贡，受封为日本国王，足利氏遂与中国交通，并代为诛逋海寇，只准商民入市，不准掳掠，因此沿海一带，尚称平安。到了世宗即位，有宁波鄞县人宋素卿，罹罪远飏，往投日本，适值义满去世，义植嗣位，暗弱不能制盗，盗众遂与素卿联络，借入贡为名，大掠宁波沿海诸郡邑。亏得巡按御史欧珠，及镇守太监梁瑶，诱执素卿，下狱论死，总算除了一个汉奸。谁知除了一个，反引出了好几个！什么汪五峰，什么徐碧溪，什么毛海峰，什么彭老生，统是中国人民，逸据海岛，勾结倭兵，劫掠沿海。*历代都有虎伥，无怪外人诮我谓无爱国心。*巡按浙江御史，已改任陈九德，当即拜本入京，请置沿海重臣，治兵捕讨。世宗乃以朱纨为右都御史，巡抚浙江，兼摄福州兴化、泉漳诸州事。纨莅任后，下令禁海，日夕练兵甲，严纠察，破毁舶盗渊薮，擒斩寇谍数百人，不料反中时忌，被御史周亮等，劾他措置乖方，专杀启衅。朝旨竟夺纨官职，还要把他审问起来，纨忿恚自杀。*忠臣结果，往往如是。*遂将巡抚御史的官职，悬搁不设。直至嘉靖三十一年，安徽人汪直，亡命海上，为寇舶巨魁，又有徐海、陈东、麻叶等，与汪直通同联络。直尤狡悍，纵横无敌，连海外的倭寇，都是望风畏服，愿受指挥。直遂登岸犯台州，破黄岩，扰及象山、定海诸处，浙东骚动。于是廷臣会议，复设巡视重臣，命王忬巡抚浙江，提督沿海军务。

忬方巡抚山东，既奉朝旨，即日至浙，察知参将俞大猷、汤克宽，材勇可任，招为心膂，一面召募士卒，激厉将校，夜遣俞、汤二将，率兵剿袭。汪直正结砦普陀山，踞岛自固。俞大猷带领锐卒，乘风先发，汤克宽为后应，径趋贼寨，四面放起火来。汪直等猝不及防，慌忙逃走，官军追击过去，斩首百五十级，生擒百余人，焚死溺死的，无从查核。直遁至闽海，又被都指挥尹凤，迎头痛击，杀得他七零八落，狼狈遁去。浙江经此一战，人心少定。哪知汪直刁狡得很，复去勾引诸倭，大举入寇，连舰数百，蔽海而至，浙东西同时告警，忬遣汤克宽防东，俞大猷防西，两将如砥柱一般，捍卫中流，凭你汪直如何勇悍，也不能越雷池一步。直变计北犯，转寇苏、松，两郡素来饶沃，又无守备，被寇盗乘虚袭入，任情劫夺。还有贼目萧显，暴戾异常，率着劲倭数十人，屠上海、南汇、川沙，直逼松江城。余众围嘉定、太仓，所过残掠，惨不忍闻。**敢问江南大吏，做什么事？** 王忬急遣都指挥卢镗，倍道掩击，突入萧显营内。萧显措手不及，顿被杀死，贼众大乱，由卢镗麾兵截杀，砍去了无数头颅。杀不尽的毛贼，奔回浙境，巧与俞大猷相遇，正好借着开刀，一刀一个，两刀两个。霎时间杀得精光，不留一人。只有汪直一路，破昌国卫，劫乍浦、青村、柘林等处，尚是沿途剿掠，大为民患。忬复调汤克宽北援，适疫气盛行，士卒多病，克宽无可奈何，只好任寇北窜。汪直复趋入江北，大掠通州、如皋、海门诸州县，焚毁盐场，进窥青、徐交界，山东大震。那时廷臣又要劾奏王忬，说他以邻为壑，坐视不救，可为一叹。还算世宗圣量包容，不遽加罪，**讽刺语。** 只改忬为右副都御史，调抚大同，另命徐州兵备副使李天宠代任。

忬一去浙，浙复不宁，天宠力不能制，奏请改简重臣，乃命南京兵部尚书张经，**前文俱追溯前事，至此方说到张经。** 为右都御史，兼兵部侍郎，总督江南北、浙江、山东、福建、湖广诸军，便宜行事。经尝总督两广，颇有威惠，为狼土兵所敬服，朝议欲征狼土兵剿倭，因有是命。并且擢俞大猷、汤克宽为总兵，归经节制，指日平寇。经颇慷慨自负，矜气使才，**这也是致死之由。** 且以狼土兵夙听指挥，必得死力，遂飞檄往调，命各省统兵官，就地驻守，不得擅动。看官！你想就地的将校，本是不少，偏要至远地去调狼土兵，这种命令，能使众将心服么？于是彼此观望，不复效力。那时汪直正导引倭寇，由北而南，仍回掠苏、松，驰入浙境，犯乍浦、海宁，陷崇德，转掠塘西、新市、横塘、双林、乌镇、菱湖等处，距省会仅数十里。李天宠居守省城，束手无策，但募人缒城，自毁附郭民居，算是防寇的妙法。张经时驻嘉兴，亦不闻发兵往援，幸副使阮鹗，金事王询，协守省城，无懈可击，才将寇兵却退。

是时通政司赵文华，已升授工部侍郎，上陈备倭七事，第一条乃请遣官望祭海神，**第一策，便不足道，余六事，不问可知。然亦无非因帝信斋醮，乃有此瞎说耳。** 世宗览着，即召问严嵩。嵩与文华结为父子，哪有不竭力擒掇的道理，并说文华颇娴兵事，不妨令他往祀，乘便督察军情。世宗照准，遂命文华南下。文华得了这个美差，自然沿途索贿，恃宠横行，到了江南，祷祭已毕，便与张经晤谈军务，经自命为督军元

帅，瞧文华不起，文华又自恃为钦差大臣，瞧张经不起，两人止谈数语，已是意气不
投，互相冰炭。可巧广西田州土官妇瓦氏，引狼土兵数千，到了苏州，经尚按兵不
动。巡按御史胡宗宪，谄事文华，彼此联同一气，促经发兵，经绝不答复。及再四催
促，方复言永顺、保靖两处人马，尚未到齐，俟到齐后，出发未迟。原来张经恐文华
轻浅，漏泄师期，所以模糊答复。文华忿甚，遂上疏劾经，只说经才足平寇，但因身
为闽人，与海寇多属同乡，所以徇情不发，养寇失机云云。笔上有刀。疏方拜发，经
已调齐永顺、保靖各兵，分道并进，适倭寇自柘林犯嘉兴，与参将卢镗相遇，镗此时
已授参将。镗本率狼土兵，作为冲锋，两下交战，水陆夹攻，把寇众杀败石塘湾，寇
众北走平望，又碰着总兵俞大猷，强将手下无弱兵，寇众勉强对仗，不到半个时辰，
已杀伤了一半；转奔王江泾，又是两路兵杀到。一路是永顺兵，由宣慰使彭冀南统
带；一路是保靖兵，由宣慰使彭荩臣统带。两路生力军，似虎似狼，前后互击，直令
寇众上天无路，入地无门，拼着命敌了一阵，该死的统入鬼门关，还有一时不该死
的，窜回柘林。四路得胜的大兵，一齐追杀，到了柘林贼砦，四面纵火，乱烧乱斫，
寇众知是厉害，先已备好小舟，等到火势一发，大家都逃入舟中，飞桨遁去。这次战
胜，斩首二千级，焚溺无数，自出师防海以来，好算是第一次战功。不没张经功绩，
以见下文之冤死。张经大喜，立刻拜表告捷。这时候的明廷中，早接到文华劾奏，世
宗正要派官逮经，不意捷报驰来，乃是张经所发，接连又是文华的捷奏，内称狼兵初
至，经不许战，由臣与胡宗宪督师，出战海上，方有此捷。彼此所报异辞，惹得世
宗也动疑起来，只好又召严相问明。偏又问这老贼。称为严相，是从世宗心中勘出。看
官！试想仇人遇着对头，义儿碰着干爷，直也变曲，曲也变直，还要问他什么？当
下遣使逮经，并李天宠、汤克宽等，一并拿问。到了京师，随你如何分辩，总说
他冒功诬奏，尽拟处死。严嵩又把那杨继盛等，附入疏尾，共有一百余人。心同蛇
蝎。当奉御笔勾掉九名，于是张经、李天宠、汤克宽及杨继盛等九名，尽死西市。
缴足杨继盛死案。

　　经既被逮，改任周珫，天宠遗缺，就委了胡宗宪。未几，周珫复罢，以南京户
部侍郎杨宜为总督，杨宜恐蹈经辙，凡事必谘商文华，文华威焰愈盛。唯狼土兵只服
张经，不服文华、杨宜等人，遂不受约束，骚扰民间，倭寇探悉内情，又入集柘林，
分众犯浙东，转趋浙西，直达安徽，从宁国、太平，折入南京，出秣林关，劫溧阳、

水战倭寇

宜兴，抵无锡，趋浒墅，转斗数千里，杀伤四千人。应天巡抚曹邦辅，亟督兵出剿，与寇相遇，佥事董邦政，怒马突阵，连斩贼首十余级。邦辅麾军齐上，贼大败飞奔，被官军追至杨家桥，拦入绝地，会集各部兵，四面围住，见一个，杀一个，见两个，杀一双，所有柘林遣来的寇党，杀得一个不留。文华闻寇众被围，兼程趋赴，欲攘夺邦辅功劳，及行至杨家桥，寇已尽歼，邦辅已驰表告捷，归功邦政。**不劳费心。**文华愤甚，乃选集浙兵，得四千人，与胡宗宪一同督领，拟进剿柘林老巢，一面约邦辅会剿。江南兵分三道，浙兵分四道，东西并进。到了松江，闻柘林贼已进据陶家港，遂进营砖桥，贼悉锐冲浙兵，浙兵惊溃，文华等不能禁遏，只好退走。**一出手，便献丑。**江南兵也陷贼伏中，死了二百多人。文华只诿罪邦辅，及佥事邦政，奏言两人愆约后期，以致小挫等情。世宗又要下旨逮问。给事中孙濬、夏栻等，力言邦辅实心任事，前此杨家桥一役，尽歼流贼，功绩显然，此次愆期，定有别故。文华遽请罪斥，殊属非是。世宗乃申饬文华秉公视师。文华料贼未易平，乃萌归志，会川兵破贼周浦，总兵俞大猷，复破贼海洋，文华遂上言水陆成功，请即还朝，有旨准奏。及文华到了京师，又奏称余倭无几，杨宜、曹邦辅等，不足平贼，只有胡宗宪可以胜任，于是杨宜免职，邦辅谪戍，独进宗宪为兵部侍郎，总督东南军务。

已而东南败报，相继入京，世宗颇疑文华妄言，屡诘严嵩，嵩曲为解免。文华未免惊惶，又想了一法，推在吏部尚书李默身上，只说他与张经同乡，密图报复，所遣东南将吏，多不得人，以致败衄。世宗将信未信，会李默发策试士，试题中有"汉武征四夷，海内虚耗，唐宪复淮蔡，晚节不终"等语。文华又得了间隙，即将策题封入，劾奏李默讪谤朝廷。这奏上去，当即降旨，将李默夺职，下狱拷讯，坐罪论死。**又屈死了一个。**

先是文华自浙返京，携回珍宝，先往严府请安，见了严嵩及世蕃，当将上等奇珍，奉献数色，严嵩自然喜欢，文华又入内室，叩见嵩妻欧阳氏，复献上精圆的珍珠，翡翠的宝玉，且口口声声，呼欧阳氏为母亲，说了无数感激的话儿。妇人家最爱珍饰，又喜奉承，瞧着这义子文华，比世蕃要好数倍，正是爱上加爱，喜上加喜。方在慰问的时候，严嵩适自外入内，文华忙抢步迎接，步急身动，腰间的佩带，两边飘舞，也似欢迎一般。至嵩入就座，与文华续谈数语，欧阳氏忽插口道："相公年迈，所以遇事善忘。"嵩惊问何故？欧阳氏微笑，指着文华的腰带道："似郎君为国效劳，奔走南北，乃仍服着这项腰带，难道相公不能替他更新么？"这句话，明明是暗讽严嵩，叫他为文华保举，升任尚书的意思。<u>统是珠玉之力。</u>嵩以手拈须道："老夫正在此筹画哩，夫人何必着忙。"文华急下拜道："难得义父母如此厚恩，为儿设法升官，这正所谓欲报之德，昊天罔极呢。"<u>叫你多送点珍宝，便好报德。</u>嵩随口说道："这没有什么难处。"欧阳氏复亲自离座，去扶文华，文华此时，非常快活，接连磕了几个响头，方才起来。<u>这段描摹，惟妙惟肖。</u>当即由嵩赐宴，<u>加一赐字妙。</u>两老上座，文华坐左，世蕃坐右，欢饮至晚，方才告别。

不到数日，即有李默一案发生，默与嵩本不相协，<u>天然如此，不然，文华何敢劾奏？</u>文华把他劾去，嵩亦暗中得意，乃入白世宗，极称文华的忠诚。世宗遂擢文华为工部尚书，并加封太子少保。文华喜出望外，忙去叩谢严嵩。嵩语文华道："我窥上头的意见，还是有些疑你，不过看我的颜面，加你官爵，你须想个法子，再邀主眷，方好保住这爵位呢。"文华复叩头道："还仗义父赐教。"嵩捻着须道："依我看来，不如再出视师。"文华道："闻得兵部议定，已遣侍郎沈良才出去，如何是好？"嵩笑道："朝旨尚可改移，部议算作什么！<u>据此两语，可见严氏势力。</u>你自去奏请视师，我再替你关说数语，保管易沈为赵了。"文华大喜，叩别回寓，即忙拜本自荐。嵩又为言良才不胜重任，不如仍遣文华，江南人民，感念文华德惠，现尚引领遥望呢。<u>不是江南人感德，却是分宜人感馈呢。</u>世宗乃命文华兼右副都御史，提督浙闽军务，再下江南，沈良才仍回原职，自不必说。小子有诗叹道：

黜陟权由奸相操，居然贼子得荣褒。

试看献媚低头日，走狗宁堪服战袍。

文华再出视师，果能平倭与否，且至下回叙明。

倭寇与海盗联络，屡犯江浙，自当以御击为先。朱纨、王忬，皆专阃材，足以办贼，乃先后去职，忬且饮恨自尽。至张经继任，虽傲然自大，不无可訾，然王江泾一役，斩馘至二千级，当时推为第一胜仗，要不得谓非经之功。赵文华何人？乃敢冒功诬奏乎？是回于张经功过，厘然并举，而功足掩过之意，即在言外。文华既诬死张经，复诬罪曹邦辅，回朝以后，复陷害李默，种种鬼蜮，仿佛一严嵩小影。嵩为义父，文华为义儿，臭味相投，无怪其然。故文华所为之事，嵩必曲护之，至叙入嵩妻欧阳氏一段，描摹尽致，尤见得龊龊小人，善于献媚，后世之夤缘内室，借此博官者，无在非文华也。试展此回读之，曾亦自觉汗颜否乎？铸奸留影，为后人戒，知作者之寓意深矣。

第三十一回

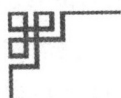

胡宗宪用谋赚海盗
赵文华弄巧忤权奸

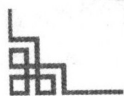

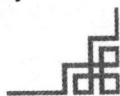

却说赵文华再出视师，仗着监督的名目，益发耀武扬威，凌胁百官，搜括库藏，两浙、江淮、闽、广间，所在征饷，一大半充入私囊。不如是，不足馈严府。到了浙江，与胡宗宪会着，宗宪摆酒接风，格外恭谨。为报德计，理应如此。席间谈及军事，宗宪叹道："舶盗倭寇，日结日多，万万杀不尽的，若必与他海上角逐，争到何时？愚意不若主抚。"文华道："抚倭寇呢，抚舶盗呢？"据此一问，已见文华之不知兵。宗宪道："倭寇不易抚，也不胜抚，自然抚舶盗为是。"文华道："兄既有意主抚，何不早行筹办？"宗宪道："承公不弃，力为保荐，自小弟忝督军务，巡抚一缺，即由副使阮鹗继任，他偏一意主剿，屡次掣肘，奈何？"文华道："有我到此，可为兄作主，何畏一鹗？"宗宪道："舶盗甚多，也不是全然可抚呢。目下舶盗，汪直为魁，但他有勇无谋，尚不足虑，只有徐海、陈东、麻叶三人，刁狡得很，恰不可不先收服。"文华道："徐海等既系刁狡，难道容易收服么？"宗宪笑道："小弟自有计较，只待公到，为弟作主，便好顺手去办了。"言至此，即与文华附耳数语，宗宪颇有干才，只因他趋附严、赵所以失名。文华大喜，便将一切军事，托付宗宪，自己唯征发军饷，专管银钱要紧。这是他的性命。

话分两头，且说宗宪既议决军情，便放心安胆，照计行去，先遣指挥夏正，往说徐海。海系杭州虎跑寺僧，因不守清规，奸淫大家姬妾，为地方士绅所逐，他遂投奔海上，与海寇陈东、麻叶结合，自称平海大将军，东劫西掠。掳得两个女子，作为侍妾，一名翠翘，一名绿珠，面貌很是妖艳，海遂左抱右拥，非常宠爱。夏正受宗宪计，拣了最好的珠宝簪珥，往赠翠翘、绿珠，嘱她们乘间说海，归附朝廷，一面竟入见徐海道："足下奔波海上，何若安居内地？屈作倭奴，何若贵为华官？利害得失，请君自择！"徐海沉思良久道："我亦未尝不作此想，但木已成舟，不便改图。就使有心归顺，朝廷亦未必容我呢。"*已被夏正说动了*。夏正道："我奉胡总督命，正为抚君而来，君有何疑？"海复道："我此时变计归顺，胡总督即不杀我，也不过做了一个兵士罢了。"夏正道："胡总督甚爱足下，所以命我到此，否则足下头颅，已恐不保，还要我来什么？"*利诱威吓，不怕徐海不入彀中*。海投袂起座道："我也不怕胡总督，你去叫他前来，取我头颅。"夏正道："足下且请息怒，容我说明情由。"一面说着，一面恰故意旁视左右，惹得徐海动疑起来，遂命左右退出，自与夏正密谈。夏正复道："陈东已有密约，缚君归降呢。"徐海大惊道："可真么？"正复道："什么不真！不过陈东为倭人书记，胡总督恐多反复，所以命我招君，君如缚献陈东、麻叶两人，归顺朝廷，这是无上的大功，胡总督定然特奏，请赏世爵哩。"徐海不禁沉吟。夏正道："足下尚以陈东、麻叶为好人么？君不负人，人将负君。"海乃道："待我细思，再行报命。"正乃告别。

徐海即令人窥探陈东消息，可巧陈东已闻他迎纳夏正，适在怀疑，见了徐海的差人，恶狠狠地说了数语，差人返报徐海，海默忖道："果然真了，果然真了。"入与二妾商议，二妾又竭力怂恿，叫他缚寇立功。*贪小失大，妇女之见，往往如此*。海遂诱缚麻叶，献至军前。宗宪毫不问讯，即令左右将他释缚，好言抚慰，且嘱他致书陈东，设法图海。麻叶方恨海入骨，哪有不唯命是从？立刻写就书信，呈缴宗宪。宗宪并不直寄陈东，偏令夏正寄与徐海，*兵不厌诈，此等反间计，恰好用这三人身上*。徐海即将麻叶原书，寄与萨摩王旁弟。萨摩王是倭寇中首领，陈东正在他亲弟幕中，充当书办，见了此书，恼怒非常，也不及查明虚实，竟将陈东拿下，解交徐海。徐海得了陈东，东尚极口呼冤，海却全然不睬，带领手下数百人，押住陈东，竟来谒见胡宗宪。宗宪邀同赵文华，及巡抚阮鹗，*邀鹗列座*，无非是自鸣得意。依次升堂。文华居中，胡、阮分坐两旁，传见徐海。海戎装入谒，叩头谢罪，并向宗宪前跪下。宗宪起身下堂，手摩海顶道："朝廷已赦汝罪，并将颁赏，你休惊恐，快快起来！"海应声起立，当由海手下党羽，牵入陈东。宗宪只诘责数语，也未尝叱令斩首。此中都有作用。一面取出金帛，犒赏徐海。海领赏毕，请借地屯众，宗宪笑道："由你自择罢。"海答道："莫若沈庄。"宗宪道："你去屯扎东沈庄，西沈庄我要驻兵呢。"海称谢自去。原来沈庄有东西两处，外海内河，颇称险固，徐海请就此屯扎，尚是一条盘踞险要的计划。早已入人牢笼，怕你飞到哪里去。

　　宗宪见徐海已去，却转问陈东道："你与徐海相交多年，为何被他擒献呢？"反诘得妙。陈东正气愤填胸，便说徐海如何刁奸，并言自己正思归降，反被海缚献邀功，狡黠如此，望大帅切勿轻信！宗宪微笑道："原来如此，你果有心归诚，我亦岂肯害你？纯是诳语。但你手下可有余众么？"陈东道："约有二三千人。"宗宪道："你去招他进来，扎居西沈庄，将来我仍令你统率，好伺察这徐海呢。"东大喜称谢。宗宪忙令解缚，令他即日发书招众至西沈庄，暗中恰诈为东书，往寄东党道："徐海已结好官兵，指日剿汝，汝等赶紧自谋，不必念我。"这封书到了西沈庄，东党自然摩拳擦掌，要去与东沈庄厮杀。个个中宗宪计，好似猴人弄猴。徐海见东党来攻，与他交战几次，互有杀伤。东党退去，徐海方顿足大悟道："我中计了。"晓得迟了。急忙修好密书，投递萨摩王，说明自己与陈东，皆被宗宪所赚，悔之无及，今反自相残杀，势孤力穷，请王速发大兵，前来相救，事尚可图等语。当下遣偏裨辛五郎，赍书潜往，谁知早被胡宗宪料着，遣参将卢镗，守候途中，辛五郎适与相遇，无兵无械，被卢镗手到擒来。徐海尚眼巴巴地望着倭兵，忽有党羽来报，赵文华已调兵六千，与总兵俞大猷，直趋沈庄来了。徐海忙了手脚，忙令手下掘堑筑栅，为自守计。文华所调兵士，先到庄前，望见守御甚固，一时不敢猛攻，只在栅外鼓噪。文华无用，连他所调兵士，也是这般。辛俞大猷从海盐进攻，竟从东庄后面，乘虚攻入。徐海不及防备，只好弃寨逃命，一直奔至梁庄，官军从后追击，巧值大风卷地，乘风纵火，把徐海手下的贼众，烧毙大半。徐海逃了一程，前面适阻着一河，无路可奔，没奈何投入水中，官兵内有认识徐海的，大声呼道："不要纵逃贼首徐海，他已入水去了。"徐海方在凫水，听着此语，忙钻入水底。有善泅水的官兵，抢先入水，纷纷捞捉。此时残寇败众，陆续投水，横尸满河，打捞费事，等到捉着徐海，已是鼻息全无，魂灵儿早入水府去了。徐海已死，立即枭首，只翠翘、绿珠两美女，查无下落，大约在东沈庄中，已经毙命。倒是同命鸳鸯。这也不在话下。

且说东沈庄已破，西沈庄亦立足不住，陈东余党，相率逃散，赵文华等奏称大捷。世宗命械系首恶，入京正法，文华乘此入朝，押解陈东、麻叶，到了京师，行献俘礼，陈东、麻叶磔死。加授文华为少保，宗宪为右都御史，各任一子锦衣千户，余将升赏有差。只阮鹗未曾提起。文华得此厚赏，又跑至严府叩谢，所有馈遗，比前次更加一倍，严嵩夫妇，倒也欢喜得很。独世蕃满怀奢望，闻得文华满载而归，料有加重的馈遗，文华恰知他生性最贪，平常物件，不必送去，独用了黄白金丝，穿成幕帐一顶，赠与世蕃，又用上好的珍珠，串合拢来，结成宝髻二十七枚，赠与世蕃的姬妾。原来世蕃贪淫好色，平时闻有美姝，定要弄她到手，所有爱妾，共得二十七人，几似天子二十七世妇。侍婢不计其数。这二十七位如夫人，个个享受荣华，鲜衣美食，寻常珍奇玩好，不足邀她一顾，此次文华还京，除馈献严嵩夫妇父子外，连他二十七个宠姬，都一一馈赠宝髻，在文华的意思，也算是不惜金钱，面面顾到，确是阔绰。哪知这种姬妾，瞧着宝髻，竟视作普通首饰，没有什么希罕。世蕃见了金丝幕帐，也是作这般想，心上很是不足，只因不便讨添，勉强收受罢了。唯文华既得帝宠，一时的权位，几与严嵩相等，他暗想所有富贵，全仗严家提拔，自古说道盛极必衰，严氏倘若势倒，势必同归于尽。谁知自己势倒，比严氏还早。况且馈遗严氏珍物，共值数万金，世蕃对着自己，并不道谢，反装出一副懊恼的形容，长此过去，怕难为继，不如另结主知，免得受制严门。计非不是，其如弄巧反拙何？计画已定，遂一心一意地等候时机。

一日，至严嵩府第，直入书斋，只见严嵩兀坐小饮，文华行过了礼，便笑说道："义父何为独酌？莫非效李白举杯邀影么？"严嵩道："我哪里有此雅兴？年已老了，发都白了，现幸有人，传授我药酒方一纸，据言常饮此酒，可得长生。我照方服了数月，还有效验，所以在此独酌哩。"文华道："有这等妙酒，儿子也要试服，可否将原方借抄一纸。"严嵩道："这也甚便，有何不可？"即命家人将原方检抄一份，给与文华。文华拜别自去。到了次日，便密奏世宗，言："臣有仙授药酒方一纸，闻说依方常服，可以长生不老。大学士严嵩，试饮一年，很觉有效，臣近日才知，不敢自私，谨将原方录呈，请皇上如法试服，当可延年。"有翼能飞，便相啄母，奸人之不足恃如此。世宗览疏毕，便道："严嵩有此秘方，未尝录呈，可见人心是难料呢。今文华独来奏朕，倒还有些忠心。"当下配药制酒，自不消说。

唯内侍闻世宗言，暗中将原疏偷出，报告严嵩，嵩不禁大怒，立命家人往召文华，不一时，已将文华传到。文华见了严嵩，看他怒容满面，心中一跳，连忙施礼请安。严嵩叱道："你向我行什么礼？我一手提拔你起来，不料你同枭獍，竟要坑死我么？"急得文华冷汗遍身，战兢兢地答道："儿……儿子怎敢！"丑态如绘。严嵩冷笑道："你还要狡赖么？你在皇上面前，献着何物？"文华支吾道："没……没有什么进献。"严嵩更不答语，取出袖中一纸，径向文华掷去。文华忙接过一瞧，乃是一张奏折，从头看去，不是别样文字，就是密奏仙方的原疏。这一惊非同小可，吓得面如土色，只好双膝跪地，磕头似捣蒜一般。严嵩厉声道："你可知罪么？"文华嗫嚅道："儿子知罪，求义父息怒！"嵩复道："哪个是你的义父！"文华尚是叩头，嵩顾着家人道："快将这畜生拖出去！我的座前，不配畜生跪伏！"连跪伏尚且不许，严家之威焰可知。家人听着此语，还有什么容情，当有两人过来，把文华拉出相府。

文华回到私第，左思右想，无法可施，可怜他食不得安，夜不得眠。到了次日，天明即起，早餐才毕，盘算了许多时，方命舆夫整车，怏怏地登车而行。舆夫问往何处？文华才说是快往严府。须臾即至，由文华亲自投刺，门上的豪奴，煞是势利，看见文华，故意不睬。文华只好低心下气，求他通报。门奴道："相爷有命，今日无论何人，一概挡驾。"文华道："相爷既如此说，烦你入报公子。"门奴道："公子未曾起来。"想与二十七姬共做好梦哩。文华一想，这且如何是好？猛然记起一人，便问道："萼山先生在府么？"门奴答道："我也不晓得他。"文华便悄悄地取出一银包，递与门奴，并说了无数好话，门奴方才进去。转瞬间便即出来，说是萼山先生有请，文华才得入内。看官！你道这萼山先生是何人？他是严府家奴的头目，呼作严年，号为萼山，内外官僚，夤缘严府，都由严年经手，因此人人敬畏，统称他为萼山先生。文华出入严府，所有馈遗，当然另送一份。此时彼此相见，文华格外客气，与严年行宾主礼。严年佯为谦恭，互相逊让一回，方分坐左右。一个失势的义儿，不及得势的豪奴。文华便问起严嵩父子。严年摇首道："赵少保！你也太负心了。该骂。相爷恨你得很，不要再见你面，就是我家公子，也与你有些宿嫌，暗应上文。恐此事未便转圜哩。"文华道："萼山先生！你无事不可挽回，此次总要请你斡旋，兄弟自然感激。"与家奴称兄道弟，丢尽廉耻。严年犹有难色，经文华与他附耳数语，才蒙点首。

用一蒙字妙。时已晌午，严年方入报世蕃，好一歇，这一歇时，未知文华如何难过。始出来招呼文华。文华趋入，世蕃一见，便冷笑道："吾兄来此何为？想是急时抱佛脚呢。"文华明知他语中带刺，但事到其间，无可奈何，只好高拱手，低作揖，再三告罪，再四哀恳，世蕃才淡淡地答应道："我去禀知母亲，瞧着机缘，当来报知。"文华乃去。

过了两三日，不见世蕃动静，再去谒候，未得会面。又越两日，仍无消息，但闻严嵩休沐，料此日出入严府，定必多人，他也不带随役，独行至严府内，冲门直入。门役已屡受馈金，却也不去拦阻。到了大厅外面，停住脚步，暗从轩棂中探望，遥见严嵩夫妇，高坐上面，一班干儿子及世蕃，侍坐两旁，统在厅中畅饮，笑语声喧；正在望得眼热，忽见严年出来，慌忙相迎。严年低语道："公子已禀过太夫人了，太夫人正盼望你呢！"文华即欲趋入，严年道："且慢！待我先去暗报。"言毕自去。文华侧耳听着，又阅半晌，方闻嵩妻欧阳氏道："今日阖座欢饮，大众都至，只少一个文华。"嗣又由严嵩接口道："这个负心贼，还说他什么？"从文华耳中听出，叙次甚妙。文华心中一跳，又在棂隙中偷瞧，见严嵩虽如此说，恰还没甚怒容，随又听得欧阳氏道："文华前次，原是一时冒失，但俗语说得好：'宰相肚里好撑船。'相公何必常念旧恶呢？"接连是严嵩笑了一声。这时候的赵文华，料知机会可乘，也不及待严年回报，竟大着胆闯将进去；走至严嵩席前，伏地涕泣。严嵩正欲再责，偏是欧阳夫人，已令家婢执着盃箸，添置席上，并叫起文华，入座饮酒，一面劝慰道："教你后来改过，相公当不复计较了。"文华叩谢而起，方走至坐位前，勉饮数巡。这番列座，趣味如何？未几酒阑席散，文华待外客谢别，方敢告辞。犹幸严嵩不甚诃责，总算放心归去。哪知内旨传来，令他督建正阳门楼，限两日竣工，文华又不免慌张起来。正是：

　　　　相府乞怜才脱罪，皇城限筑又罹忧。

欲知文华何故慌张，容待下回分解。

胡宗宪用谋赚盗，计画层出不穷，颇得孙吴三昧，徐海、陈东、麻叶，俱因此致戮，不得谓非宗宪之功。唯阿附赵文华，掠夺张经战绩，致为士论所不齿，可见有才尤须有德，才足办盗，而德不足以济之，终致身名两败，此君子之所以重大防也。文华患得患失，心愈苦，计愈左，纳宝髻反结怨世蕃，献酒方即得罪严嵩，彼岂竟顾前忘后，卤莽行事者？盖缘势利之见，横亘方寸，当其纳宝髻时，心目中只有严嵩，不遑计及世蕃；及献药方时，心目中只有世宗，不遑顾及严嵩，卒之左支右绌，处处受亏，所谓心劳日拙者非耶？一经作者演述，愈觉当日情形，跃然纸上。

第三十二回

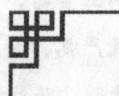

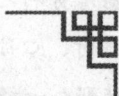

汪寇目中计遭诛
尚美人更衣侍寝

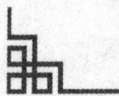

　　却说嘉靖三十六年四月间，奉天、华盖、谨身三殿，偶然失火，损失甚巨，世宗下诏引咎，修斋五日。嗣用术士言，拟速建正阳门楼，作为厌禳。文华职任工部，无可推诿，奈朝旨命他两日竣工，一时仓猝，哪里办得成就？因此慌张起来。当下鸠工赶筑，早夜不绝，偏是光阴易过，倏忽间过了两天，门楼只筑成一半。适严嵩入直，世宗与语道："朕令文华督造门楼，兴工两日，只筑一半，如何这般懈弛，敢是藐朕不成？"嵩复奏道："文华自南征以来，触暑致疾，至今未愈，想是因此延期，并非敢违慢圣旨呢。"也算回护文华。世宗默然不答。嵩退直后，即饬世蕃报知文华，令他见几引疾，免得遭谴。文华自然遵行，拜疏上去，当由世宗亲自批答，令他回籍休养。文华接旨，只好收拾行装，谢别严府。欧阳夫人，尚是怜他，命他留住数日，文华也就此留京，意中还望复职。适世宗斋祀，停进封章，文华令荫子怪思，文华宗宪子，各任锦衣千户，已见上回。请假宫中，说是送父启程，无非望世宗再行留他。不料有旨传下，竟斥怪思顾家忘国，着即戍边；文华意存尝试，目无君上，应削职为民。又是弄巧成拙。文华见了此旨，不由得涕泪交流，形神俱丧，又经父子泣别，愁上加愁，没奈何带着家眷，雇舟南下。他平时本有蛊疾，遇着这番挫折，正是有生以来第一种失意事，哪得不故疾复发？一夕，忽胀闷异常，用手摩腹，扑的一声，腹竟破裂，肠出而死。<small>想是中饱太多，致此草报。</small>所有娇妻美妾，扶丧归去，把从前富贵荣华，都付作泡影了。

且说胡宗宪闻文华罢归，失了内援，心中未免懊怅，所应剿的海寇，虽已除了徐海、陈东诸人，尚有汪直未死，仍然纵横海上。宗宪与汪直，同系徽人，直为海寇，母妻未曾带去，被拘狱中，宗宪令同乡士卒，至徽州释直母妻，迎至杭州，馆待甚厚，且亲去慰问一次，嘱他母妻致书招直。直得家书，才知家属无恙，意颇感动。宗宪又遣宁波诸生蒋洲往说汪直，直喟然道："徐海、陈东、麻叶三人，统死在胡督手中，我难道也自去寻死么？"蒋洲道："此言错了。徐海、陈东等人，与胡督并非同乡，所以为国除害，不得不尔。君与他同籍徽州，应有特别情谊。现在足下宝眷，俱在杭州，一切衣食，统由胡总督发给，足下试思！若非念着乡亲，肯这般优待么？"直复道："据你说来，胡督真无意害我么？"蒋洲道："非但无意害君，还要替君保奏。"直踌躇半响，方道："既如此，你且先去！我便率众来降了。"洲遂与他约期而别，返报宗宪，据事陈明！宗宪大喜，谁知待了数日，毫无影响。巡按周斯盛，入语宗宪道："此必汪直诈计，蒋洲被贼所绐，反来诳报，也不能无罪呢。"当下将蒋洲系狱。洲复追述宣谕始末，并言汪直为人，粗鲁豪爽，不致无故失约，此次愆期，或为逆风所阻，亦未可知。供簿才毕，外面有骑卒禀报，称是："舟山岛外，有海船数艘，内有寇众多人，头目便是汪直，他虽说是来降，沿海将吏，因他人多滋疑，已经戒备，只禀大帅，如何处置便了。"宗宪道："他既愿来投诚，何必疑他？"当与周斯盛商议，仍拟遣蒋洲招直。斯盛尚恐蒋洲难恃，请另遣别人。宗宪乃将蒋洲还系，<small>蒋洲系狱，由斯盛一言，蒋洲得生，亦由斯盛一言，乃知塞翁失马，未始非福。</small>另遣指挥夏正，往招汪直。直见将吏戒严，未免心慌，当问夏正道："蒋先生何故不来？"夏正道："蒋先生适有别遣，无暇到此。"汪直道："胡督疑我误期么？我因中道遇风，舟为所损，还易他舟，所以误期。"夏正道："胡督心性坦白，断不致疑。"直终未信，只遣养子王激，随夏正见宗宪。宗宪问直何为未至？王激道："我等好意投诚，乃闻盛兵相待，莫怪令人滋疑了。"宗宪解谕再三，王激乃道："汪头目极愿谒见大帅，奈被左右阻住，如蒙大帅诚意招待，可否令一贵官同去。易我头目上来，以便推诚相见。"宗宪道："这也何妨。"仍着夏指挥同行便了。夏正奉命，只好再与王激同往，当由王激留住舟中，一面请汪直登岸，去见宗宪。宗宪居然开门相迎，直入门请罪，跪将下去。宗宪忙亲自扶起，笑说道："彼此同乡，不啻弟兄，何必客气？"遂邀他坐了客位。直既坐定，慨然道："大帅不记前非，招我至此，身非木石，宁有不感激隆情？此后当肃清海波，借赎前罪。"宗宪道："老兄敢战有为，他日为国家出力，分土酬庸，爵位当在我辈之上。"直大喜道："这全仗大帅提拔呢。"宗宪遂盛筵相待，一面令麾下发给蔬米酒肉，送与直舟，即派夏正为东道主，款待舟中党目。直此时已喜出望外，感激十分，筵宴既罢，留直住居客馆，命文牍员缮好奏疏，请赦汪直前罪，即日拜发出去。

过了数天，复旨已到，由宗宪展开恭读，不禁皱起眉来，原来复旨所称"汪直系海上元凶，万难肆赦，即命就地正法"云云。宗宪一想："这事如何了得？但朝旨难违，只好将直枭首，夏指挥的生死，当然不能兼顾了。"随即不动声色，即日置酒，邀汪直入饮。酒至数巡，宗宪拱手道："我日前保奏足下，今日朝旨已转，足下当高升了。"直才说了"感谢"二字，但见两旁的便门齐辟，拥出无数持刀佩剑的甲士，站立左右，汪直甚为惊异。宗宪高声语直道："请足下跪听朝旨。"直无奈离座，当由宗宪上立，直跪在下面，宗宪依旨朗读，念到"就地正法"四字，即有甲士上前，竟将直捆绑起来。直厉声道："胡宗宪！胡宗宪！我原说你靠不住，不料又堕你计，你真刁狡得很！"骂亦无益。宗宪道："这恰要你原谅，奏稿具在，不妨检与你看。"直恨恨道："还要看什么奏稿，总之要我死罢了。"宗宪也不与多辩，当命刀斧手百名，将汪直推出辕门，号炮一声，直首落地。这信传到直舟，那班杀人不眨眼的党目，个个气冲牛斗，立把夏正拿下，你一刀，我一剑，剁作肉泥，无端为汪直偿命，这是宗宪误人处。当即扬帆自去。党众尚有三千人，仍然联络倭寇，到处流劫，宗宪也不去追击。夏正死不瞑目。竟奏称巨憨就诛，荡平海寇等语。世宗大悦，封宗宪为太子太保，余皆迁赏有差，这且慢表。

且说世宗闻外寇渐平，正好专心斋醮，且云："叛恶就擒，统是鬼神有灵，隐降诛殛。"因此归功陶仲文，加封为恭诚伯。唯紫府宣忠高士段朝用，伪谋被泄，下狱诛死。朝用由郭勋进身，勋已早死，朝用何能长生？一面命翰林院侍读严讷，修撰李春芳等，并为翰林学士，入直西内，代撰青词。内外臣工，统是揣摩迎合，阴图邀宠。徽王载坮，系英宗第九子见沛曾孙，承袭祖荫，嗣封钧州。他父厚熰，素与陶仲文结交，仲文称他忠敬奉道，得封真人，颁给金印。藩王加封真人，古今罕闻。厚熰死后，载圳嗣爵，奉道贡媚，世宗仍命佩真人印。时有南阳方士梁高辅，年逾八十，须眉皓白，两手指甲，各长五六寸，自言能导引服食，吐故纳新。载圳遂请他入邸，虔求指教。高辅慨然应允，除面授吐导外，再替他修合妙药。看官！你道他药中用着何物？据《明史杂闻》上记及，是用童女七七四十九人，第一次天癸，露晒多年，精心炼制，然后可服。服食后，便有一种奇效，一夕可御十女，恣战不疲，并云："可长生不死，与地仙无异。"原来是一种春药。载圳依法服食，即与妃嫔等实地试验，果然忍久耐战，与前此大不相同。他恰不敢蔽贤，遂通书仲文，请为高辅介绍，荐奉世宗。世宗年已五十，精力浸衰，后宫嫔御，尚有数十，靠了一个老头儿，哪里能遍承雨露？免不得背地怨言，世宗也自觉抱歉，就使微有所闻，也只好含忍过去。此次由仲文荐入高辅，传授婴儿姹女的奇术，并彭祖、容成的遗方，一经服习，居然与壮年一般，每夕能御数妃，喜得世宗欣幸过望，立授高辅为通妙散人，且因载圳荐贤有功，加封为忠孝真人。载圳益自恣肆，擅坏民屋，作台榭苑囿，杖杀谏官王章，又微服游玩扬州，被巡兵拘住，羁留三月，潜行脱归，暗中却贻书高辅，托词借贷，私索贿赂，高辅搁置不报。载圳待了多日，未得复音，再拟发书诘责，凑巧高辅有信寄到，总道是有求即应，惠我好音，谁知展书一瞧，并没有什么财帛，载在书中，只说是皇上需药，一时不及提炼，忆尊处尚有余药，特遣人走取云云。那时载圳不禁大愤，勃然说道："兀那负心人，不有本藩，何有今日？我欲求他，他绝不提起，他欲求我，我还要答应他么？"当下复绝来使，只说是存药已罄，无从应命。来使去后，恰着人赍药入京，给与陶仲文，托他权词入献。你不送去也罢了，偏要多一周折，真是弄巧反拙。高辅闻知此事，很是忿恨，便入奏世宗，把载圳在邸不法事，和盘说出。未免负心。世宗即隐遣中官密访，至中官还奏，所有高辅奏请的事情，语语是实。并说载圳诈称张世德，自往南京，强购民女等因，于是世宗震怒，夺去载圳的真人印。陶仲文虽爱载圳，也不敢代为辩护。冤冤相凑，有南中民人耿安，叩阍诉冤，告称载圳夺女事，安知非梁高辅主使。当下遣官按治，复得实据，狱成具奏。有诏废载圳为庶人，幽锢凤阳。载圳悔恨交迫，竟尔投缳自尽，妃妾等亦皆从死，想是房术的感念。子女被徙开封，徽王宗祀，从此中绝了。

载圳既死，世宗益宠信梁高辅。高辅为帝合药，格外忠勤，且选女八岁至十四岁的凡三百人，入宫豢养，待他天癸一至，即取作药水，合入药中。由高辅取一美名，叫作先天丹铅。嗣又选入十岁左右的女子，共一百六十人，大约也是前次的命意。这四五百童女，闲居无事，或充醮坛役使，或司西内供奉。内中有个姓尚的女子，年仅十三，秀外慧中，选值西内，一夕黄昏，世宗坐诵经偈，运手击磬，忽觉困倦起来，打了一个瞌睡，把击磬的槌，误敲他处，诸侍女统低头站着，不及瞧见，就使瞧着了他，也不敢发声。独尚女失声大笑，这一笑惊动天颜，不禁张目四顾，眼光所射，正注到尚女面上，梨涡半晕，尚带笑痕，本拟疾声呵叱，偏被她一种憨态，映入眼波，不知不觉地消了怒气，仍然回首看经。可奈情魔一扰，心中竟忐忑不定，只瞳神儿也不由自主，只想去顾尚女。尚女先带笑靥，后带怯容，嗣又俯首弄带，越显出一副娇痴情状。*灯光下看美人，愈形其美。*世宗越瞧越爱，越爱越怜，那时还有什么心思念经？竟信口叫她过来，一面令各侍女退出。各侍女奉旨退班，多半为尚女捏一把汗，偏这世宗叫过尚女，略问她履历数语，便掷去磬槌，顺手牵住尚女，令坐膝上。尚女不敢遽就，又不敢竟却，谁意世宗竟拢她笑靥，硬与她亲一个吻。*想是甘美异常，比天癸还要可口。*尚女急摆脱帝手，立起身来，世宗岂肯放过？复将她纤腕携住，扯入内寝。当下服了仙药，霎时间热气满腹，阳道勃兴。看官！你想此时的尚女，还从哪里逃避？只好听世宗脱衣解带，同上阳台；但嫩蕊微苞，遽被捣破，这尚女如何禁当得起？既不敢啼，又不敢叫，没奈何啮齿忍受。*此时恐笑不出来。*世宗亦格外爱怜，留些不尽的余地，偏是药性已发，欲罢不能，一时间狂荡起来，尚女无法可施，只得在枕畔哀求。毕竟皇恩隆重，不为已甚，勉强停住云雨，着衣下床，出令内侍宣召庄妃。*庄妃事在此处插入，销纳无痕。*庄妃姓王，从丹徒徙居金陵，由南都官吏选入，初未得宠，寂寞深宫，未免伤怀。她却幼慧能诗，吟成宫词数律，借遣愁衷。适被世宗闻知，因才怜色，遂召入御寝，春宵一度，其乐融融，遂册为庄妃。嗣加封贵妃，主仁寿宫事。先是方后崩后，正宫虚位，世宗属意庄妃，陶仲文窥知上意，暗向庄妃索赂，当为援助。偏偏庄妃不与，仲文因此怀恨，遂上言帝命只可特尊，不应他人敌体。世宗本信重仲文，况连立三后，依然中绝，想是命数使然，不便强为，遂将立后事搁起不提。唯宠爱庄妃，不让中宫，此番宣召，实是令她瓜代的意思。待至庄妃召至，尚女已起身别去，世宗也不遑与庄妃谈论，便令她卸妆侍寝，续梦高唐。庄妃年逾花信，正是娄尾春风，天子多情，佳人擅宠，恰似一对好凤凰，演出两度风流事，这且不必琐述。*已不免琐述了。*越两宿，世宗复召幸尚女，尚女还是心惊，推了片时，无法违旨，只好再去领赐。不意此夕承欢，迥殊前夕，始尚不免惊惶，后竟觉得畅快，一宵欢爱，笔难尽描。世宗称她为尚美人，后复册封寿妃。又要大笑了。正在老夫少妻，如胶如漆的时候，忽有一内监趋入，呈上一幅罗巾，巾上有无数血痕，由世宗模模糊糊的，细览一番，方辨出一首七言的律句来。其诗道：

> 闷倚雕栏强笑歌，娇姿无力怯宫罗。
>
> 欲将旧恨题红叶，只恐新愁上翠蛾。
>
> 雨过玉阶天色净，风吹金锁夜凉多。
>
> 从来不识君王面，弃置其如薄命何？

世宗阅罢，不禁流下泪来，究竟此诗为谁氏所作，且看下回表明。

明有两汪直，一为宫役，一为海寇，两人以直为名，非但不足副实，且皆为罪不容死之徒。然彼此互较，吾宁取为海寇之汪直。直亡命有年，顾闻母妻之居养杭州，即有心归顺，似尚不失为孝义。后与蒋洲约降，中途遇风，仍易舟而来，其守信又可概见。宗宪为之保奏，使之清海自赎，亦一时权宜之计，明廷不察，必令诛戮降附，绝人自新之路，且使被质之夏正，为所支解，吾不禁为汪直呼冤，吾又不禁为夏正呼冤也。世宗有意修醮，乃好杀如彼，而好仙又如此，方士杂进，房术复兴，清心寡欲者，固如是乎？况年逾五十，竟逼十三龄之女子，与之侍寝，当时只图色欲，不计年龄，其后不肇武曌之祸者，犹其幸尔。或谓尚美人不见史传，或系子虚，然稗乘中固明载其事，夫庄妃且不载正传，况尚美人乎？史笔多从阙略，得此书以补入之，亦柬晰补亡之遗义也。

第三十三回

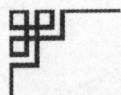

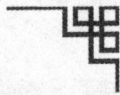

海刚峰刚方绝俗
邹应龙应梦劾奸

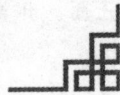

却说世宗看罢血诗，不禁流泪。这血诗系官人张氏所作，张氏才色俱优，入宫时即蒙召幸，但性格未免骄傲，平时恃着才貌，不肯阿顺世宗，当夕数次，即致失宠。秋扇轻捐，人主常态。嗣是禁匿冷宫，抑郁成疾，呕血数月，夭瘵而亡。未死前数日，便将呕出的余血，染指成诗，书就罗巾上面，系着腰间。明代后宫故例，蒙幸的宫人，得病身亡，小殓时必留身边遗物，呈献皇上，作为纪念。张氏死后，宫监照着老例，取了罗巾，赍呈世宗。世宗未免有情，哪得不触起伤感？当下便诘责宫监，何不早闻？宫监跪奏道："奴婢等未曾奉旨，何敢冒昧上渎？"这语并未说错。世宗闻言，不觉变悲为怒，斥他挺撞，喝令左右将他拿下，一面趋出西内，亲自去看张氏。但见她玉骨如柴，银眸半启，直挺挺地僵卧榻上，不由得叹息道："朕负你了。"说毕，搵着两行泪珠，叱将内侍撵出数人，与前时拿下的宫监，一同加杖。有几个负痛不起，竟致毙命，这且休表。

且说前锦衣卫经历沈炼，因劾奏严嵩，谪戍保安，炼独赴戍所，里中父老，闻悉得罪原因，共为扼腕，遂辟馆居炼，竟遣子弟就学。炼谆谆教诲，每勖生徒以忠孝大节，及严嵩父子作奸罔上等情，塞上人素来戆直，既闻炼语，交口骂嵩，且缚草为人像，一书李林甫，一书秦桧，一书严嵩，用箭攒射，拍手称快。炼或单骑游居庸关，登山遥望，往往戟手南指，詈嵩不已，甚至痛哭乃归。*嫉恶太严，亦是取死之道。* 这事传达京师，嵩父子切齿痛恨。适宣府巡按路楷，及总督杨顺，统系嵩党，世蕃遂嘱使除炼。路、杨两人，自然奉命唯谨。会蔚州获住妖人阎浩，连坐颇众，杨顺语路楷道："此番可以报严公子了。"路楷道："莫非将炼名窜入么？"*一吹一唱，确是同调。* 杨顺点头，遂诬炼勾通妖人，意图不轨。奏牍上去，内有严嵩主持，还有什么不准？即日批复，着令就地正法。杨顺便命缚炼，牵入市中，将他斩首，籍没家产。嵩给顺一子锦衣千户，楷擢太常卿，顺意尚未足，怏怏道："严公不加厚赏，难道心尚未惬么？"复将炼子襄、衮、褒三人，一同系狱。衮、褒不堪遭虐，先后致死。襄发戍极边。

　　未几，有鞑妇桃松寨，叩关请降，当由杨顺传入，桃松寨以外，尚有头目一人。桃松寨自言，系俺答子辛爱妾，受夫荼毒，因此来归。顺不及细讯，即将两人送入京师。其实两人是一对露水夫妻，恐被辛爱察出，或至丧命，所以同来降顺。辛爱遣使索妾，为顺所拒，遂集众二十万，入雁门塞，连破应州四十余堡，进掠大同，围右卫数匝。杨顺大恐，只得致书辛爱，愿送还桃松寨，乞令缓兵。一面申奏朝廷，诡言辛爱款关，愿以叛人邱富等，易还桃松寨，奏下兵部复讯。尚书许论，请如顺议，乃给桃松寨出塞，使杨顺阴告辛爱。辛爱捕戮桃松寨，仍然围攻大同右卫，且分兵犯宣、蓟，顺又大惧，贿巡按路楷七千金，求为掩蔽。楷爱财如命，自然代他遮瞒。可奈天下事若要不知，除非莫为，杨、路交蔽的情形，渐被给事中吴顺来察觉，抗疏并劾。世宗方怒顺召寇，见了此奏，立命逮顺及楷下狱。兵部尚书许论，亦连坐罢官，另简杨博为兵部尚书。廷议以博素知兵，欲御北寇，非博不办，乃命博出督宣、大军务。博驰檄各镇，谕诸帅克日会集，同仇御侮。辛爱闻知此信，引兵径去。博抵大同，励生恤死，筑堡浚壕，边境以固，寇不敢近。已而辛爱复号召诸部，入寇滦河，蓟辽总督王忬，发兵防剿，号令数易，遂致失利，寇大掠而去。

　　先是杨继盛冤死，王忬令子世贞，代为治丧，且作诗哀吊，暗刺严嵩，嵩因此恨忬。忬有古画一幅，为世蕃所闻，遣人丐取，得画而归。嗣因画系赝鼎，料知为忬所欺，心益不平。*全是私意。* 至是滦河闻警，震动京师。都御史鄢懋卿，密承嵩嘱，令御史王渐、方辂等，交章劾忬，说他纵寇殃民，遂由嵩拟旨逮问，锻炼成狱，竟罹大辟。嵩以鄢懋卿构死王忬，得泄隐恨，意欲把他升官，作为酬报。适盐课短绌，遂乘机保荐鄢懋卿,极称他熟悉蓝政,可为总理。世宗立即允准,特命鄢懋卿总督全国盐运。明制分设两浙、两淮、长芦、河东盐运司,各专责成,运司以上,无人统辖。鄢懋卿总理盐政,乃是当时特设,格外郑重。自奉命出都后,挈着家眷,巡查各区,沿途市权纳贿,势焰熏天,所有仪仗,非常烜赫,前呼后拥,原不必说,唯后面又有五彩舆一乘,用十二个大脚妇女,充作舆夫,舆中坐着一位半老徐娘,金翠盈头,罗绮遍体,俊目四顾,旁若无人,这人不必细猜,料应是总理盐政鄢懋卿的妻室。**抬出乃夫的官衔,不啻出丧时的铭旌。**彩舆以后,又有蓝舆数十乘,无非是粉白黛绿,鄢氏美姬。**一日不可无此。**每至一处,无论抚按州县,无不恭迎,供张以外,还要贿送金钱,才得懋卿欢心。及巡至两浙,道出淳安,距城数里,并不见人迎接,复行里许,才见有两人彳亍前来,前面的衣服褴褛,仿佛是一个丐卒,后面同行的,虽然穿着袍服,恰也敝旧得很,几似边远的驿丞模样。**未述姓氏,先叙服色,仍是倒戟而出之法。**两人走近舆旁,前后互易,由敝袍旧服的苦官儿,上前参谒。懋卿正在动怒,不由得厉声道:"来者何人?"那人毫不畏怯,正色答道:"小官便是海瑞。"**久仰大名。**懋卿用鼻一哼,佯作疑问道:"淳安知县,到哪里去,乃令汝来见我?"海瑞复朗声道:"小官便是淳安知县。"懋卿道:"你便是淳安知县么?为何不坐一舆,自失官体?"海瑞道:"小官愚昧,只知治理百姓,百姓安了,便自以为幸全官体。今蒙大人训诲,殊为不解。"**驳得有理。**懋卿道:"淳安的百姓,都亏你一人治安吗?"**当头一棒,险恶之甚。**海瑞道:"这是朝廷恩德,抚按规为,小官奉命而行,何功足录?唯淳安是一瘠县,并且屡遭倭患,凋敝不堪,小官不忍扰民,为此减役免舆,伏求大人原谅!"懋卿无言可责,只好忍住了气,勉强与语道:"我奉命来此,应借贵署权住一宵!"海瑞道:"这是小官理应奉迎。但县小民贫,供帐简薄,幸大人特别宽宥哩!"懋卿默然。当由海瑞前导,引入县署。瑞自充差役,令妻女充作仆婢,茶饭酒肉以外,没有什么供品。懋卿已怀着一肚子气,更兼那妻妾等人,都是骄侈成习,口餍膏粱,暗中各骂着混帐知县,毫没道理。懋卿反劝慰道:"今日若同他使气,反似量小难容,将来总好同他算账。我闻他自号刚峰,撞在老夫手中,无论如何刚硬,管教他销灭净尽呢。"**海瑞别号,乘便带出。**当下在淳安挨过一宿,翌日早起,便悻悻然登程去了。过了月余,海瑞在署中接到京信,闻被巡盐御史袁淳所劾,有诏夺职。海瑞坦然道:"我早知得罪鄢氏,已把此官付诸度外,彭泽归来,流芳千古,我还要感谢鄢公呢！"言下超然。便即缴还县印，自归琼山去了。海瑞以外，尚有慈溪知县霍与瑕，亦因清鲠不屈，忤了懋卿，一同免官。懋卿巡查已毕，饬加盐课，每岁增四十余万，朝旨很是嘉奖。懋卿得了重赂，自然与严家父子一半平分。南京御史林润，劾他贪冒五罪，留中不报。<u>不加罪于林润，暗中已仗徐阶</u>。

　　是时严嵩父子，权倾中外，所有热中士人，无不夤缘奔走，趋附豪门，独有翰林院待诏文徵明，狷介自爱，杜绝势交。世蕃屡致书相招，终不见答。徵明原名文璧，后来以字为名，能文工绘，与祝允明、唐寅、徐祯卿三人，同籍吴中，号为吴中四才子。祝允明别号枝山，唐寅字伯虎，号六如居士，徐祯卿字昌毂，三人皆登科第，文采齐名。祝善书，唐善画，徐善诗，放诞风流，不慕荣利，唯徵明较为通融。世宗初年，以贡生诣吏部应试，得授翰林院待诏，预修武宗实录，既而乞归，张璁、杨一清等，俱欲延致幕下，一律谢绝。四方乞求徵明书画，接踵到来，徵明择人而施，遇着权豪贵阀，概不从命，因此声名愈盛。<u>叙入吴中四子，于徵明独有褒辞，是谓行文不苟</u>。就是外国使臣，过他里门，亦低徊思慕，景仰高踪。严嵩父子，夙加器重，<u>奸人亦爱高士，却也奇怪</u>。至屡招不往，世蕃遂欲设法陷害。<u>可谓险毒</u>。可巧嵩妻欧阳氏患起病来，一时不及兼顾，只好把文徵明事，暂且搁起。

　　欧阳氏为世蕃生母，治家颇有法度。尝见严嵩贪心不足，颇以为非，每婉言进谏道："相公不记钤山堂二十年清寂么？"看官听着！这钤山堂，系严嵩少时的读书堂。嵩举进士后，未得贵显，仍然清苦异常，闭户自处，读书消遣，著有《钤山堂文集》，颇为士林传诵。当时布衣蔬食，并不敢有意外妄想，及蹑入仕途，性情改变，所以欧阳氏引作规诫。<u>不没善言</u>。嵩未尝不知自愧，可奈近朱者赤，近墨者黑，既已习成贪诈，就使床第中言，也是不易入耳。欧阳氏见嵩不从，复去训斥世蕃，世蕃似父不似母，闻着母教，亦当作耳边风一般，平时征歌选色，呼类引朋，成为常事；唯一经欧阳氏瞧着，究属有些顾忌，不敢公然纵肆。至欧阳氏病殁，世蕃当护丧归籍，嵩上言臣只一子，乞留京侍养，请令孙鹄代行。世宗准奏，于是世蕃大肆佚乐，除流连声色外，尚是干预朝事。唯名为居丧，究未便出入朝房，代父主议。嵩年已衰迈，时常记忆不灵，诸司遇事请裁，尝答道："何不与小儿商议？"或竟云："且决诸东楼。"东楼便是世蕃别字。可奈世蕃身在苦块，心在娇娃，自母氏殁后，不到数月，复添了美妾数人，麻衣缟袂中，映着绿鬓红颜，愈觉俏丽动人。<u>欲要俏，须带三分孝</u>。

唐寅像

祝允明像

文徵明像

徐禎卿像

吴中四才子

那时衔哀取乐，易悲为欢，每遇朝臣往商，辄屏诸门外；至严嵩飞札走问，他正与狎客侍姬，酣歌狂饮，还有什么闲工夫，去议国家重事？就使草草应答，也是模糊了事，毫不经心。从前御札下问，语多深奥，嵩尝瞠目不能解，唯经世蕃瞧着，往往十知八九，逐条奏对，悉当上意。又阴结内侍，纤悉驰报，报必重赏，所以内外情事，无不闻知。迎合上意，赖有此尔。此次世蕃居丧，专图肉欲，所有代拟奏对，多半隔膜，有时严嵩迫不及待，或权词裁答，往往语带模棱，甚至前言后语，两不相符，世宗渐渐不悦；嗣闻世蕃在家淫纵，更加拂意。

适值方士蓝道行，以扶乩得幸，预示祸福，语多奇中，世宗信以为神。一日，又召道行扶乩，请乩仙降坛，问及长生修养的诀门。乩笔写了数语，无非是清心养性，恭默无为等语。世宗又问现在辅臣，何人最贤？乩笔又迅书道："分宜父子，奸险弄权，大蠹不去，病国妨贤。"十六字胜于千百本奏章。世宗复问道："果如上仙所言，何不降灾诛殛？"乩笔亦随书道："留待皇帝正法。"妙。世宗心内一动，便不再问。究竟蓝道行扶乩示语，是否有真仙下降，小子无从证实，请看官自思罢了。不证实处，过于证实。

隔了数日，世宗所住的万寿宫，忽遇火灾，一时抢救不及，连乘舆服御等件，尽付灰烬，御驾只得移住玉熙宫。玉熙宫建筑古旧，规模狭隘，远不及万寿宫，世宗悒悒不乐，廷臣请还大内，又不见从。自杨金英谋逆后，世宗迁出大内，故不愿还宫。严嵩请徙居南内，这南内是英宗幽居的区处。世宗生性，多忌讳，谨小节，览了嵩奏，怎得不恼？这也是严嵩晦运将至，故尔语言颠倒，屡失主欢。时礼部尚书徐阶，已升授大学士，与工部尚书雷礼，请重行营建，计月可成。世宗喜甚，即行许可。阶子璠为尚宝丞，兼工部主事，奉命督造，百日竣工。世宗心下大慰，即日徙居，自是军国大事，多谘徐阶，唯斋醮符箓等类，或尚及严嵩。言官见嵩失宠，遂欲乘机下石，扳倒这历年专政的大奸臣，御史邹应龙，尤具热诚。一夕，正拟具疏，暗念前时劾嵩得罪，已不乏人，此次将如何下笔？万一弹劾无效，转蹈危机，如何是好？想到此处，不觉心灰意懒，连身子也疲倦起来。忽有役夫入请道："马已备好，请大人出猎去。"应龙身不由主，竟离座出门，果然有一骏马，鞍辔具备，当即纵身腾上，由役夫授与弓箭，纵辔奔驰，行了里许，多系生路。正在惊疑交集，蓦见前面有一大山，挡住去路，山上并无禽兔，只有巨石岩岩，似将搏人，他竟左手拔箭，右手拈弓，要射那块怪石，一连三箭，都未射着，免不得着急起来。忽闻东方有鸟鹊声，回头一望，见有丛林密荫，笼住小邱，仿佛一座楼台，参差掩映，**写得逼真**。他恰不管什么，又复拈弓搭箭，飕的射去，但听得豁喇一声，楼已崩倒。为这一响，不由得心中一跳，拭目再瞧，并没有什么山林，什么夫马，恰只有残灯闪闪，留置案上，自身仍坐在书室中，至此才觉是南柯一梦。**迷离写来，令人不可端倪，直到此笔点醒方见上文用笔之妙。**是时谯楼更鼓，已闻三下，追忆梦境，如在目前，但不识主何吉凶，沉思一会，猛然醒悟道："欲射大山，不如先射东楼。东楼若倒，大山也不免摇动了。"**解释真确，并非牵强。**遂重复磨墨挥毫，缮成奏稿，即于次日拜发。小子曾记有古诗二语，可为严嵩父子作证。其诗道：

> 时来风送滕王阁，运退雷轰荐福碑。

欲知疏中如何劾奏，且待下回补录。

　　海瑞以刚直名，固明史中之所谓佼佼者，坊间小说，及梨园戏剧间，每演严嵩，必及海瑞，或且以严嵩之得除，由海瑞一人之力，是皆属后世之附会，不足采及。严氏专政，海瑞第宰淳安，即欲劾嵩，亦无从上奏。后人且于严嵩时间，窜入吕调阳、张居正等，与嵩为难，尤属盲说。唯鄢懋卿南下，道出淳安，瑞供帐简薄，抗言贫邑，不能容轩车，致为懋卿所嗛，嗾令巡盐御史袁淳，弹劾落职，是固备载史传，非子虚乌有之谈也。此外如蓝道行扶乩，邹应龙梦猎，俱见正史，亦非捏造，唯一经妙笔演述，则触处成春，靡不豁目。中纳文徵明一段，旁及吴中四才子，尤足为文献之征。史家耶？小说家耶？合而为一，亦足云豪矣。